얼어붙은
속헹

이주여성
노동자
이야
기

얼어붙은 속헹

이주여성
노동자
이야
기

김달성 지음

밥북
BoB-K

지난 6년 동안 이주 노동자들과 함께 생활하며 그들을 지원하는 활동을 해왔다. 사람들에게 알리기 위해 페이스북에 거의 매일 이주노동에 대한 글을 올렸다. 여러 신문이나 TV 언론과 인터뷰도 적지 않게 했다.

이제까지 글을 쓰거나 이야기할 때 일반적인 이주 노동자에 관해 이야기하거나 글을 썼다. 여태 여성 노동자만 특정해 그들에 대해 말하거나 글을 쓴 적은 없다. 그런데 얼마 전 한 한국인 여성 지인이 이주여성 노동자에 초점을 맞춘 글을 보고 싶다고 말했다. 그녀의 말이 나의 마음을 자극했다.

지금까지 그런 생각을 해본 적이 없는데, 그녀의 말을 들은 뒤로는 그런 글을 쓰고 싶다는 욕망이 자꾸 생겼다. 그런데 의욕이 생기다가도 마음을 접은 적도 있다. '남자인 내가 이주여성 노동자들에 대한 글을 얼마나 잘 쓸 수 있을까?' 하고 의심했던 것이다. 하지만 쓰고 싶다는 의욕이 그 의심을 누르며 다시 마음을 고쳐먹었다. 비록 남자지만, 보고 느낀 대로 진솔하게 쓰는 것도 의미가 있겠다고 생각했다.

이주여성 노동자에 대한 글을 쓰려는 마음을 돋운 요소는 또 있다.

우리나라에 이주 노동자가 본격적으로 들어오기 시작한 게 1990년대 초인데, 이제까지 이주여성 노동자에 대해 본격적으로 쓴 책을 본 적이 없다는 점이다. 여기서 본격적이라는 말은 이주여성 노동자의 구체적인 생활을 심층적으로 다룬 것을 의미한다. 특히 이주여성 노동자들과 여러해 동안 함께 지내며 이주여성 노동자의 노동환경이나 조건을 직접 보고 그것을 구체적으로 이야기하는 도서는 거의 없다.

그렇기에 이주여성 노동자의 상세한 삶에 대한 글을 써서 세상에 내놓는 일은 의미가 있을 것이라 생각했다. 앞으로 이주여성 노동자들이 주체적으로 자신의 이야기를 하며 자기의 기본권과 인권과 노동권을 확보해 나가는 생활을 글로 써서 내놓기를 바라며 나의 글을 발표한다.

이 책은 내가 경기도 포천에 있는 포천이주노동자센터에서 일하면서 만난 이주여성 노동자들에 관한 이야기로 그들이 겪고 있는 아픔이나 문제들을 갖고 함께 고민하며 싸운 내용을 담고 있다. 그녀들은 대개 노동현장에서 부닥친 문제를 갖고 찾아오거나 아니면 내가 직접 노동 현장을 찾아가 만난 사람들이다.

그녀들을 만나면서 늘 주목한 점이 있다. 그것은 다름이 아니라 그들과 내국인과의 관계이다. 이주노동을 하는 그들과 선주민(내국인)이 어떤 관계를 맺고 사는가가 주요 관심사였다.

그녀들은 노동하는 사람들이기 때문에 그들이 가장 비중 있게 관계를 맺는 대상은 고용주다. 그래서 한국인 고용주와 이주여성 노동자들이

5

어떤 관계를 맺고 사는가에 주목했다. 예를 들어 그 관계가 주종관계인가 수평관계인가, 평등한 관계인가 불평등한 관계인가, 수직적이거나 불평등한 관계라면 그 이유는 무엇인가? 나아가 그 관계를 개선하는 길은 무엇인가? 이것이 항상 가장 주목하며 생각한 점이다.

글을 쓰면서 그 관계의 성격에 대한 생각이나 느낌을 이야기할 것이다. 개선책을 말하거나 때로는 주장도 할 것이다. 그것은 어디까지나 나의 느낌이고 생각이고 주장이다. 독자 여러분은 이 책을 하나의 질문으로 받아주면 좋겠다.

'고용주와 이주여성 노동자, 선주민과 이주여성 노동자는 어떤 관계를 맺는 게 바람직한가?'

독자 여러분이 책을 읽으면서 이런 물음을 갖고 스스로 생각한다면 기쁠 것이다.

2023.8.13.

수락산이 보이는 서재에서

김달성

차
례

1
장

2장

**3
장**

✝ 포천이주노동자센터 사무실 벽에 붙어 있는 글씨. 2018년 성탄절에 이주 노동자들이 써서 붙인 것이다.

1 장

_ 외국인 노동자들이요?

2018년 2월 경기도 포천에서 나는 이주 노동자들과 함께하며 그들을 지원하는 활동을 하기로 작정하고 사무실을 얻기 위해 나섰다. 한 달 동안 사무실로 쓸 공간을 찾아 돌아다녔다. 아직은 겨울의 기운이 남아있는 때라 볼을 스치는 바람이 차가웠다. 포천이주노동자센터라는 이름으로 활동하기 위한 자리를 알아보느라 다녔지만, 마땅한 공간이 없었다. 좀 넓은 공간은 예산이 부족해서 얻기가 어렵고 적은 돈에 맞춘 공간은 너무 누추하고 협소했다. 결국, 오피스텔이나 원룸을 얻기로 마음먹었다.

"무슨 사무실로 쓸 건가요?"

"아, 네, 외국인 노동자들이 좀 드나드는 사무실인데요."

"네? 외국인 노동자요? 그럼 안 돼요."

어느 여자 부동산 소개업자가 소개한 원룸을 보고 나서 건물주와 나눈 대화다. 계약하고 싶은 마음이 생겨 건물주를 만나 계약서를 쓰려는 순간이었다. 서류를 쓰기 직전 여자 건물주가 물어보기에 외국인 노동자라는 단어를 솔직하게 그러나 조심스럽게 꺼냈더니 의외의 반응이 나왔다. 50대로 보이는 건물주는 단호하게 잘라 말했다. 계약을 떠나 왜 거절하는지 궁금했다.

"왜 안 되나요?"

"입주자들이 음식 냄새 나서 싫어해요. 싱크대 배수구도 잘 막히고."

"그래요?"

더 말을 섞고 싶어 하지 않는 건물주가 빌딩 꼭대기에 있는 자기 집으로 급히 올라가는 뒷모습을 보며 절망감이 좀 생겼다. 원룸이라도 얻어야 할 형편인데, 그것을 얻기도 쉽지 않겠다는 생각이 들어 막막해졌다.

13

며칠 뒤 다른 부동산에 들렀다. 젊은 여자 직원이 좋은 원룸이 하나 있다고 해서 따라가 보았다. 계약하겠다고 했더니 그녀가 당장 건물주와 통화했다. 그 건물주도 용도를 물었다. 이번에도 여자 직원이 고지식하게 외국인 노동자 얘기를 했다. 건물주가 난색을 보였다. 두 번째도 거절당하고 말았다. 한 주 뒤 다시 다른 부동산을 찾아갔다. 소개한 원룸을 살펴보았다. 원룸 빌딩 출입문과 마주 보이는 1층 방이었다. 사람들이 가장 기피하는 아주 작은 방이었다. 다행히 그 건물주는 용도를 묻지 않았고 계약했다. 어렵게 사무실 자리를 얻었다. 가로와 세로가 각각 3m, 5m쯤 되는 작은 공간이었다. 그 안에 작은 주방과 협소한 화장실이 있었다.

포천에는 외국인 노동자들이 적지 않다. 주말이면 시내가 마치 동남아에 온 듯한 착각을 할 만큼 이주 노동자들이 많았다. 손바닥만 한 작은 공간을 마련했지만, 나의 상상은 넓게 퍼져나갔다. 앞으로 여기서 그들을 만나 차도 마시고, 사는 이야기도 하며, 함께 웃고 울기도 할 것이다. 때로는 문제를 놓고 상담도 하고 한글이나 노동법을 가르치거나 성경 공부를 함께할 것이다. 이주 노동자들과 더불어 동남아 음식은 못 해 먹지만 라면은 끓여 먹고 떡볶이도 만들어 먹을 것이다.

앞으로 만날 이주 노동자들에 대해 상상하는 동시에 떠오른 생각이 있었다. 지난 1978년 말로 거슬러 올라간 생각이었다. 그때 나는 서울시 구로동을 헤매고 다녔다. 정확히 말하면 구로공단 지역이었다. 지금은 전혀 다른 모습을 하는 지역이다. 당시 나는 신학대학 4학년 2학기 수업을 다 듣고 졸업논문을 학교에 제출한 뒤 구로공단으로 갔다. 앞으로 노동자들과 함께하며 그들을 지원하는 활동을 하기 전에 노동을 직접 하는 체험을 하기로 작정하고 그리한 것이다. 나는 먼저 일할 공장을 구했다. 생산직 노동자로 취업하기 위해 고등학교 졸업장을 떼어 제출하고 면

접을 본 곳이 여러 군데였다. 그 가운데 하나가 대한광학이었는데 거기에 취업하였다. 소위 위장취업에 성공한 것이다. 거기는 안경테와 쌍 망원경을 만드는 회사로써 생산직 근로자만 3천여 명이었다.

그 공장에 출근하기 전에 나는 숙소를 구했다. 이른바 '닭장집'의 방을 하나 얻기 위해 구로공단 주변 지역을 돌아다녔다. 하루 만에 방을 얻을 수 있었다. 그 시절 구로동에 114번 버스 종점이 있었다. 그 종점 근처에 낡은 주택들이 많았다. 그 주택 가운데는 방을 작게 나누어 세를 놓는 경우가 흔했다. 손바닥만 한 방에 좁은 부엌이 달린 공간이었다. 담배 연기 자욱한 복덕방에서 친구들과 화투 치느라 정신이 없는 복덕방 주인 할아버지 대신 할머니가 방을 소개했다. 나를 데리고 가서 방을 보여주고 계약서를 쓰게 했다. 첫 번째 본 방을 어렵지 않게 계약했다. 이주 노동자 센터 사무실을 얻기 위해 몇 주 동안 고생한 거 생각하면, 그때 계약은 일도 아니었다. 건물주는 내게 아무것도 물어보지 않았다.

_ 손가락이 짓이겨진 랏타나까안

의정부에 있는 집에서 사무실이 있는 포천시 소흘읍 송우리까지 차를 몰고 갔다. 가는 동안 노란 꽃들이 눈에 자꾸 들어왔다. 개나리였다. 환한 개나리들이 나를 격려해 주는 듯했다. 고양된 마음으로 병원으로 향했다.

사무실을 얻어 놓은 뒤 나는 여러 날 동안 곰곰이 생각했다. 이주 노동자들과 어디서 어떻게 만날지를 고민했다. 포천 지역에 외국인 노동자들이 많지만 처음 접촉점을 어디서 어떻게 찾을지 고민한 것이다. 궁리 끝에 찾은 접촉점은 산재 지정 병원이었다. 주로 노동환경이 열악한 사업장에서 일하는 이주 노동자들이 산재를 많이 당할 것이라는 생각을 하고 산재 지정 병원으로 찾아간 것이다. 마침 송우리에 산재 지정 병원이 있었다.

"랏타나까안 씨세요?"

산재로 입원한 사람의 명단을 미리 입수한 나는 그녀를 찾아갔다. 명함을 건네며 조심스럽게 물었다. 건물 4층 한 병상에 누워있던 그녀는 명함과 내 얼굴을 번갈아 가며 가만히 쳐다보기만 했다. 맥없는 눈동자만 움직이며.

"한국말 할 줄 아세요?"

깁스하지 않은 오른손을 들어 가로 저었다. 내 말을 알아듣지 못하는 눈치였다.

"영어는 할 줄 아세요?"

영어로 물어봤다. 하지만 이번에도 손을 저었다. 난감했다. 어느 나라에서 온 여성인지 어디서 어떻게 다쳤는지조차 알 수 없는 노릇이었다.

"혹시 인디아? 스리랑카? 네팔? 방글라데시?"

얼굴의 피부색이 좀 거무스레하고 눈썹이 짙은 그녀의 눈동자를 쳐다

보며 물었다. 그러자 이번에는 머리를 가볍게 흔들며 낮은 목소리로 '타일랜드'라고 했다. 답답한 나는 할 수 없이 핸드폰의 번역기를 동원했다. 한국어를 태국어로 번역해 주는 기능을 이용해 나를 먼저 소개한 뒤 몇 가지를 물어보았다.

이름은 랏타나까안(가명). 나이는 20세였다. 한국에 들어온 지 넉 달 된 이주여성 노동자. 양말공장에서 일하다가 왼손을 다쳤다. 무거운 물체가 위에서 떨어지면서 손가락들을 짓이겼다. 손가락 두 개를 특히 심하게 다쳤다. 수술받기 전에 찍은 왼손 모습을 내게 보여주었다. 아직도 소녀티가 얼굴에 남아있는 그녀가 핸드폰에 저장된 사진을 보여줬다. 붉은 피가 흐르는 모습이었다.

그녀는 공장에서 안전교육을 제대로 받은 적이 없었다. 한국말을 전혀 할 줄 모르는 그녀는 안전교육도 제대로 받지 못한 채 안전시설도 제대로 갖추어져 있지 않은 작업장에 곧바로 투입되었다. 입사한 이튿날부터 투입되었다. 하루 11시간 이상 장시간 노동에 저임금을 받으며 일하다 그만 사고를 당했다.

그녀의 고향은 태국의 수도 방콕에서 버스로 다섯 시간 걸리는 시골에 있었다. 그녀는 장녀였다. 남동생이 셋이라고 했다. 아버지를 일찍 여읜 그녀는 졸지에 소녀 가장이 되어 엄마를 도와 농사를 짓다가 한국행을 결심한 청소년 노동자였다. 그녀는 세 번 받은 월급 대부분을 고향으로 송금했다고 했다.

랏타나까안과 헤어진 뒤 센터로 돌아오는 동안 떠오른 이름이 있었다. 강순이(가명)다. 그녀는 내가 구로공단 대한광학에서 노동할 때 같은 반에서 함께 일한 여성 노동자였다. 19세로 고향이 전라북도 순창군 시골이었다. 당시 우리 반은 사포질을 주로 했다. 쌍 망원경의 금속 부속품

17

에 도장, 도금한 뒤 건조기에서 건조한 것을 가져다가 불량품을 가려내어 표면을 다듬는 작업을 했다. 그 작업을 아주 섬세한 사포로 했다. 이 작업을 하면서 그 부속품들을 큰 상자에 담아 옮기는 일을 바삐 했는데 하루는 밤샘 노동하는 날 강순이가 큰 상자를 운반하다 넘어지면서 손가락을 다쳤다. 피가 흐르는 손가락을 쳐다보던 그녀의 모습이 떠올랐다. 그녀도 고향에 남동생들이 있다고 했다.

_ 우리 사장님 좋아요

산재병원에 출근하다시피 했다. 거기에 가면 언제나 산재 당한 외국인 노동자들이 있었다. 외래만이 아니라 병실에 항상 있었다. 일터에서 다쳐 새로 들어오는 이주 노동자들과 퇴원하는 노동자들을 늘 만날 수 있었다. 산재 당한 이주 노동자들 상당수는 제조업체에서 일하는 남자 노동자들이었다. 하지만 입원하거나 외래에서 진료받는 이주여성 노동자들도 끊이지 않았다.

통계를 찾아보니 포천시 인구는 15만 명 정도였다. 그 가운데 이주노동을 하는 사람은 10%가 넘는 것으로 추정되었다. 여기에는 소위 불법체류자인 미등록 노동자도 포함된다. 이주 노동자들은 대부분 공장이나 농장에서 일했다. 공장과 농장의 비율은 7 대 3 정도로 추정된다. 남녀 비율도 그 정도로 보인다.

병원에서 이주 남성 노동자들을 주로 만나던 중 하루는 병상에서 한국인을 많이 닮은 여성 노동자를 만났다. 20대 초반으로 보였다. 검은 머리에 키는 작았다.

"우리 사장님 좋은 사람이에요."

공장에서 일하다 한 쪽 손을 심하게 다친 그 노동자의 말이다. 하얼빈에서 온 동포 노동자였다. 그녀는 정색하며 이 말을 했다. 공장에 들어간지 다섯 달 만에 프레스에 짓이겨진 손가락 수술을 받고 치료 중인 그녀가 산재에 관해 설명하는 나의 말을 듣다 말고 한 말이다. 그녀의 한국말은 기본적인 의사소통이 가능한 정도였다.

산재보험이 있는지조차 모르던 그녀에게 그것에 관해 얘기해 주자 귀를 기울였다. 앞으로 산재를 신청할 때 주의하라는 말을 건네자, 그는 더욱 관심을 가졌다. 신청서에 본인이 직접 사인을 하는 것은 물론 산재 사고 경위도 본인이 직접 쓰라는 말을 해줬다. 특히 사고 경위를 직접 써야할 이유도 설명해 줬다. 간혹 회사가 사고 경위를 거짓으로 꾸며 쓰는 경우가 있으니, 회사에 신청서를 내맡기지 말라고 했다. 그런데 조언을 듣다 말고 그녀는 머리를 흔들며 말했다.

"우리 사장님 좋은 사람이에요."

19

그 말을 강조하는 노동자 앞에서 좀 무안했다. 내가 너무 지나쳤나 싶었다. 회사에 대한 불신감을 지나치게 심어주는 짓을 했다 싶었다. 그래서 목소리를 조금 낮췄다.

"그래요. 다행이네요. 그러나 좋지 않은 사장들이 종종 있거든요. 예를 들어 졸다가 사고가 났다고 거짓으로 사고 경위를 쓰는 사장들이 있어요."

그녀는 나의 말이 떨어지자마자 다시 머리를 좌우로 흔들었다.

"우리 사장님 안 그래요. 우리 사장님 좋아요."

노동자와 기업주, 고용주와 피고용자 사이가 좋으면 얼마나 좋을까?

기업주에 대해 이 노동자가 갖고 있는 마음처럼 기업주도 노동자에 대해 좋은 마음을 갖고 기업을 운영한다면 얼마나 좋을까?

'우리 사장님 좋아요'라는 말을 연거푸 하는 그녀에게 나는 이런 말을 해주고 싶었다.

"좋은 사장이면 왜 안전교육을 한 번도 안 했을까요?"
"좋은 사장이면 왜 안전장치를 설치하지 않았을까요?"
"좋은 사장이면 왜 안전장치가 작동하지 못하도록 했을까요?"

_ 엄마 노동자 닝

병실에서 태국인 여성 노동자를 만났다. 한국말을 전혀 못 했다. 영어도 못 했다. 번역기를 이용해 알아보니 태국에서 온 30대 여성이었다. 태국의 오지 마을에 두 아이를 두고 온 엄마였다. 이름은 닝(가명)이었다. 얼굴에 수심이 가득했다. 한국에 온 지 한 달 되었다.

공장에서 일하다 프레스에 손가락이 잘렸다. 왼손가락 다섯 개가 모두 절단되었다. 엄지부터 새끼손가락까지 잘렸다. 사고 직후 찍은 사진을 보았다. 그 사진을 본 뒤에 나는 후회했다. 며칠 동안 손가락이 절단된 손의 모습이 뇌리에서 떠나질 않았다. 그 사진 본 것을 후회했다.

사측은 그녀를 이틀 만에 위험한 작업장에 들여보냈다. 입사한 지 이틀 만에 프레스에 앉힌 것이다. 안전교육이나 실습 같은 건 없었다. 한국말도 못 하는 사람에게 충분한 설명이나 교육이나 실습도 없이 시퍼런 칼날이 오르내리는 기계 앞에 앉게 한 것이다.

어린아이 둘을 친정엄마에게 맡기고 돈 벌러 온 엄마 노동자. 짧은 시간에 산업화와 민주화를 동시에 이룬 나라라고 자랑하는 코리아 사회는 그녀를 단지 물건으로 취급한 거다. 인간이 아니라 '사물(it)'로 보고 부린 것이다. 인간을 자본의 이윤 극대화를 위한 수단으로 보는 의식과 사회 구조가 그의 손가락 다섯 개를 삭둑 자른 것이다.

산재 지정 병원에서 만나는 이주 노동자들 가운데 특히 손가락을 잘린 경우가 많다. 주로 3D 업종에서 일하다 보니 손가락을 잘리거나 다리가 부러지는 사고와 같은 원시적인 사고가 잦다. 지난 1970~80년대 생산직에서 일한 내국인 노동자들이 흔히 당한 산재 사고를 지금은 외국인 노동자들이 당하고 있다.

7일 후 다시 그녀를 만났다. 그녀에게 산재보험 보상에 관해 설명해주었다. 그러나 그녀는 근심 어린 눈치를 보였다. 알고 보니 그녀는 미등록자였다. 소위 불법체류자였던 거다. 산재보험을 신청하면 당장 강제 출국당할 줄 알고 있었다. 미등록자라도 노동하다 다치면 한국법에 따라 산재보험 보상을 받을 수 있다고 거듭 설명했지만 그녀는 의심했다. 번역기를 이용해 구체적인 내용을 힘겹게 설명했지만 두려움에 사로잡힌 그녀는 여전히 의심했다.

2주 뒤 만난 그녀는 나를 피하는 눈치였다. 그동안 산재보험 보상을 신청했는지 물었지만, 대답하지 않았다. 대답 대신 그녀는 자신의 전화기를 나에게 건넸다. 누군가에게 전화를 건 뒤 내게 전화기를 넘겨준 거다. 엉겁결에 받아보니 어느 여자가 전화기 너머에 있었다. 신분을 밝히자, 그녀는 태국인 교회 전도사라고 자신을 소개했다. 그러면서 닝의 문제는 사장하고 다 이야기했으니 더 이상 관여하지 말라는 식으로 말했다. 사장과 어떻게 합의되었는지 궁금하다고 하자, 그녀는 산재보상 신청 대신 사장이 치료비와 보상비를 주겠다는 약속을 했다고 했다. 산재보상 신청을 하면 고용주에게 여러 가지 불이익이 발생하기 때문에 고용주들은 흔히 산재보상 신청을 훼방하는 경향이 있는데 결국 그렇게 된 것이다. 고용주가 원하는 대로 합의가 된 것이다. 이런 경우 많은 사업주는 적당히 치료받게 하고 적은 금액을 던져주고 만다. 나중에 발생할지 모르는 후유장해를 위한 보상이나 치료는 아예 기대하기조차 힘들다.

_ 마사지 걸

병실을 또 찾아갔다. 출입문 옆에 젤라(가명)라는 이름이 적혀있었다. 이름만 봐서는 국적이 뭔지 알 수 없었다. 성별은 물론 여성 병실이기에 알 수 있었다. 오후 시간에 '젤라'는 자고 있었다. 주삿바늘을 한쪽 팔에 꽂은 채. 나는 그냥 병실을 조용히 나왔다.

3일 뒤 그녀를 다시 찾아갔다. 6인용 병실에 있는 그녀를 방문한 시간은 오후였지만 역시 잠들어 있었다. 깨어있는 그녀를 처음 만난 건 그로부터 이틀 뒤였다. 나의 명함을 건네며 말을 걸었다. 그녀는 한국어도 영어도 말하지 못한다고 했다. 우리는 번역기를 이용해 간신히 의사소통할 수 있었다. 번역기는 문장을 문법에 따라 정확히 입력하지 않으면 오류가 자주 발생해 불편하다.

"무슨 일을 하다 다치셨나요?"

"……."

말없이 그저 등 뒤를 가리키며 아프다는 시늉만 했다.

"어느 공장에서 일하셨나요?"

"공장 아니에요."

공장이 아니라는 표현을 본 순간 나의 눈은 그의 팔목으로 향했다. 느낌이 좀 이상했기 때문이다. 나의 시선을 의식한 그녀는 자신의 한쪽 팔 옷을 걷어 올렸다. 왼쪽 팔 전체에 문신을 하고 있었다.

"무슨 일 하시나요?"

"나는 tattoo artist."

태국에서는 문신이 보편적 문화라고 했다.

"아, 네, 그러면 비자는 무슨 비자를 갖고 있나요?"

"관광비자예요. 3개월에 한 번씩 태국에 갔다가 다시 와서 tattoo 일을 해요."

그녀는 자신의 핸드폰을 열어 사진을 보여줬다. 태국 tattoo shop에서 일하는 자기 모습을 담은 사진을 여러 장 보여주었다.

심한 근육통을 앓고 있는 그녀를 다시 찾은 건 한 주 뒤였다. 다른 산재 노동자들을 만나러 병원에 들렀을 때였다. 나를 반갑게 맞았다. 지루한 병원 생활을 이야기하던 그녀는 나에게 한 가지 부탁했다. 태국어로 쓴 책을 보고 싶다고 했다. 태국 대학에서 컴퓨터 디자인을 전공했다는 그녀는 책 읽기를 좋아한다고 말했다. 소설을 읽고 싶다고 했다.

이튿날 포천도서관을 찾아갔다. 마침 태국어로 된 책들이 있었다. 소설 『겨울연가』를 포함해 세 권을 빌렸다. 한국 소설을 태국어로 번역한 것이다. 며칠 뒤 책을 받은 그녀는 한나절 동안에 책 두 권을 모두 읽었다. 소감을 물었더니 우는 시늉을 했다. 아주 슬프지만, 감동적이었다고 말

23

했다. 그러면서 묻지도 않은 말을 했다. 7년 동안 사귄 남자친구가 있었지만, 지금은 헤어졌다고. 서른한 살인 그녀는 여기서 돈을 벌어 3~4년 뒤에 결혼하고 싶다는 말도 덧붙였다. 그런데 이런저런 이야기를 하던 그녀가 좀 생소한 말을 꺼냈다.

"나는 당신을 만난 뒤 착한 사람으로 살고 싶어졌어요."

번역기를 사용하다 보니 표현이 좀 어색했지만, 뜻은 분명히 전달되었다. 하지만 앞뒤 맥락이 없이, 밑도 끝도 없이 이 말을 불쑥 던지니 나는 그 의미를 충분히 알 수 없었다. 알 듯 말 듯 했다. 그러나 언어의 장애로 더 이야기를 진전시키기가 어려웠다. 그 말을 하게 된 배경이 궁금했으나 더 대화를 펼쳐나가기가 힘들었다. 그저 일반적인 이야기인 줄로 알고 넘어갔다.

며칠 뒤 병실에 그녀는 없었다. 대신 간호사가 책을 내게 전달해 주었다. 갑작스레 퇴원하며 간호사에게 책을 맡긴 거다. 책 속에는 메모지가 들어있었다. 서툰 영어로 쓴 것을 다듬어 옮겨본다.

"Pastor, 죄송합니다. 나는 그동안 거짓말을 했어요. 저는 한국에서 7개월째 마사지 일을 하고 있어요. I don't like massage working. 나의 할머니는 전신마비입니다. 어머니는 뼈 질환을 앓고 있고. 아버지는 나이가 많고. 오빠는 알코올 중독. 나 혼자 돈을 벌어야 해요. 일곱 식구를 위해."

2주 후 젤라가 또 입원했다. 얼마 전 심한 근육통으로 입원했던 그녀가 다시 병원에 들어왔다. 이번엔 위장병으로 입원했다. 마사지숍에서 매일 저녁 7시부터 다음 날 새벽 5시까지 노동을 하는 그녀가 받는 스트레스가 위장으로 몰린 모양이었다. 게다가 식사도 불규칙하고 변변치 못하니 위장병이 생길만하다.

영양제 주삿바늘을 한쪽 팔뚝에 꽂고 있던 그녀는 나를 보자마자 소설 이야기를 꺼냈다. 지난번 입원했을 때 읽은 태국어 소설을 감명 깊게 봤다는 얘기를 또 했다. 슬프지만 감명 깊었다는 얘기를 눈물 흘리는 시늉을 하며 다시 했다. 날 다시 만나자마자 그 소설 이야기를 제일 먼저 꺼내는 까닭은 무엇일까? 아마도 자신의 현실에서 벗어나고픈 무의식이 작동한 게 아닐까. 아니면 현실의 고통을 그 소설로 위무하려는 것인지.

"마사지숍에서 마사지만 하는 게 아닌가 봐요?"

조심스럽게 물었다.

"Yes."

그녀는 덤덤하게 대답했다. 영어를 전혀 못 하는 줄 알았는데, 영어로 대답했다.

"성 접촉도 있는가 보죠?"

"Sexual intercourse도 있어요."

그녀는 당당하게 말했다.

"Boss가 강요하나요?"

"No."

"왜 그 일을 하나요?"

"Because of money."

"돈 벌어서 뭐 하려고 해요?"

"For my family."

태국의 고향 집에는 돈을 버는 사람이 하나도 없다는 말을 또 했다.

가족사진을, 핸드폰을 열어 보여주었다. 할머니는 전신마비, 엄마는 뼈 질환, 아버지는 고령, 오빠는 알코올 중독. 일곱 식구를 먹여 살려야 하는 무거운 짐을 그녀는 마치 전투에 임하는 병사가 짊어진 배낭처럼 지고 있었다. 서른한 살 그녀는 전장에 나와 있는 여전사 같았다. 4년제 대학에 서 컴퓨터 디자인을 전공하고 tattoo artist로 일하다 한국까지 흘러온 여전사. 비록 거듭된 입원으로 위엄이 좀 떨어졌지만.

한동안 흐르던 침묵을 그녀의 말이 깼다.

"I don't like I."

며칠 뒤 그녀를 다시 병원에서 만났다. 병상에 누워 영양제 주사를 맞고 있었다. 이런저런 이야기를 나누다 미등록 노동자를 만난 얘기를 하게 되었다.

"어제는 미등록 노동자 두 사람을 만났어요. 그들은 작은 공장에서 일하고 있어요. 한 사람은 11년 되었고, 또 다른 사람은 5년 되었지. 두 사람 모두 여행 비자로 입국했다가 그냥 눌러앉아 성실하게 노동하며 살고 있어요."

번역기를 이용해 태국어로 이야기하자 그녀는 좀 놀라는 눈치였다.

"불법체류자도 공장에 취업할 수 있어요?"

"네"

힘을 주어 '그렇다'고 말하는 나를 빤히 쳐다보며 믿을 수 없다는 표정을 지었다.

"젤라도 공장에 가고 싶어요?"

소위 불법체류자로서 마사지숍에서 일하고 있는 그녀는 즉답을 피했다.

"젤라, 매일 야간노동을 힘들게 하잖아요. 휴일도 없이. 병원에 반복해서 입원하는 젤라, 이제는 새로운 일을 하면 좋겠어요."

"New job?"

"공장에서 일하거나 housemaid로 일하는 게 가능할 거예요. 내가 알아봐 줄까?"

"……."

한동안 말 없는 그녀에게 내가 좀 도전적인 말을 던졌다.

"너의 가족은 네가 하는 일을 좋아하지 않을 거로 생각해."

그녀는 늘 자기 가족을 위해 돈을 번다고 얘기했다. 노동 능력이 없는 일곱 식구를 책임져야 하는 처지를 늘 얘기해 왔다. 마사지만이 아니라 성매매까지 매일 하는 일이 싫지만, 어쩔 수 없다고 말하곤 했다.

"너의 엄마도 너의 일을 절대 좋아하지 않을 거라고 나는 생각해."

"……."

한참 생각에 잠겨있던 그녀가 입을 열었다.

"공장이나 housemaid 일을 하면 임금이 얼마나 되나요?"

"너는 영어나 한국어를 잘못하기 때문에 housemaid는 힘들 거야. 작은 공장에 들어가서 일하는 거는 얼마든지 가능하고."

"공장……."

"내가 한번 알아봐 줄까?"

27

"Yes."

너의 엄마라는 말이 마음을 움직였는지 'Yes'라는 대답을 선뜻 했다.

"OK!"

행여나 마음이 바뀔까 봐 'OK'라는 말로 그녀의 작심을 꾹 누르고 그녀와 작별했다.

그날부터 나는 미등록자를 고용하는 공장을 찾았다. 한 양말공장을 발견했다.

이틀 뒤 다시 그녀를 만났다.

"양말공장이 있어요. 아침 여덟 시부터 오후 6시까지 일해요. 일요일마다 쉬고. 토요일엔 오전에만 일하고."

"월급은 얼마예요?"

"150만 원 정도 준대요. 일이 숙달되면 200만 원도 받을 수 있고."

"……."

"어때요?"

"……."

"이번에 job 한번 바꾸어 보면 어때?"

"Money."

"Money가 어때서? 지금 젤라는 얼마나 벌어요?"

"200만 원 one week."

그녀는 핸드폰의 번역기를 이용해 영어로 대화했다.

나의 머릿속이 갑자기 복잡해졌다. 말을 더 꺼내기가 힘들었다.

나는 이 말을 하고 병실을 나와야 했다.

"That is your choice!"

_ 채소농장서 만난 찌엔

산재 지정 병원에 드나들면서 농장에서 일하는 외국인 노동자들을 만나고 싶다고 생각했다. 산재 당한 노동자들은 주로 공장에서 일하는 노동자들이었기에 공장과는 다른 노동조건과 환경에서 일하겠다고 생각했다. 그뿐 아니라 이주 노동자들이 일하는 농업 현장을 직접 눈으로 보고 싶은 마음도 있었다.

하루는 날을 잡아 차를 몰고 채소농장들이 모여 있는 지역으로 갔다. 43번 국도를 따라 철원 방향으로 조금 달려가다가 샛길로 접어들자 하얀 비닐하우스들이 줄지어 있는 광경이 펼쳐졌다. 약간 높은 지대로 올라가자, 길이가 100여 미터쯤 되어 보이는 비닐하우스들이 마치 물결을 치듯 넘실거리고 있었다. 그날은 여기저기 흩어져 있는 채소재배 농장들을 둘러보기만 했다. 모처럼 만에 두엄 냄새 맡으며 농업 현장을 살펴보았다.

얼마 뒤 다시 농장들이 있는 지역으로 갔다. 한 비닐하우스 안에서 여성들이 일하고 있었다. 동남아에서 흔히 쓰는 삼각형 모자를 눌러쓴 젊은 여성 노동자들이 상추를 수확하는 작업을 하고 있었다. 쪼그려 앉아서 일하면서 그녀들은 낯선 언어로 이야기를 주고받았다.

나는 비닐하우스 안으로 들어가 인사를 했다. 물론 한국말로 했다. '안녕하세요'라는 인사를 하자 그들은 서로 얼굴을 쳐다보며 눈웃음을 주고받았다. 부끄러워하며 가볍게 인사를 받는 시늉을 했다. 나는 가져간 생수병을 건네며 '수고하세요'라고 말했다. 웃으며 말하자, 그 가운데 하나가 한국말로 '감사합니다'라고 응답했다.

신기하기도 하고 흥미롭기도 해서 말을 더 붙여보니 그들은 베트남에서 온 노동자들이었다. 그 가운데 한국말을 할 줄 아는 여성은 30대 초반

29

으로 이름은 찌엔(가명)이었다. 그날은 그녀에게 명함을 건네며 인사 정도만 나누었다. 그녀들이 바쁘게 일을 하고 있을 뿐 아니라 언어 문제로 소통이 어려워 더 길게 이야기를 주고받을 수 없었다. 다시 오겠다는 말을 남기고 작별했다.

한 주 뒤 어느 늦은 오후 우리가 늘 먹는 상추, 쑥갓, 시금치, 얼갈이, 파 등을 재배하는 비닐하우스 단지를 방문했다. 비닐하우스 안에서 쑥갓을 한창 수확하고 있는 노동자들을 만났다. 베트남에서 온 여자 노동자들이었다. 일하느라 정신이 없어 긴 얘기를 할 수 없었다. 가져간 빵을 찌엔에게 건네고 짧은 대화를 하고 나오는데, 젊은 남자가 밖에 서 있었다. 손가락에 붕대를 감고 있었다. 언뜻 한국인 청년처럼 보였다.

알고 보니, 그는 공장에서 일하다가 다친 베트남 이주 노동자였다. 그는 나를 농장 한 귀퉁이에 있는 기숙사로 친절하게 안내했다. 그렇게 검은 비닐을 뒤집어쓴 침침한 가건물로 들어갔다. 그는 작은 식탁에 앉아 커피를 대접했고 나와 이야기를 나눴다.

그는 농장에서 좀 떨어진 공장에서 일하는 노동자였다. 산재를 당해 일을 못 하는 그가 자기 부인이 일하고 있는 농장에 들른 것이다. 부부는 한국에 7년 동안 취업비자로 들어와 일했다. 그들은 본국에 외아들을 두고 와서 맞벌이하고 있었다.

"그동안 돈 많이 벌었어요?"

내 물음에 그는 해맑게 웃기만 했다. 그러다 입을 열었다. 토요일, 일요일에도 쉬지 않고 하루 12시간씩 일해, 한 달에 그는 230만 원, 부인은 170만 원 정도의 월급을 받는다고 말했다.

"그동안 여기서 살면서 한국에 대해 좋은 점은 뭐에요?"

"일해서 좋아요."

† 경기 북부의 한 채소농장 비닐하우스 안에서 일하는 이주여성 노동자들.

"베트남에는 일이 없나요?"

"일 있지만, 월급 적어요. 여기서 일하는 거 똑같이 해도, 월급 30만 원 정도밖에 안 돼요."

"앞으로 베트남으로 돌아가면, 뭐 할 거예요?"

"아직 몰라요."

그의 얼굴은 밝았다. 잇몸이 다 드러나게 웃는 그의 눈빛은 빛났다.

우리는 전화번호를 주고받았다. 그리고 친구를 맺었다. 나는 산재보험에 관해 설명한 뒤, 그의 손가락 쾌유를 빌어주었다. 이국땅에까지 와서 땀 흘려 일하는 부부의 앞날을 축복했다.

그와 헤어지려고 할 때, 한 여성이 숙소 안으로 들어왔다. 얼굴을 자세히 쳐다보니 찌엔이었다. 두 사람은 부부였다. 키가 큰 찌엔은 식탁에 앉아 있는 우리에게 귤을 대접했다. 셋이 이야기를 더 나누게 되었다.

"아들은 누가 키우나요?"

31

부인에게 묻자 웃으며 대답했다.

"여동생이 키워요."

"아들 보고 싶지 않아요?"

"많이 보고 싶어요. 매일 동영상으로 전화 이야기해요."

인터넷이 발달한 시대라 그런지 그들은 그래도 영상통화를 통해 그리움을 달래며 힘든 시간을 견디어 나가는듯했다.

_ 캄보디아인 여성 노동자들

열대야가 지속되는 여름, 낮 최고기온이 30도가 넘는 날이 이어졌다. 우리네 밥상에 늘 오르는 채소를 재배하는 이주 노동자들을 만나러 포천 시내를 또 벗어났다. 조금만 벗어나도 비닐하우스 농장이 나타났다. 한 농장에 비닐하우스가 보통 50개 내지 백 개 정도 되었다. 비닐하우스는 보통 길이가 70~100m쯤 되고 입구의 폭은 6~7m쯤 되었다. 그런 농장에 보통 5명에서 10명 정도가 일했다. 그들의 숙소는 대부분 농장 한 귀퉁이에 있는 가건물이었다. 검은 차광막을 뒤집어쓴 컨테이너나 샌드위치 패널 가건물이었다. 물론 그것은 불법 가건물이다. 농지법, 건축법, 근로기준법 위반 건축물이다. 그런 농장의 농장주들은 고용노동부가 고용 알선한 이주 노동자를 고용해 농사를 짓고 있었다. 농장주들은 대개 땅을 지주로부터 빌려서 농업을 경영했는데, 아주 일이 많을 때는 종종 한국인 중년 여성들을 일용직 노동자로 고용하기도 했다.

포천 지역에는 채소재배 농장들이 많았다. 철원 쪽으로 좀 더 올라가면 젖소를 기르는 축산농들이 몰려 있는 지역도 있지만 대체로 채소재배 농장들이 많았다. 이 농장들을 둘러볼 때 우선 눈에 띄는 현상은 남자 노동자보다 여자 노동자들이 더 많다는 사실이다. 제조업 쪽 공장에 가면 물론 이주 남성 노동자들이 이주여성보다 더 많다. 농장 노동자들은 주로 20~30대 여성들로서 대개 동남아시아 출신이다. 포천 지역에서 만난 여성 노동자들은 캄보디아, 베트남, 태국, 네팔 출신이 많았다.

낮 최고기온이 30도가 넘는 날 오후 비닐하우스 안의 온도는 찜통 같았다. 나는 한 발짝만 들어가도 숨이 턱턱 막혀 안으로 깊이 들어가기가 어려웠다. 한 비닐하우스 안에서는 캄보디아 여성들이 오이 따는 작업을 한창 하고 있었다. 그들은 6시가 되어서야 일을 마쳤다. 그 농장은 비닐하우스가 80개였다. 거기서 일하는 노동자는 모두 캄보디아 출신으로 여자가 네 명, 남자가 세 명이었다. 연령은 한 여성을 빼고 모두 20~30대였다. 맏언니 노릇을 하는 노동자만 40대 후반이었다. 앙헹이라는 이름을 가진 그녀는 한국말을 곧잘 했다. 키가 작고 얼굴이 거무스레한 그녀는 늘 웃는 모습을 보였다.

두 번째 만난 그녀와 대화했다. 농장 한쪽에 있는 기숙사에서 얘기를 나눴다.

"한국에서 몇 년 동안 일했어요?"

"팔 년이에요."

"이 농장에서 계속 일 했나요?"

"네."

"비자는 무슨 비지에요?"

"E9이에요."

"아, 네 취업비자군요."

"아침에는 몇 시부터 일하나요?"

"아침 6시부터 일해요."

"점심시간은 한 시간인가요?"

"네. 그런데 요즘에는 바빠서 30분만 밥 먹어요."

"쉬는 시간은 없나요?"

"네, 없어요."

"쉬는 날은 언제예요? "

"한 달에 두 번 쉬어요. 토요일 두 번만."

"한 달에 월급은 얼마예요?"

"지금 월급 170만 원이에요."

"여기 기숙사 돈 내나요?"

"네, 사장님이 한 달에 25만 원 잘라요."

농장주에 대해 어떻게 생각하는지도 물었더니 의외의 대답이 나왔다.

"사장님 좋아요?"

"우리 사장님 좋아요. 우리 사장님 별명이 호랑이예요."

그녀는 한 손으로 입을 가리고 웃으며 말했다.

채소농장에서 일하는 여성 노동자들은 쪼그려 앉아서 일하는 시간이 많다. 대부분 일이 그 자세로 하는 작업이다. 모종을 심고 수확을 하는 일이 그런 자세로 하는 일이다. 그래서 그런지 앙헹은 나와 얘기하는 동안 헐렁한 통바지를 입은 채 무릎을 주무르곤 했다.

피곤한 몸으로 또 저녁을 해 먹고 일찍 자야 하는 사람들이라 그들과 더 대화할 수 없었다. 금방 자리에서 일어났다. 그들은 다음날도 일찍 일어나 온종일 노동해야 한다.

34

_ 밤샘 노동 하다가

어느 오후 산재 지정 병원에 또 들렀다. 5층 병실을 둘러보니 새로운 얼굴
이 보였다. 키가 작은 방글라데시 출신 노동자 라만 알리(가명)였다. 곱슬
머리를 가진 그가 침상에 누워있었다. 아침에 수술받았다고 했다. 플라스
틱 가공공장에서 밤샘 노동을 하다가 오른손 등뼈 세 개가 부서졌다.

그를 위로하고 사무실로 돌아오면서 나는 대한광학 시절을 회상했다.
그때 나는 하루 12시간씩 노동했다. 한주는 낮에 한주는 밤에 일했다. 일
주일씩 교대로 노동했으니, 한 달의 절반은 야간노동을 한 것이다. 저녁 7
시부터 시작된 야간노동은 아침 7시에 끝났다. 밤을 꼬박 새우며 노동하
다 너무 피곤하면 대형 건조실이나 화장실에 들어가 도둑잠을 자기도 했
다. 쪼그려 앉아서 잠시 눈을 붙인 거다. 아침에 퇴근하면 집으로 돌아가
아침도 먹지 않고 쓰러져 자는 날이 많았다.

지난 70~80년대에는 내국인 노동자들의 야간노동이 흔했다. 밤새워
일하는 생산직 노동자들이 많았다. 그 시절 많은 여성 노동자가 일한 사
업장에 대한 자료를 보면 밤샘 노동을 밥 먹듯이 했음을 알 수 있다. 지금
은 밤샘 노동하는 이주 노동자들이 많다. 철야 노동하는 자리가 내국인
에서 외국인으로 바뀐 것이다. 외국인 가운데서도 주로 동남아시아에서
온 젊은이들이 그 자리를 담당하고 있다. 우리나라에서 일하는 외국인
노동자는 대략 130만 명 정도다. 그들은 주로 이른바 3D 업종에서 일하
는 데 노동하는 때가 야간인 경우가 많다. 물론 밤샘 노동은 농장보다는
공장에서 흔히 볼 수 있다.

경제 규모가 세계 10위권에 들어간다는 코리아. 우리나라의 사회경제
가 이제 이주 노동자 없이는 안 돌아갈 정도가 되었다. 130만 이주 노동

자는 장시간 노동이나 야간노동을 하며 우리 사회의 토대를 떠받들고 있다. 그들은 농업, 어업, 제조업, 서비스업, 건설업 등에서 우리 산업의 기초를 감당하고 있다. 그들 없이는 농사를 못 짓고 중소기업도 돌아가지 않는다는 말이 나올 정도이다.

손의 등뼈가 부서진 방글라데시인 노동자는 철야 노동을 하다가 기계의 오작동으로 말미암은 사고를 당했다. 이주 노동자들이 밤샘 노동을 하더라도 안전한 환경에서 일할 수 있으면 좋겠다. 하지만 오직 이윤의 극대화를 꾀하기에 급급해 노동자의 안전은 뒷전으로 미루는 사업주들을 흔하게 본다. 돈보다 사람의 생명을 뒷순위에 두는 사회는 결코 건강한 사회라 할 수 없을 것이다. 생명은 내국인이나 외국인이나 고귀하기는 마찬가지이다. 선주민이나 이주민이나 그 생명의 무게는 같다. 피부색에 따라 그 생명의 값어치가 다르지는 않다.

_ 체불임금 받고 싶어요

산재 지정 병원을 꾸준히 방문하여 이주 노동자들을 만나면서 그들을 지원하다 보니 입소문이 퍼졌다. 산재를 당해 우리 센터의 도움을 받아 본 노동자들은 체불임금이나 직장 내 폭행, 사업장 변경 같은 문제가 있으면 우리 센터를 친구들에게 소개해 주었다. 그래서 만나지 않은 이주 노동자들도 자발적으로 찾아오곤 했다.

필리핀 출신 여성 노동자 제이(가명, 29세)는 그런 노동자 중 하나로 친

‡ 어느 필리핀인 여성 노동자가 체불임금 때문에 포천이주노동자센터를 찾아와 상담받고 있다.

구의 소개를 받고 찾아왔다. 그녀는 포장지를 만드는 공장을 다니다가 임금을 주지 않아 퇴사했다. 한국말을 거의 못 하는 그녀는 체불임금을 어디서 어떻게 받는지 알지 못한 채, 회사를 찾아가거나 전화로 사장에게 임금을 달라고 얘기했다. 하지만 수십 번 약속을 어기는 사장을 보면서 포기하고 말았다. 그녀가 받지 못한 임금을 계산해 보니 1,500만 원이었다.

그녀만이 아니라 많은 이주 노동자가 체불임금을 포기한다. 한국말을 모르고, 한국 지리도 모르고, 한국법도 모르는 그들에게 체불임금 문제는 난제이다. 수억 원쯤 되는 사안이라면 변호사를 찾아가기도 하겠으나 그렇지도 않으니 포기하기 일쑤다. 혹시 노동부에 신고하거나 진정하는 것을 알고 혼자 노동부에 갈 경우, 담당자가 권위주의적인 태도로 외국인 노동자를 대하거나 반말로 얘기하거나 법률 용어 같은 것을 사용하면 주눅이 들고 난처해진다. 이런 상황에서 한 해에 기업들이 떼어먹는 이주 노동자 임금이 천억 정도다.

제이는 체불 임금 1,500만 원을 받기 위해 용기를 내 노동부에 진정했다. 제이는 노동부에 출두해 조사받았고 내가 동행했다. 제이가 영어를 할 줄 알기에 그녀의 통역을 도왔다. 사장도 같은 시간 출두해 조사받았는데 그는 체불임금이 5백만 원이라고 주장했다. 임금을 현금으로만 지불한 사장은 제이가 아무 증거도 없다는 점을 내세우며 거짓 진술을 버젓이 했다. 제이는 증거 자료가 없으니 답답하기만 했다. 노동한 시간을 기록한 노동일지 같은 증거조차 없으니, 근로감독관도 난처한 처지였다. 결국, 근로감독관은 700만 원으로 체불임금을 확정하고 말았다.

넉 달 뒤 제이는 근로복지공단을 통해 체불임금 7백만 원을 받았다. 그녀에게 그 돈으로 필리핀에서 무엇을 할 수 있냐고 물었다. 그녀는 1,500만 원을 받았다면 시골 고향에 있는 땅에 집을 지을 수 있다고 말하면서 아쉬워했다. 제대로 임금을 받았다면 병들고 늙은 부모님이 살 수 있는 집을 지을 수 있다는 말을 들을 때 새삼 느끼는 게 있었다. 기업들이 떼어먹은 체불임금은 이주 노동자들에게는 집이요 쌀이요 땅이요 학비요 치료비요 생활비인 것이다.

며칠 후 일요일 제이가 한 남자와 함께 우리 센터를 찾아왔다. 알고 보니 남편이었는데 그들은 부부가 함께 한국에서 맞벌이하고 있었다. 아이하나는 친정 부모와 여동생에게 맡기고 타국에서 부부가 열심히 돈을 버는 중이었다. 4년 전에 남편이 먼저 취업비자를 갖고 입국했다. 아내는 취업비자 없이 남편을 따라 들어와 그동안 미등록자로서 노동했다. 아이는 여기서 낳았다고 했다. 여기서 임신하고 여기서 출산을 해 서너 달 기른다음 제 나라에 보낸 것이다.

그들은 성경 공부에 참여했고 나는 그 가정을 위해 평안을 빌어주었다. 자본은 국경을 자유롭게 넘나들며 이윤과 착취의 극대화를 위해 활약하는 때에 노동자들은 여러 가지 제약이 많다. 그래서 등록자니 미등록자니, 합법이니 불법이니 하며 기득권자들이 제멋대로 딱지를 붙인다. 나는 자본의 이윤보다 근면한 노동을 우선시한다. 합법, 불법 이전에 생명을 중요하게 본다. 부인인 제이가 비록 미등록자이지만 그들과 아이의 안전과 평안을 위해 기꺼이 기도해 줬다.

_ 다른 농장으로 가고 싶어요

E9 취업비자로 입국한 이주 노동자는 내국인이 기피하는 일터에만 취업할 수 있다. 외국인 노동력을 들여오기 위해 만든 법과 제도가 그렇게 규정하고 있다.

취업비자로 들어온 뻔닝(가명, 태국)을 노동부는 경기 남부 한 채소농장으로 보냈다. 노동부는 외국인 노동자를 일방적으로 고용 알선하면서 사업장에 대한 정보를 주는 게 거의 없다. 그녀가 알선받은 곳에 가서 보니 농장은 아주 외진 곳에 있었다. 해가 지면 사방이 칠흑같이 어두운 지역인 데다 혼자만 일하는 농장이었다. 숙소는 채소를 재배하는 농장 한 귀퉁이에 있는 낡은 컨테이너였다. 화장실은 밖에 있었다. 밤에 화장실에 가는 일은 고역이었다. 무서웠다.

그녀(20대 초반)는 그곳에서 한 달 동안 일했다. 외질뿐 아니라 무섭기까지 한 환경에서 도저히 견딜 수 없어 고용주에게 일터 이동하겠다고 말하고 이동을 위한 사인을 요구했다. 외국인 노동력을 들여오기 위해 국회가 만들고 정부가 집행하고 있는 고용허가제(법)에 따라 그리 요구한 거다. 그러나 사업주는 누차 완강히 거부했다.

사업장 변경 문제 때문에 고통당하는 이주 노동자들은 흔했다. 하루는 포천시 가산면에 있는 채소농장들을 둘러보다가 만난 베트남 여성 노동자 응우옌(가명)이 내게 고민을 털어놨다. 그녀는 서툰 한국말로 얘기했다. 처음에는 무슨 말인지 알아듣지 못했다. 한참 이야기를 듣다 보니 그녀는 다른 농장으로 가고 싶다는 의사 표현을 하고 있었다. 입국한 지 두 달 된 22세 여성이었는데 매일 비닐하우스 안에서 쪼그려 앉아서 하는 작업이 너무 고통스럽다고 말했다. 물론 그녀를 일방적으로 그 채소농장에 고용 알선한 곳은 고용노동부였다. 하루 11시간씩 매일 쪼그려 앉아 상추 수확을 하다 보니 무릎이 아파 견딜 수 없다고 했다. 그녀도 농장주에게 일터를 변경하고 싶다고 말하며 사업장 변경을 위한 사인을 요구했다. 그녀는 장시간 쪼그려 앉아서 일하지 않는 버섯농장이나 양계농장으로 가고 싶어 했다. 그러나 고용주는 연거푸 거절했다.

일터 이동의 자유는 인간의 기본권이다. 노동자가 일터를 자유롭게 이동하는 것은 자본주의 사회의 일반적이고 기본적인 원칙이다. 외국인 노동자라고 해서 이 기본적인 원칙을 거스르는 법과 제도로 옥죄는 일은 매우 우려스러운 처사다. 어느 개인 사업주가 그렇게 기본권을 제한해도 큰 문제일터인데 국가가 조직적으로 제한하고 억제하니 자못 심각하다.

40

_첫 TV 방송 인터뷰

소셜미디어 시대, 이제 SNS를 이용하는 생활이 일반화되었다. 경기도 변방에서 이주 노동자들과 더불어 지내며 활동하는 나에게 페이스북은 유용한 수단이다. 세계와 무제한 소통할 수 있는 아주 중요한 도구다. 나는 이주 노동자들과 함께 지내는 생활을 시작하면서부터 페이스북 활동을 했다. 거의 날마다 이주 노동자에 대한 글을 구체적인 사례와 함께 올리며 현장 사진도 덧붙였다. 이주 노동자들의 구체적인 실태를 모르는 사람들이 관심을 두고 하나둘 글을 읽었다. 그 가운데는 기자들도 있었다.

하루는 JTBC 뉴스 취재진에서 연락이 왔다. 〈밀착 카메라〉라는 코너를 맡은 여기자가 우리 센터를 방문하여 인터뷰하고 농업 이주 노동자들의 실태도 보고 싶다고 했다. 불가마 같은 찜통더위가 이어지는 날씨에 농업 이주 노동자들은 어떻게 작업을 하고 또 어떤 숙소에서 지내는지 궁금하다는 말도 덧붙였다.

우리 사회에 은근히 퍼져있는 이주 노동자에 대한 오해, 편견, 혐오를 줄이는 방법으로 우선 그들의 실태를 바르게 알리는 것이 좋다고 생각한다. 그래서 기자의 요청을 흔쾌히 받아들였고 언론 보도를 위한 취재에도 적극적으로 임했다.

20대 여기자(언론 노동자)는 나와 2시간 정도 인터뷰했다. 그녀에게 130만 이주 노동자의 일반적인 노동환경과 조건에 관해 설명해 줬다. 그리고 그들의 구체적인 생활을 알려주는 것과 동시에 그들을 옥죄는 법과 제도 등 구조적인 측면도 짚어주었다. 기자지만 외국인 노동자의 노동 현장을 처음 보게 된 그녀는 매우 진지하게 나의 말을 귀담아들었다. 그리고 여러 가지 질문도 했다.

취재진은 포천 지역에 있는 채소재배 농장들을 둘러봤다. 비닐하우스들이 줄지어 있는 농장을 처음 본 그들은 카메라에 농장 풍경을 담기에 바빴다. 낮 최고기온이 섭씨 30도가 넘는 날씨에 비닐하우스 안에서 일하는 여성 노동자들을 발견해서 노동자들과 인터뷰를 시도하기도 했다. 비닐하우스 안의 온도는 찜통 같았다. 저녁 6시 하루 노동을 마친 이주 노동자들이 농장 한 귀퉁이에 있는 기숙사로 들어가기 시작했다. 취재진은 검은 차광막을 덮어놓은 낡은 불법 가건물 기숙사 안에서 노동자와 인터뷰를 시도했다.

기자는 절대군주 같은 고용주의 눈치를 보느라 얼굴을 드러내놓고 인터뷰하기를 꺼린 남자 노동자와 어렵게 대화를 나누었다. 그 노동자는 일터 이동을 간절히 원했다. 한 달에 하루도 쉬지 못하고 일을 하지만 임금은 너무 적다고 말했다. 비가 새는 기숙사는 살기 불편하고 비닐하우스 안에서 농약 뿌리는 일도 위험하다고 말하며 큰 고통을 호소했다. 그는 다른 농장으로 가고 싶지만, 고용주가 이동을 허락하는 사인을 해주지 않는다고 토로했다. 취업비자로 입국한 그 노동자는 그 농장서 5년 넘게 머슴처럼 일했다.

며칠 후 저녁 뉴스 시간에 방송이 나갔다. 찜통 같은 비닐하우스 안에서 일하는 노동자들의 모습을 보여주며 그 기자는 열악하기 그지없는 노동조건을 시민들에게 알렸다. 내국인들이 기피하는 노동환경에서 일하는 그들의 노동조건은 인간의 기본권조차 보장되지 않은 처지임을 있는 그대로 방송했다. 기자는 사업장 변경을 간절히 원하지만, 고용주의 거부로 고통당하고 있는 노동자의 목소리를 전하며 나의 인터뷰도 핵심을 뽑아 내보냈다. 고용주의 사인 없이는 일터 이동조차 할 수 없게 만드는, 이주 노동자를 노예처럼 만드는 제도적인 문제를 지적했다. 기자는 우연히

† 비닐하우스 안에서 면 마스크 쓰고 농약을 뿌리는 이주 노동자.

만난 농장주의 발언도 함께 내보냈다.

　시청률이 높은 저녁 뉴스 시간에 이주 노동자들의 실태를 방송함으로써 음습한 곳에 덮여있는 이주 노동자의 문제가 공론화되도록 하는 일은 귀한 일이라고 본다. JTBC와 인터뷰한 노동자는 2년 뒤 종합병원에서 불임 판정을 받았다. 여러 해 동안 농약을 살포한 결과라고 그는 생각했다. 지금은 귀국한 그와 부인은 아기를 낳지 못해 크게 절망하고 있다.

포천 지역에 집중 폭우가 내렸다. 그다음 날 캄보디아 출신 노동자들이
일하는 채소농장에 가 보았다. 남자 노동자 네 명과 여자 노동자 네 명이
일하는 곳이다. 저녁 6시 일을 마치고 기숙사로 돌아오는 여성 노동자 앙
헹을 만났다. 기숙사는 농장 한 귀퉁이에 있었다. 약간 저지대에 있는 그
숙소는 샌드위치 패널로 지은 불법 가건물로 검은 차광막을 뒤집어쓰고
있다. 기다란 가건물을 칸막이해 방 네 개를 만들었다. 원룸처럼 만든 방
하나에 두 명 혹은 세 명이 생활했다.

앙헹의 방은 아직 다 정리가 되지 않은 상태로 있었다. 키가 작고 웃음
이 많은 그녀는 방을 보여주며 말했다.

"어젯밤에 물이 여기까지 들어왔어요. 비가 너무 많이 왔어요."

방까지 물이 차올라왔었다고 말하는 그녀의 눈에는 아직도 불안한
기색이 스며 있었다. 불안감이 묻은 미소를 지으며 말했다.

채소를 재배하는 농장의 밭에 지어진 가건물. 사람이 상시로 거주하
면 안 되는 주거시설이다. 건축허가를 받지 않은 건물이라는 것은 사람이
살 수 없는 시설이라는 의미를 지닌다. 이런 불법 건물은 지자체가 철거해
야 할 의무가 있다. 하지만 지자체는 지난 수십 년 동안 철거하지 않았다.
직무 유기를 한 것이다. 이렇게 방치한 불법 가건물 기숙사가 여기저기 많
다. 경기도만 해도 농어촌에 1천여 개가 넘을 것이다. 제조업 쪽까지 계산
하면 그 몇 배가 될 것이다. 고용노동부는 직무 유기를 넘어 불법을 버젓
이 자행하고 있다. 노동부는 이 위반건축물을 노동자의 기숙사로 인정하
고 이 불법시설을 기숙사로 제공하는 사업장에 외국인 노동자를 마구 알
선해 왔다. 지난 수십 년 동안 그랬다.

우리나라는 지난 1990년대 초반부터 외국인 노동력을 들여오기 시작했다. 현재는 외국인 노동자가 130만 이상이다. 사업주들이 흔히 외국인 노동자 없이는 농사 못 짓고 중소기업 안 돌아간다고 말한다. 하지만 필요해서 외국인 노동력을 대대적으로 들여왔는데 준비가 안 된 점이 너무 많다. 인간으로서 기본적으로 받아야 할 것들을 마련해 놓지도 않은 상태에서 그저 외국인 노동력을 들여오기에 급급했다. 그러다 보니 불법 가건물을 기숙사로 제공하는 일이 일반화된 것이다. 지자체는 직무 유기를 하고 노동부는 불법을 저지르면서 사업주의 이윤 극대화를 도모하고 있는 게 이주노동의 현실이다. 인간의 기본적인 인권(주거기본권 포함)을 무시하거나 경시하면서 자본가의 이윤을 극대화해 주는 국가나 정부는 과연 무슨 의미가 있는 것인가? 새삼스럽게 그 존재 이유를 묻게 된다.

온종일 상추를 수확하느라 바쁘게 일한 앙헹이 옷가지들을 방 밖으로 내놓았다. 그녀는 빨래하고 동생뻘 되는 여자 노동자는 저녁 식사 준비를 하는 모습을 뒤로하고 나는 움막 같은 기숙사를 빠져나왔다. 신발에는 진흙이 잔뜩 묻어 발걸음이 무거웠다.

_ 팔을 다친 시리카

앙헹 씨가 기거하고 있는 기숙사에는 캄보디아 출신 여성 노동자가 모두 네 명이다. 그 가운데 하나는 시리카이다(가명). 그녀는 앙헹 씨보다 다섯 살 아래다.

가을비가 내린 다음 날 앙헹 씨가 일하는 농장에 들렀다가 시리카를 만났다. 그녀는 다른 동료 노동자들이 모두 일하는 시간에 기숙사에 머물고 있었다. 그녀의 왼팔에 깁스하고 있었는데 농장에서 일하다가 다친 것이다. 비가 내려 질척한 밭에서 일하다가 그만 미끄러졌고 팔에 금이 갔다.

"병원에 갈 때 사장님이 차로 태워다 줬나요?"

그들은 농장주를 사장이라고 부른다. 당연히 사장이 병원에 데리고 갔겠다고 생각하고 물었지만, 대답은 달랐다. 한국말을 곧잘 하는 그녀는 고개를 저으며 말했다.

"아니요."

팔을 다친 시간에 사장이 농장에 있었지만, 그녀는 혼자서 아픈 팔을 갖고 병원에 갔다고 했다. 버스를 타고 시내까지 혼자 간 것이다. 도무지 이해할 수가 없어, 왜 그랬느냐고 물었지만, 그녀는 웃기만 했다. 치료비도 자신이 지불했다고 하며 웃기만 했다. 국민건강보험에 가입은 되어 있기에 보험으로 치료비를 처리했지만, 일하다가 다친 노동자를 병원에 데려가지도 않고 치료비도 나 몰라라 한 사장을 이해할 수가 없었다.

취업비자를 갖고 있는 농어업 이주 노동자들은 국민건강보험에 가입되어 있다. 지역가입자로 분류되어 가입되는 그들은 한 달에 보험 부담금이 대부분 일률적으로 12만 원 정도다. 그러나 5인 이하 농어업 사업장에 근무하는 이주 노동자들은 산재보험 보상 대상이 아예 아니다. 이들은

46

농기계를 다루다 큰 부상을 당해도 산재보상을 받지 못한다.

시리카는 캄보디아 고향에 딸을 하나 두고 온 엄마 노동자다. 서른네 살인 그녀는 결혼한 지 3년 만에 이혼하고 한국행을 결심했다. 그녀가 한국행을 결심하게 된 동기는 지독한 가난 때문이었다. 수도 프놈펜에서 버스로 다섯 시간 정도 들어가는 시골에서 살다 온 그녀가 겪은 가난은 우리의 상상을 초월한다. 일자리가 드물 뿐 아니라 노동해도 임금이 너무 낮아 입에 풀칠하기도 어려웠다. 그녀는 묽은 쌀죽을 끓여놓고 여러 식구가 둘러앉아 소금 하나를 반찬으로 놓고 끼니를 때우는 생활을 했다고 말했다.

캄보디아에는 지금도 취업을 위해 한국에 오려고 기다리는 젊은이들이 줄지어 있다. 그래서 그런지 아니면 오랫동안 군사독재 체제 아래서 굴종하며 살아서 그런지 부당한 대우를 당해도 체념하며 참는 경우가 많다. 외국인 노동력을 들여오기 위해 국회가 만들고 정부가 시행하는 제도와 법이 고용주에게 절대권력을 주는지라 그들의 체념과 굴종의 자세는 더욱 굳어지는 듯하다.

"시리카, 다음에 또 병원에 가지요? 앞으로 치료가 다 끝나면 사장님에게 치료비를 달라고 얘기하세요."

나의 말에 그녀는 또 엷은 미소만 지었다.

_ 이 마스크는 농장 여성 노동자들에게

이주 노동자들과 함께하는 생활을 하다 보니 시간이 더 빨리 지나가는 듯했다. 특히 그들이 당하는 산재나 체불임금이나 사업장 변경 문제 등을 갖고 씨름하다 보니 더욱 그런 것 같았다. 그들을 지원하는 일은 24시간 진행되는 일이라 해도 과언이 아니다. 시도 때도 없다. 우리 센터의 일은 출퇴근 개념도 없다. 낮이든 밤이든 평일이든 주말이든 이주 노동자들의 위급한 일이 생기면 시간에 구애받지 않고 그들을 도와야 한다. 이일에 전적으로 매달리는 실무자는 나 하나이고 여러 자원봉사자가 부분적으로 돕는다. 자원봉사자들이 돕지만, 제한적일 뿐이다.

경사진 계곡의 물처럼 빠르게 흐르는 시간을 따라 하루하루 지내다 보니 1년, 2년이 훌쩍 지났다. 그러다 보니 전혀 예기치 않은 사태도 벌어지는 때를 만났다. 평생 살아오면서 경험해 보지 않은 코로나19 사태다. 지구촌 전제가 팬데믹에 사로잡힌 사태. 2020년 초 중국 우한에서 시작된 이 바이러스 감염병이 지구촌 전체로 퍼졌다. 우리나라도 예외가 될수 없었다. 대구에서 급속히 번지기 시작한 코로나19는 수도권에서도 확산하기 시작했다. 정부는 코로나 감염이 의심되는 사람을 찾아 검사하고 확진된 사람은 모두 격리 조치하고 치료받도록 하였다. 엄격한 사회적 거리 두기를 실시하고 마스크 착용을 실내외에서 의무적으로 하도록 했다. 그래도 확산하는 추세를 막을 수는 없었다.

모든 국민에게 마스크를 공급해야 하는 상황인지라 마스크 공급에 차질이 빚어지기도 했다. 제한된 수량만 제한된 장소에서 판매하는 조치가 취해지면서 외국인등록증이 없어 마스크를 공식적으로 구매할 수 없는 미등록 노동자들은 난처해졌다. 주민등록증이나 외국인등록증 같은 신분증이 있어야 마스크를 구입할 수 있기 때문이었다. 우리 센터는 타 단체와 함께 이 문제를 관계 당국에 제기하고 언론을 통해 발언도 했다. 그러자 시민들이 이주 노동자를 위한 마스크를 우리 센터로 보내기도 했 다. 어느 여성 시민들은 직접 만든 마스크를 보내주기도 했다. 집에서 손 수 만든 수제 마스크를 보내와 농업 이주여성 노동자들에게 전달했다. 여 러 가지 색상으로 정성껏 만든 수제 마스크를 받은 이주여성 노동자들은 기뻐하며 감사하는 마음을 표현했다.

그 여성 시민들은 마스크를 보내며 이미 이 말을 덧붙였었다.

"목사님, 이 마스크는 꼭 농장 이주여성 노동자들에게 전달해 주세요."

이주 노동자들을 지원하는 활동을 시작할 때부터 거의 매일 이주 노 동자에 대한 글을 페이스북에 올렸다. 그 가운데는 농장 노동자들 특히 농장에서 일하는 이주여성 노동자들에 대한 글도 적지 않았다. 사진과 함께 올린 글들 가운데 마스크 때문에 어려움을 겪는 여성 노동자들에 관한 이야기가 특히 마음에 닿았는지 농장 여성 노동자를 특별히 챙겼 다. 나의 글을 매개로 해서 내국인(선주민) 여성과 이주여성 노동자가 연결 되는 게 좋았다.

한편 미등록 노동자들은 코로나 방역에서 사각지대로 남는 측면이 있 었다. 코로나 방역에서 감염이 의심되는 사람은 즉시 보건소 같은 곳에 가서 즉각 검사받고 격리해 치료받아야 하는데 미등록 노동자들은 아무 래도 검사를 꺼리는 경향이 있었다. 검사와 치료 과정에서 자신의 신분이 노출될까 봐 아예 의심 증상을 숨기고 지내는 경우가 있어 우려스러웠다.

포천 지역만 해도 미등록 노동자가 5천 명 이상으로 추정된다. 전국 적으로 보면 40만 명 가깝다. 적은 숫자가 아니기 때문에 우리 센터를 비 롯한 여러 이주민단체가 이 점을 부각하며 방역 당국에 적극적인 조치를 요청했다. 다행히 방역 당국은 미등록 노동자들을 위한 방안을 만들어 홍보했고 시행했다. 미등록 외국인이 검사받거나 치료받게 될 경우 어떤 불이익도 받지 않게 될 것이라는 방침을 내놓고 시행했다.

이주 노동자들의 열악한 주거시설은 역시 코로나 방역에도 문제가 되었다. 특히 공장이나 농어촌 이주 노동자들의 불법 가건물은 그 방역에 매우 취약했다. 좁거나 밀폐된 가건물 기숙사에 여러 사람이 집단으로 기거하기에 그랬다. 코로나19 같은 감염병 방역을 위해서라도 이주 노동자의 열악한 주거시설의 개선은 꼭 필요하다는 점을 기회 있을 때마다 TV나 신문사와 한 인터뷰를 통해 역설했다.

_ 옆 농장은 달라요

긴 장마로 집중 폭우가 내리기를 반복했다. 비가 그치면 찜통 같은 더위가 몰려온다. 낮 최고기온이 섭씨 35도를 넘어 40도에 육박하는 날도 적지 않다. 확실히 기후변화가 온 걸 해가 갈수록 체감한다. 경기 북부 지역도 열대야가 이어지면서 낮 최고기온이 40도에 육박하는 날이 늘어났다.

낮 최고기온이 40도 육박하면 채소농장 이주 노동자들이 일하는 비닐하우스 안은 가마솥 같은 더위에 빠진다. 경기 북부 지역 채소농장들은 대개 이런 더위에도 계속 일을 시킨다. 점심시간 한 시간만 주고 오전 오후 쉬는 시간도 없이 계속 일을 강요하는 데가 대부분이다. 사철 더운 동남아에서 온 노동자들도 그 작업장에서 고강도 노동을 감당하기는 벅차다.

베트남에서 온 노동자에게 이렇게 물어본 적이 있다.

"여름이 힘들어요, 겨울이 힘들어요?"

그는 여름이 더 힘들다고 했다. 겨울에 더 힘들다는 대답이 나올 줄 알았는데 의외로 여름에 더욱 힘들다고 해서 왜 그런지 다시 물었다. 그는 비닐하우스 안에서 장시간 노동을 하는 게 힘들다고 했다. 베트남에서 하는 노동은 쉬면서 천천히 하는 편인데, 한국에서는 빨리빨리 하라고 재촉하고 그것도 장시간 하기에 여름이 여느 때보다 더 힘들다고 말했다.

그런데 노동조건과 환경이 농장에 따라 좀 달랐다. 포천시 소흘읍에 있는 농장 두 개를 비교해서 볼 기회가 있었다. 나란히 붙어 있는 채소농장이다. 둘 다 비닐하우스가 70여 개인 농장인데 하나에는 이주 노동자 4명이 있고 다른 하나에는 이주 노동자 5명이 있다. 한 농장은 폭염이 계속되는 요즘 점심 후에 두 시간 동안 쉬는 시간을 준다. 다른 농장은 점심 후에 계속 일을 시킨다. 둘 다 노동시간은 아침 6시부터 저녁 6시까지다. 두 농장 모두 임금은 월급제다.

자본주의 사회에서 같은 제도와 법 아래서 기업을 경영하더라도 사업주에 따라서 노동조건이 달라지는 측면이 분명히 있다. 고용주에게 절대 권한을 주는 고용허가제 아래서 외국인 노동자를 고용해 농장을 운영할 때, 노동자들의 노동환경은 사업주에 따라 달라지는 여지가 없지 않아 있다. 이런 맥락에서 볼 때 노동조건과 환경의 개선은 법이나 제도 같은 구조적인 개선만이 아니라 사업주 의식의 개선도 필요하다는 생각이 든다. 사회의 개혁은 구조적인 개혁과 아울러 사람의 의식 개혁이 동시에 이루어져야 한다. 자본(돈)이 왕 노릇을 하는 사회를 헐고 새로운 사회를 지향하는 데 있어서 그 두 가지가 동시에 진행되어야 할 것이다.

_ 사철 더운 나라에서 와서 괜찮아요

개집만도 못한 채소농장 기숙사에 들렀다. 마침 점심시간이라 이주여성 노동자들이 들어와 있었다. 더위를 먹었는지 밥 먹을 생각은 하지 않고 멍하니 앉아들 있었다.

이 숙소에는 베트남서 온 노동자 세 명이 기거한다. 30대 여성들이다. 코로나 사태로 마스크를 건네주며 새로 사귄 친구들이다. 한국말을 못 하지만, 번역기를 이용하면 소통이 된다. 사실 번역기보다 마음과 마음으로 소통하는 게 더 큰 도움이 된다.

이 기숙사 뒤에는 개집이 하나 있다. 개에게는 알맞은 집이고 적합한 주거 공간이다. 그러나 세 노동자가 기거하는 집은 샌드위치 패널로 지은 불법 가건물로 사람이 살기에는 전혀 알맞지 않다. 사람이 살아서는 안 된다. 사람이 살 수 없는 시설이다. 냉난방시설이나 화재 방지 시설이 제대로 갖추어져 있지 않다. 특히 스티로폼을 많이 사용한 패널시설물은 화재에 아주 취약하다. 식수는 농약을 늘 뿌리는 농장 땅속에서 뽑아 올린 지하수를 이용한다. 화장실은 실외에 있다. 숙소 옆, 밭 한 귀퉁이의 화장실이라고 칭하기도 아주 어색한 변소가 있다. 잠금장치는 부서져 있고 전등도 없다.

경기 북부 지역은 한겨울에 영하 15도, 20도까지 내려가는 날이 적지 않다. 기후변화로 말미암아 그런 날이 늘어나는 추세다. 그런 혹한에도 그 화장실을 사용해야 한다. 밤에도 그 변소를 이용해야 한다.

폭염 특보가 전국에 내린 날은 그야말로 찜통더위다. 습도와 불쾌지수가 아주 높다. 그런 날 검은 비닐을 덮어놓은 기숙사는 푹푹 쪘다. 물론 방안에 에어컨은 없다.

52

"노동자들 방에 에어컨 좀 달아주세요."

이 말을 농장주들에게 하면, 이런 대답을 들을 때가 있다.

"쟤네들은 사철 더운 나라에서 와서 괜찮아요."

농장주들을 만나 이야기를 해보면 조선 시대에 지주를 만난 듯한 기분이 들 때 많다. 그들 가운데 상당수는 이주 노동자를 노비로 보는 것 같다. 어떤 사람들은 이주 노동자를 단지 말하는 동물처럼 여기기도 한다.

우리네 밥상에 인권이 얼마나 있는가? 우리가 매일 대하는 밥상은 인권이 있는 밥상인가? 이런 물음을 가져야 하는 시대를 살고 있다.

_ 간호사, 광부로 갔었지요

독일에 사는 교포 부부가 우리 센터를 방문했다. 그들은 고국에 잠시 귀국했다가 나를 만나러 일부러 찾아왔다. 나이가 70대인 부부는 지난 1960년대에 독일에서 이주노동을 했던 사람들이다. 아내는 간호사, 남편은 광부로 각각 취업비자를 갖고 가서 노동하다가 몇 년 동안의 고용기간이 다 끝난 뒤 시민권을 얻어 지금까지 거기에 정착해 살고 있다. 당시 독일은 이주 노동자가 서로 결혼하면 시민권을 얻을 기회를 주었다고 한다. 그들은 독일서 이주 노동자로서 서로 만나 결혼까지 했던 것이다.

이야기를 나누다 보니 두 사람은 지난 70년대부터 고국에서 일어나는 반독재민주화운동이나 인권운동을 위해 여러 가지로 지원활동을 해온 분들이었다. 물론 뜻이 맞는 교포들과 단체를 만들어 활동했다. 이제

은퇴한 뒤 개인적인 행복을 위해 한가하게 지낼 만도 한데 그들은 고국에서 노동하는 이주 노동자들에게 관심을 두고 변방에 있는 우리 센터까지 방문했다. 그들은 독일에서 살면서 고국에서 들려오는 외국인 노동자들에 대한 안타까운 소식을 들을 때마다 마음이 편치 않았다고 했다. 한국이 경제적으로 잘살게 된 게 얼마나 되었다고 이주 노동자들을 무시하거나 차별하고 인권을 침해하며 학대하느냐고 했다. 그저 이윤과 착취를 위해서라면 이주 노동자들을 인간 이하로 취급하며 마구 부리는 게 안타깝다고도 했다.

"당시 독일 노동자와 차별이 없었습니까?"

부부와 이야기를 나누던 내가 이렇게 콕 집어 물었다.

"네, 차별 없었습니다. 같은 직장에서 같은 노동을 한다면 차별 없었습니다. 동일 노동에 동일 임금이라는 원칙이 철저히 지켜진 거죠. 우리는 당시 거기서 어느 직장에 취업하면 자동으로 노조에도 가입했어요. 독일 노동자들과 함께 노조 활동도 하고요. 우리는 병가도 많이 받았어요. 그때 광부로 간 사람들 가운데 광부로 노동하다가 간 사람은 별로 없었습니다. 그런 일 안 해 본 사람들이 땅속 깊은 곳에 들어가 일을 하니 얼마나 힘들어요? 그래서 조금만 힘들어도 쉬는 경우가 많았지요. 그래도 그거 다 받아줬어요. 그래서 나중엔 사측이 문제를 제기한 적도 있어요. 독일 노동자보다 더 많은 유급 병가를 받으니까요."

부부의 이주노동 이야기는 줄줄 이어졌다. 듣다 보니 차별은커녕 독일 노동자보다 더 많은 편의와 혜택을 받으며 일했다는 얘기로 들릴 정도였다. 특히 동일노동 동일임금이라는 말이 마음에 와닿았다. 이 원칙은 우리 사회에서 현재도 안 지켜지고 있다. 이주 노동자만이 아니라 내국인 노동자 사이에서도 그 원칙은 적용되지 않고 있다. 비정규직 노동자는 똑같은 작업장에서 똑같은 일을 해도 임금을 적게 받는 게 현실이다. 자동차 공장 똑같은 생산 라인에서 정규직은 왼쪽 바퀴를 끼는 작업을 하고 비정규직은 오른쪽 바퀴를 조립하는 작업을 할 때 두 노동자가 받는 임금이 큰 차이가 나는 게 우리의 실태다.

그들의 이주노동 이야기를 들어보니 오늘 한국에서 일하는 이주 노동자들의 노동환경과 조건과는 크나큰 차이를 느꼈다. 오늘 우리 사회에서 외국인 노동자들이 처한 노동조건과 환경은 억압과 착취가 심하다. 그것도 국가가 개입해서 만든 법과 제도로 만든 환경과 조건 아래서 차별과 억압을 당하며 과도한 착취를 당하는 게 심각한 문제다.

독일에서 노동하는 외국인 노동자들이 그렇게 인간으로서 존엄을 지키며 노동할 수 있기까지 독일 노동자들이 오랫동안 치른 많은 희생과 수고가 있었을 것이다. 그 희생과 수고를 감내하며 싸워온 역사가 있을 것이다. 자본주의 사회의 역사에서 성취한 모든 해방은 자기 해방이다. 노동자의 해방은 노동자가 스스로 싸워 얻어야 한다. 물론 그들이 그 해방과 자유를 얻기 위한 싸움을 할 때 도운 사람이나 집단이 있을 것이다.

나는 바란다. 우리 사회에서도 이주 노동자들이 스스로 자기들의 해방과 자유를 얻기 위해 싸우기를 바란다. 나는 그들이 선한 싸움을 하도록 도울 뿐이다.

독일 교포 부부는 돌아가면서 우리 센터를 도울 방법을 찾아 보고 다른 교포들과 의논하겠다고 했다. 독일로 간 교포 이주 노동자들과 오늘 코리아에서 이주노동을 하는 사람들이 서로 손을 잡는 일은 큰 의미가 있다고 본다.

55

다문화가정, 다문화센터, 다문화사회, 다문화 행사, 다문화사업, 다문화
정책.

다문화라는 단어가 들어간 말을 우리 사회에서 흔히 쓰고 듣는다. 이 말
은 과거 70~80년대만 해도 별로 들어본 적이 없다. 90년대 이후부터 쓰
기 시작한 말이다. 1990년대 초부터 본격적으로 외국인 노동자들이 국
내에 들어보고 이주 결혼 여성도 늘어나면서 이 말을 쓰기 시작한 것인
데 지금은 흔히 듣게 되었다.

지금 우리나라에 들어온 외국인은 250만 명 가까이 된다. 그 가운데
130만 명가량이 외국인 노동자다. 합법적으로 취업비자를 갖고 입국하
는 노동자는 16개국 출신이다. 초저출산 고령사회가 된 한국에 앞으로
갈수록 외국인 노동자가 더 많이 들어올 것이다. 우리 사회의 사회경제
모델이 혁명적으로 바뀌지 않는 한 그 숫자는 증가할 것이다. 그와 동시
에 이주 결혼 여성도 늘어날 것이다.

우리가 흔히 사용하는 다문화라는 낱말에는 차별의식이 숨어있다.
가령 다문화가정이라는 단어를 보자. 여기서 앞에 수식어로 붙은 다문화
라는 단어에 백인이 들어있는가? 소위 제1 세계 잘 사는 나라의 백인이
그 낱말에 들어있는가? 예를 들어 미국이나 프랑스인 백인과 한국 여성
이 결혼해서 가정을 이루었을 때 그 가정을 보고 우리가 다문화가정이라
고 부르는가? 오늘 일반적으로 우리 사회에서 사용하는 다문화가정이라
는 말속에 그런 가정이 포함되는지를 나는 묻고 있다. 우리가 흔히 쓰는
다문화라는 단어는 한국보다 국민소득이 낮은 동남아나 중앙아시아나
아프리카 나라 따위를 염두에 두고 사용하는 것이 분명하다.

56

우리가 일반적으로 사용하는 다문화라는 단어 속에는 지독한 차별의 식이 깃들어 있다. 다문화라는 낱말은 죄가 없다. 그 단어는 아무 잘못이 없다. 다만, 오늘날 그 단어를 사용하는 우리에게 잘못이 있는 것이다.

우리나라 이주민 정책은 크게 두 가지이다. 하나는 일방적인 흡수 동일화 정책이고, 다른 하나는 일방적인 착취 배제 정책이다. 전자는 주로 이주 결혼 여성을 상대로 한 정책이고 후자는 이주 노동자를 상대로 한 정책이다. 이 두 가지는 모두 상대방(이주 결혼 여성이나 이주 노동자)의 정체성과 개성을 무시하고 상대방의 자유를 제한한다. 이 두 정책은 모두 일방통행 방식의 정책이라 큰 부작용이 따른다. 이 두 가지 정책은 장기적으로 보면 선주민인 내국인도 좋지 않고 이주민들에게도 좋지 않다. 서로 상생을 도모하지 않는 정책은 양자에게 결국 해악과 고통을 안겨 준다.

국가가 추진하는 정책도 그런데 국민이 일상생활 속에서 사용하는 단어 속에도 지독한 차별의식을 주입해 쓰는 것을 보면, 앞이 캄캄할 때가 있다. 이주민과 선주민이 서로 상생하는 미래를 위해서는 지금이라도 법, 제도, 정책을 의지적으로 바꿀 뿐만 아니라 일상생활 속에서 사용하는 단어도 하나하나 바꾸어 나가는 의지가 필요하다고 생각한다.

57

우리 사회에는 경제 인종차별주의가 은근히 넓고도 깊게 스며 있다. 이 차별주의는 국민소득이나 피부색에 따라 차별하는 것이다. 우리나라보다 일 인당 국민소득이 낮거나 피부색이 더 어두우면 은근히 심하게 무시하고 차별한다. 의식적으로나 무의식적으로 그러는 경향이 농후하다. 우리 사회가 앞으로 지구촌 마을에서 창조적인 문화를 누리며 진정 다문화사회를 이루며 살려면 구조적인 차별을 허무는 것만이 아니라 의식 속에 깊이 스며 있는 차별의식을 죽이는 작업도 매우 필요하다는 생각이다.

_ 앙헹, 무슨 기도 했어요?

토요일 늦은 오후, 채소농장에서 일하는 앙헹을 만났다. 그녀는 한 달에 두 번 토요일에 쉰다. 기숙사에서 쉬고 있던 그녀와 대화를 나누었다.

"오늘은 뭐 했어요?"

"교회에 갔다 오고 쇼핑도 했어요."

한국말을 곧잘 하는 그녀의 대답 속에 들어있는 교회라는 단어가 내 마음에 꽂혔다.

"그래요? 교회에 다녀요?"

"네, 여기 옆에 있어요. 토요일에 예배해요."

그녀가 교회에 다니는 줄은 몰랐다. 불교 국가 캄보디아에서 온 그녀는 한국에서 처음으로 교회에 나갔다고 말했다. 나는 그녀가 교회에서 무슨 기도를 했는지 궁금했다. 타국에서 고단한 노동을 하는 그녀의 기도 내용이 알고 싶었다.

"앙헹 씨, 교회에서 무슨 기도 했어요?"

"네, 건강하게 기도했어요. 나와 엄마 동생들 건강하게 기도했어요. 그리고 여기서 돈 많이 벌게 기도했어요."

그녀의 기도는 소박했다. 개인과 가정의 건강과 돈벌이가 풍성하게끔 도와 달라는 기도였다.

여러 나라에서 온 이주 노동자들의 신앙생활은 다양하다. 타국에서 하는 그들의 신앙생활은 많은 제약을 받지만, 그래도 시간을 내어 저마다 신앙생활을 하는 모습을 볼 수 있다. 포천에는 외국인 노동자들이 다니는 개신교회들이 있고 모스크도 있다. 천주교도 있고 힌두교센터도 있다. 경기

58

도에는 그들이 다니는 불교 사찰(절)도 여기저기 있고 시크교 사원도 있다.

　나는 기회 있을 때마다 그들의 기도에 관해 물어본다. 그들의 종교는 다양하지만, 개신교회에 가든 천주교회에 가든 모스크에 가든 힌두센터에 가든 절에 가든 그들의 기도는 공통점이 있다는 사실을 발견한다. 대개 그들의 기도는 개인이나 가정의 소원을 성취하기 위해 비는 기도다. 그 소원을 위해 보통 기복적으로 빈다. 초월적인 신(존재)의 도움을 받아 소원을 이루기 위해 기도한다. 나아가 그들은 현세(자본주의 사회)에서 성공을 바란다. 부귀영화를 위해 마음을 다해 기원한다.

　사실 이주 노동자들만이 그런 기도를 하는 게 아니다. 신앙생활을 하는 한국인 대다수도 그런 기도에 머물러 있다. 주류 한국교회나 천주교회나 절에 다니는 신자들도 대부분 기복신앙, 소원성취 신앙, 성공주의 신앙으로 무장하고 그런 기도를 많이 한다. 자본이 왕 노릇을 하는 사회에서 초월적인 능력에 힘입어 부귀영화를 기적적으로 얻고자 하는 기도와 신앙생활이 일반화되어 있는 게 오늘날 지구촌 전체에 퍼져있는 종교가 보여주는 현실이다.

　기독교 성경의 뿌리는 출애굽 사건이다. 이집트에서 노예살이하던 히브리 사람들이 그 이집트 체제를 거부하고 탈출한 사건이 성서의 뿌리이다. 억압과 착취를 당하던 사람들이 불의한 사회체제를 거부하고 항거함으로써 사회 구조적인 해방을 이룰 뿐 아니라 자기 자신의 내면적인 해방(가령 탐욕과 이기심으로부터 해방)도 이루어 나가는 과정이 성격의 뿌리이자 성경을 관통하는 핵심 줄기이다. 이 성경의 뿌리이자 핵심 줄기에 근거해서 신앙생활을 하며 기도한다면 우리의 기도는 많이 달라질 것이다. 개인의 소원성취나 성공에 몰두하고 부귀영화를 추구하는 기도에 집중하는 차원은 뛰어넘게 될 것이다.

59

짐승 우리만도 못한 불법 기숙사에 기거하면서 기숙사비를 매달 25만 원씩 징수당하는 앙헹을 보면서 나는 종교의 본질을 다시 생각하게 되었다. 성경의 뿌리 사건을 다시 음미하게 되었다. 그 사건을 오늘 우리 현실에 어떻게 적용해 실천해야 하는지를 다시 생각했다. 불의한 기존 질서와 체제에 그냥 순응하고 굴종하는 태도가 몸에 밴 앙헹을 보면서 종교의 본질에 대해 새삼 생각했다.

_ 준의 아내

필리핀에 있는 준의 아내가 일방적으로 이혼을 요구했다. 아니 그녀는 일방적으로 준에게 이혼을 선언하고 밀어붙였다. 아내는 한국에서 노동하는 남편에게 새로운 남자가 생겼다고 밝히며 이혼을 종용했다.

준(가명)은 필리핀 출신 이주 노동자다. 그는 2년 전 플라스틱 파이프를 만드는 공장에서 밤샘 노동을 하다가 그만 손가락 한 마디가 절단되는 산재 사고를 당했다.

병원에 입원해 치료받고 있을 때 처음 만났다. 그때는 나에게 자신의 이야기를 잘 하지 않았다. 무엇인가 숨기는 기색이 역력했다. 산재를 당한 그를 도와주려고 하는데, 그는 나를 피하는 눈치를 보였고 경직된 태도를 유지했다. 알고 보니 그는 미등록 노동자였다. 미등록 노동자는 아무래도 자신의 신분이 노출되면 강제 출국당할까 봐 조심스러워한다. 하지만 그는 그런 기색이 좀 심했다.

반복적으로 그에게 접근해 진심으로 도우려고 하자 그는 자신의 얘기를 조금씩 꺼냈다. 30대 후반인 그는 필리핀 마닐라에서 공무원 생활을 하다가 한국행을 결심했다. 자라나는 두 아이가 좋은 교육을 받도록 지원하고 싶지만, 자신이 받는 월급 30여만 원 갖고는 어림도 없어 한국행을 선택했다고 말했다. 그러나 그는 한국어 시험을 보고 합법적인 절차를 밟아 한국에 오려면 시간이 오래 걸리기 때문에 쉽게 올 수 있는 길을 선택했다. 그건 여행 비자로 입국해 그냥 눌러앉는 것이다.

취업비자를 갖고 입국하는 이주 노동자는 내국인이 기피하는 사업장 소위 3D 업종에서만 일할 수 있다. 미등록자는 보통 그 3D 업종 가운데서도 가장 열악한 조건과 환경에서 일하게 된다. 그는 주 6일 밤샘 노동만 했고 하루 12시간씩 일했다. 임금은 최저임금에 못 미치는 돈을 받았는데 2년 전 그의 월급은 175만 원이었다. 건강보험도 없고 은행 통장도 만들기가 어렵다. 외출도 자유롭게 못 해 숨어서 다니는 식이다. 오토바이를 이용하는 그는 대로보다는 뒷길을 선호한다. 왜냐하면, 교통경찰에게 걸리지 않기 위해서다.

타국에서 3년째 고달픈 노동을 하는 그에게 이혼 통보는 날벼락이었다. 오직 가족을 위해 온갖 위험을 무릅쓰고 먼 나라에서 일하고 있는데, 그가 매달 송금해 준 돈까지 받아 온 아내가 남편을 버린 까닭을 알 수 없다. 결과만을 놓고 보며 그저 안타까워할 뿐이다. 2년 동안 가까이서 지켜본 준의 생활은 아주 검소하고 절제된 모습이었기에 더욱 안타깝다.

준을 보며 나는 우리나라 이주 노동 정책을 다시 생각했다. 우리나라는 이주 노동자들에게 가족 동반을 거의 허락하지 않는다. 가장 흔한 비전문 취업비자(E9)의 경우 가족 동반은 불가능하다. 연령층도 20~30대 한창 생기 넘치는 젊은이만을 들여오되 혈혈단신으로서 5년 내지 10년만

† 경기도 포천시의 한 채소농장의 기숙사. 이곳에 이주여성 노동자들이 기거하고 있다.

취업 활동을 허용한다. 가장 노동력 왕성한 기간만 청년들을 일시적으로 사용하고 버리는 일회용품처럼 이용하고 버리는 정책을 펼치니 가정적인 문제도 많이 발생하는 것이다. 준은 미등록자지만 합법적으로 들어오는 20여만 노동자들도 가정적인 문제가 많이 일어난다. 경험적으로 볼 때 이주 노동자 가운데 절반 정도는 결혼한 것으로 보인다. 처음 입국할 때 이미 결혼한 사람이든 아니면 여기서 취업 활동을 하는 동안 결혼을 한 경우든 모두 합하면 절반 정도는 결혼생활 가운데 있는 것으로 추정한다.

이주 노동자에게 가족 동반을 허용하는 방향으로 나아가는 게 좋다고 생각한다. 동시에 이주 노동자가 원하면 가족과 만날 기회를 제도적으로 적극적으로 허용하는 방안도 고려해 볼 만하다. 기본적으로 부부 사이 특히 젊은 부부 사이를 5~10년 동안 거의 생이별시키는 제도와 법은 아주 비인간적이다. 자본이야 본래 이윤과 착취 극대화를 위해서라면 전쟁도 일으키는 속성이 있지만, 국가가 나서서 법과 제도로 노동자 부부를 장기간 떼어놓는 짓은 반인륜적이다.

_스레이 눈의 출산

포천시 가산면에 있는 한 채소농장에 들렀다. 오랜만에 들렀더니 반가운 얼굴이 보였다. 스레이 눈(가명, 20대)이었다. 키가 작고 검은 머리를 짧게 깎은 캄보디아인 여성이다. 한국말을 또박또박 잘하는 그녀가 비닐하우스 안에서 온종일 하는 일을 마치고 숙소로 막 돌아오고 있었다. 농장 한 귀퉁이에 있는 움막 같은 기숙사 앞에서 그녀가 날 보고 인사를 했다.

"언제 왔어요?"

"지난주에 왔어요."

"아기 잘 낳았어요?"

"네."

"딸을 낳았나요?"

"아니요. 아들이에요."

"네, 축하해요."

그녀는 다섯 달 전에 캄보디아로 갔다. 그녀는 아이를 가진 상태였는데 임신 8개월이 되기까지 농장에서 일하다가 출산을 위해 출국하여 고향에서 아기를 낳고 석 달 만에 돌아왔다.

"아기는 누가 키우나요?"

"엄마하고 여자 동생이 키워요."

"네, 아기 많이 보고 싶겠어요?"

"네, 보고 싶어요. 매일 영상으로 통화해요."

그녀는 한국 생활을 4년째 이어오고 있다. 취업비자로 한국에 들어와 채소농장에서 계속 일했고 한 달에 이틀 쉬면서 하루 11시간 정도씩 노동했다. 살인적인 노동을 하면서 그녀는 남편을 만났다. 인근에 있는 채소농장에서 일하는 캄보디아 출신 남자를 만나 연애했고 1년 연애 끝에 결혼에 이르렀다. 물론 결혼식은 캄보디아에서 했다. 결혼 뒤, 임신하고도 그녀는 농장 일을 계속했다. 농장주 부부의 배려로 임신 8개월 되기까지 일을 할 수 있었다. 채소농장에서 여자 노동자들이 주로 하는 일이 쪼그려 앉아서 하는 작업인데 어떻게 임신 8개월 될 때까지 일했는지 놀랍다.

한국에서 맞벌이하고 있는 스레이 눈. 그녀에게 앞으로 꿈이 무엇이냐고 물었다. 그녀는 남편의 얼굴을 다정스럽게 쳐다보며 고향에서 작은 슈퍼마켓을 하나 차리는 게 꿈이라고 했다. 소박했다.

나는 스레이 눈 부부에게 진심으로 다시 축하의 말을 전했다. 그리고 그 꿈도 꼭 이루어지기를 바란다고 말했다.

두 사람은 각각 따로 취업비자를 갖고 입국했다가 한국에서 서로 만나 연애를 하고 결혼을 한 경우다. 이주 노동자 가운데는 결혼한 사람이 절반 정도 되는 것 같다. 처음 입국하기 전에 이미 결혼한 경우가 있고, 한국에서 취업 활동을 하다가 중간에 제 나라에서 결혼한 경우도 있다. 아무튼, 우리 제도는 이주 노동자에게 가족 동반을 허용하지 않는다. 그러다 보니 가정에 문제가 생기는 경우가 적지 않다. 생이별한 상태가 5년 내지 10년 지속되다 보니 이혼이나 불륜 등 곤경에 빠지는 것이다. 이주 노동자를 자본의 이윤 극대화를 위한 도구로만 보지 않는다면 제도나 법의 개선이 필요하다.

64

2 장

_ 걸프렌드가 되어 달라

3년 전 필리핀에서 온 수잔(가명, 20대)은 포천에 있는 한 공장에서 일했다. 고용노동부는 취업비자를 갖고 입국한 그녀를 플라스틱 제품을 만드는 그 공장으로 보냈다. 그녀는 그 공장 건물 2층에 있는 기숙사에서 동료 노동자들과 함께 기거하면서 노동했다.

"나의 걸프렌드가 되어 달라."

이는 그 공장 사장이 수잔에게 어느 날 건넨 말이다. 50대 유부남인 사장은 기회 있을 때마다 이 말을 하며 그녀에게 추근댔다. 처음에 그녀는 들은 척도 하지 않았지만, 그 추파는 지속되었다. 그녀는 분명히 거부 의사를 밝혔다. 그래도 고용주의 압박은 거듭되었다. 그러자 수잔은 그 일방적인 폭력이 계속되면 회사를 다른 곳으로 옮기겠다고 사장에게 선포했다. 그러나 사장의 요구는 잠시 멈출 뿐이었다.

애인이 되어 달라는 요구가 계속되자 수잔은 사장에게 사업장 변경을 위한 사인을 요청했다. 고용허가제에 의하면 이주 노동자가 사업장을 변경하려면 고용주의 동의를 받아야 하기에 그 요청을 한 것이다. 하지만 사장은 단호히 거부했다. 누차 요구했지만 거듭 거절했다. 그러자 그녀는 사장에게 휴대전화를 열고 녹음을 들려줬다. 걸 프렌드가 되어 달라는 사장의 말을 수잔이 녹음을 이미 해둔 것이었다. 사장의 음성을 들려주면서 그녀는 선언했다. 만약 사인해 주지 않으면 이 녹음을 공개하겠다고 한 것이다.

결국, 사장은 사인했다. 수잔은 다른 회사로 간신히 일터를 옮길 수 있었다.

이주여성 노동자들이 사업장에서 당하는 성폭력이 은근히 많다. 은폐되는 게 많아서 그렇지 사실 흔하다. 공장이나 농장 등에서 당하는 게 흔하다. 설문조사를 보면 보통 성폭력 경험자의 비율이 10% 내지 30% 정도 나온다. 성희롱부터 성폭행까지 성폭력 피해가 크다. 고용주에 의한 임신과 낙태 사건도 가끔 일어난다.

이주여성 노동자들이 당하는 성폭력 피해는 대개 위계에 의한 것이다. 절대군주 같은 고용주나 그를 위해서 일하는 관리직원 혹은 그 가족이 가하는 성폭력이다. 외국인 노동력을 들여오기 위해 국회가 만들고 정부가 집행하는 고용허가제는 고용주에게 절대적인 권한을 준다. 그러다 보니 고용주와 이주 노동자 사이는 철저한 주종관계가 된다. 이 철저한 갑을관계가 이주 노동자의 모든 기본권, 인권, 노동권을 침해하는 근본적인 원인이다. 이 맥락에서 이주여성 노동자의 성폭력 피해도 흔하게 발생한다. 심히 기운 운동장 같은 사업장 구조에서 강자인 고용주가 일방적으로 이주여성 노동자에게 가하는 성폭력이 빈번하게 일어날 수밖에 없는 게 현실이다. 이런 구조적인 불평등 구조 속에서 일어나는 성폭력은 내국인 여성 노동자들에게도 빈번하게 일어나지만, 이주여성 노동자에게는 더욱 심하다.

농촌 이주여성 노동자의 경우는 앞서 말한 구조적인 문제에 더해지는 요소가 있다. 그것은 다름 아니라 주거시설 문제다. 열악한 주거시설이 고용주의 성폭력을 부추긴다. 방에 잠금장치도 제대로 설치되어 있지 않은 방범에 매우 취약한 불법 가건물 숙소가 고용주의 성폭력을 도모한다. 낡은 컨테이너나 샌드위치 패널 가건물에서 기거하는 농어업 이주 노동자가 경기도만 해도 1,500군데 가깝다. 허가받지 않은 건축물에서 기거하는 이주여성 노동자들은 항상 각종 범죄 특히 성폭력의 위험에 노출되어 있다.

67

이주여성 노동자의 성폭력 피해를 근절하는 방법은 임시방편적인 땜질식 방 안에 있지 않다. 고용주에게 일방적으로 권한을 부여하는 고용허가제를 개선하는 게 그 성폭력 피해를 줄이거나 근절하는 지름길이다. 동시에 불법 가건물 기숙사를 철거하고 새로운 주거시설을 마련하는 정책이 절실하다.

_ 밥상에 둘러앉아

〈밥상 코이노니아〉라는 프로그램을 만들었다. 여러 달째 진행 중이다. 이주 노동자가 기거하는 기숙사를 내국인들이 찾아가서 함께 교제하는 프로그램이다. 이주 노동자에 대한 글을 늘 게시하는 나의 페이스북 친구 중 참여할 사람들을 모집해서 농장이나 공장 기숙사를 찾아간다. 한 주에 한 번꼴로 밥상에 둘러앉아 함께 식사하며 교제(코이노니아)한다. 참여한 내국인들은 선물을 마련해서 갖고 가고 이주 노동자들은 음식을 만들어 대접한다.

토요일 저녁 〈밥상 코이노니아〉를 진행하기 위해 날짜를 잡고 캄보디아인 노동자들이 일하는 농장에 갔다. 그 농장의 기숙사에는 남자 3명, 여자 4명이 살고 있었다. 내국인 5명이 찾아갔는데 그날은 마침 한겨레신문 기자 두 명이 취재를 위해 동행했다. 우리는 캄보디아 노동자들이 준비한 음식을 나누어 먹었다. 그들은 남녀 차별 없이 요리했다.

그들이 사용하는 기숙사 중앙의 조금 큰 방에 둘러앉았다. 밥상은 없이 방바닥에 신문지를 깔고 그 위에 차려 놓은 음식을 중심으로 둘러앉아 이야기를 나누며 음식을 들었다. 반찬 가운데 캄보디아 생선이 있었는데, 쥐포를 조금 간간하게 조린 듯한 맛이 있었다. 나는 그 생선으로 밥한 공기를 먹었다.

이주 노동자들 가운데는 한국말을 곧잘 하는 사람도 있고 거의 못하는 사람도 있지만, 소통에는 문제가 없는 듯했다. 어느새 우리는 손짓 발짓하며 이야기를 즐겁게 나누었다. 눈빛으로도 생각과 느낌을 주고받았다. 둘러앉아 음식을 함께 나눈다는 것 자체가 코이노니아의 절반은 이룬 듯했다.

† 캄보디아인 여성 노동자들이 채소농장에서 한국인 친구들을 위해 차린 음식.

식사를 마친 뒤 우리는 편을 나누어 윷놀이했다. 이주 노동자들은 윷놀이게임을 처음 해보았다고 했다. 두번 세 번 거듭할수록 웃음이 터지고 열기가 생겼다. 국적, 언어, 피부색, 빈부 등 차이나 차별을 짧은 시간에 뛰어넘어 일치감을 느끼는 데 있어서 윷놀이 게임만큼 좋은 게 없는 듯했다.

그날 캄보디아인 노동자들과 즐거운 교제의 시간을 가진 친구들은 늦은 시간에 사방이 캄캄한 농장을 빠져나왔다. 서울서 온 그들은 새로운 경험을 하고 밝은 얼굴로 돌아갔다. 매주 진행하는 이 프로그램이 갈수록 더욱 활성화되기를 바랐다.

캄보디아 출신의 여성 스레이 나위(가명)가 일하는 농장에 들렀다. 채소농장에서 일하는 31세의 여성이다. 그녀는 친동생 같은 캄보디아인 여성 노동자와 함께 숙소에서 같은 방을 쓰며 일한다. 그녀의 숙소도 역시 낡은 샌드위치 패널 가건물이다. 농장 한구석에 있는 그녀의 숙소 옆에는 캄보디아 출신 남자 노동자 둘이 기거하는 숙소가 있다. 넷이 짓는 채소 농사는 모두 비닐하우스 100개다. 입구의 폭이 7m, 길이가 70~100m쯤 되는 비닐하우스 백 개는 절대 작지 않은 면적의 농사다. 채소 수확으로 아주 바쁠 때는 농장주가 일용직 한국인 중년 여성 노동자들을 고용하기는 하지만 이 농사는 이주 노동자 네 명에게 살인적인 노동을 강요한다.

그들에게 코로나19 방역을 위한 마스크를 전달하기 위해 농장에 들렀으나 아무도 없었다. 농장 여기저기를 둘러보아도 보이지 않았다. 나위에게 전화를 걸었다. 한창 일할 오후 시간인데도 그녀는 전화를 받았다.

"나위 어디 있어요?"

"네, 우리는 ○○면에 왔어요. 나는 지금 여기서 일해요."

"그래요? 거기서 무슨 일 해요?"

"여기서 지금 열무 일해요."

알고 보니 네 사람은 모두 자동차로 40여 분 가야 있는 지역에서 일하고 있었다. 거기 농장도 그들이 고용된 가산면의 농장 농장주가 소유하고 있는 농장이었다. 농장주가 두 군데 농장을 갖고서 네 노동자를 여기저기 끌고 다니면서 일을 시키는 것이었다. 이것은 명백한 불법이다. 고용허가제에 의하면 사업주는 한 노동자를 반드시 한군데 사업장에서만 일을 시킬 수 있다.

이런 불법적인 파견 노동을 흔히 볼 수 있다. 농장만이 아니라 공장에서도 볼 수 있다. 적지 않은 사업주들이 자신이 고용한 이주 노동자들을 다른 사업장으로 보내 일을 시킨다. 그러면서 어느 사업주는 수수료를 떼기도 한다. 하루 일당으로 노동자가 15만 원을 받았다면, 그 금액에서 10%를 떼어먹는 거다.

외국인 노동자를 16개 나라에서 모집해서 국내 사업장에 고용 알선하는 고용노동부는 사후 관리 감독을 거의 안 한다. 이런 불법파견도 단속하는 것을 본 적이 없다. 이런 불법 행위를 왜 단속하지 않느냐고 공무원들에게 물으면 흔히 하는 대답이 있다. 그것은 인력이 부족하다는 거다. 그 말은 사실일 것이다. 그러나 왜 그런 분야를 감당할 인력은 부족한지 묻고 싶다. 불법 기숙사도 마찬가지다. 이주 노동자에게 제공되는 불법 가건물 기숙사가 전국에 수두룩하다. 하지만 지자체들이 그것들을 단속하거나 철거하지 않는다. 수십 년 동안 방치하고 있다. 이 직무 유기에 대해서도 공무원들에게 물어보면 그들은 대개 인력이 부족하다는 대답을 한다. 그들에게 역시 더 묻고 싶은 게 있다. 왜 그런 단속이나 철거를 위한 인력이나 예산이 부족한가?

만약 노동자가 임금을 더 받기 위해 사업장에 불법 장치나 시설을 해놓는다면 관계기관들은 어떻게 할까? 아마도 즉각 인력을 투입해 단속하고 강력히 처벌할 것이다. 그런 불법을 전국에서 노동자들이 지속해 수두룩하게 저지른다면 대대적으로 인력을 지속해서 투입해 단속하고 강력히 처벌할 것이다. 이런 맥락에서 볼 때 근본적인 문제는 정부, 국가의 의지에 있다고 본다. 국가, 정부가 자본가에게는 아주 관대하고 노동자에게는 아주 가혹한 것이다. 국가의 공권력도 사업주에게는 솜방망이 같고 노동자에게는 쇠망치처럼 행사되는 것이다. 그렇게 해서 결국 이룩한 것은

71

1 대 99 사회이다. 세계에서 가장 극심한 격차사회를 건설했다. 이 격차사회 코리아는 구조적인 성차별도 하는 사회로 굳어있다. 우리나라 여성의 평균 임금은 남성 평균 임금의 60여% 정도밖에 안 된다.

_ 생리휴가라는 말 알아요?

공장에서 일하는 이주 노동자들은 문제를 갖고 우리 센터를 찾아오지만, 농장에서 일하는 노동자들은 우리가 직접 찾아가서 만난다. 그 이유는 아무래도 노동환경 때문이다. 특히 노동시간부터 농장 노동자들은 길기 때문에 센터에까지 찾아오지 못한다. 채소농장의 경우 대개 하루에 11시간 정도 일을 하고 휴일도 한 달에 이틀 정도뿐이니 시내로 나오기가 쉽지 않다. 어쩌다 한번 쉬는 날에는 묵은 잠을 자거나 기본적인 쇼핑으로 바쁠 정도이다.

하루는 캄보디아 노동자들이 일하는 채소농장에 들렀다. 여성 자원봉사자가 동행했다. 오후 시간에 비닐하우스 안에서 상추 수확을 한창 하고 있었다. 여성 노동자들은 쪼그려 앉아서 상추 밑동을 칼로 잘라 박스에 담는 작업을 하고 있었다. 나는 비닐하우스 안으로 들어가 음료수를 건넸다. 그리고 함께 밭에 앉아 말을 붙였다. 이미 낯이 익은지라 그들은 스스럼없이 우리를 대했다. 여성 노동자 세 명 가운데 한국말을 잘하는 소케(가명, 30대)에게 물었다.

"한 달에 몇 날 쉬나요?"

한국에 온 지 4년 된 그녀는 대답을 또박또박했다. 두 손가락을 보여
주며 말했다.

"두 번 쉬어요. 토요일 두 번."

이번에는 자원봉사자가 물었다.

"소케 씨, 생리휴가라는 말 알아요?"

"몰라요."

모른다고 대답하자 옆에 있던 자원봉사자가 휴대전화를 열어 번역
기능을 사용했다. 캄보디아어로 생리라는 단어를 번역해서 음성으로 들
려줬다. 그러자 그녀는 금방 의미를 알아차리고 말을 이었다. 그녀는 웃으
며 말했다.

"그때 안 쉬어요."

자원봉사자가 다시 물었다.

"몸이 힘들지 않아요?"

"힘들어요. 그래도 그냥 일해요."

"몸이 아프거나 아주 힘들면 어떻게 해요?"

"아주 힘들면 약 먹어요."

"무슨 약 먹어요?"

"약국에서 약 사서 먹어요."

이 농장 노동자들은 한 주당 6일 반을 일한다. 한 달에 이틀 이내로
쉬며 하루 보통 11시간씩 일한다. 남자들은 여자들보다 일하는 시간이
더 길다. 6시에 일과가 끝난다고 해도 저녁에 비닐하우스를 관리하는 일
이 계속 있다. 비닐하우스 온도를 관리하는 일이라든가 지하수를 돌본다
든가 전기 시설을 점검하는 작업 등이 수시로 있다.

이 농장 노동자들의 한 해 노동시간은 연 3천 시간이 넘는다. 살인적

73

인 노동시간이다. 한국의 노동자 연평균 노동시간이 2,100시간 정도이고 서유럽 노동자 한 해 평균 노동시간이 1,300시간 정도라는 것을 고려할 때 이들의 노동시간은 참으로 살인적이다. 이주 노동자들을 말하는 동물로 보지 않는다면 결코 강요할 수 없는 노동이다. 고용주에게 절대 권한을 주는 제도 아래서 이주 노동자들은 이런 노동을 거부하기가 쉽지 않다. 강제 출국을 각오하지 않는 한 거역할 수 없다. 이 고강도 노동을 만약 거부하면 당할 불이익이 너무 크기 때문에 이주 노동자 대다수는 그냥 굴종하며 지낸다.

이 상황에서 생리휴가라는 것은 그들에게 그림의 떡일 뿐이다. 여성 노동자의 기본권인 생리휴가를 달라고 고용주에게 요구했다가는 고용 연장도 못 하고 재입국 취업의 기회도 잃어버릴 수 있기에 여성 노동자 대다수는 그것에 대한 권리 의식조차 뇌리에 없다.

"월급은 얼마예요?"

자원봉사자가 묻자 170만 원이라고 소케가 대답했다.

생리휴가는커녕 주 6.5일, 최저임금에도 훨씬 미달하는 임금을 받으며 일하는 농업 이주 노동자들. 그들이 기른 상추, 열무, 쑥갓, 시금치 등을 우리는 오늘도 밥상에서 마주할 것이다. 우리네 밥상이 얼마나 건강한 밥상인지 한 번쯤 생각할 필요가 있다.

74

_ 일요일도 바빠요

일요일, 교회에서는 주일이라고 하는 날이다. 오후에 경기 북부의 어느 기업형 채소농장으로 향했다. 비닐하우스 안에서 동료 노동자들과 함께 파 수확을 하다 말고 여성 노동자가 나온다. 구면이다. 태국 출신이며 입국한 지 4년 된 피어란(가명)이다. 그녀가 나오며 인사했고 얘기를 나눴다.

여기서 기업형이라는 것은 과거 자영농 같은 규모나 수준이 아니라 자본주의적인 농업 형태라는 의미가 있다. 기업형 채소농장은 비닐하우스가 보통 70~100개 정도 되는 규모로서 자본을 가진 사업주가 토지를 임대해 생산시설을 마련하고 원료를 사서 채소재배 농업을 경영한다. 물론 해외에서 모집한 외국인 노동자들을 국내 사업장에 고용 알선하는 고용노동부의 도움을 받아 노동자를 고용해 운영한다. 농장주들은 연 매출액이 7억이라고도 하고 10억이라고도 한다.

"오늘도 일해요? 일요일인데."

"네, 바빠요."

"지난달에 며칠 쉬었어요?"

"한 날도 쉬는 날 없어요."

"오! 너무하다."

"네, 요즘 더 바빠요. 사장님 계속 일 시켜요. 일요일마다 쉬는 공장으로 가고 싶어요."

요즘 농장주들은 전국적으로 외국인 노동력 구하기 어렵다고 난리다. 농업 쪽에서 외국인 노동력이 부족한 이유 가운데 하나는 상대적으로 노동조건과 환경이 더 나은 제조업 쪽으로 농어업 이주 노동자들이 빠져나가기 때문이다. 미등록 노동자는 물론 등록노동자들도 빠져나간다.

짐승 우리 같은 숙소에 살면서 하루 11시간(점심시간 1시간 제외)씩 일하고 한 달에 하루도 못 쉬며 일해도 임금은 최저임금 수준에 훨씬 못 미치니 농업에서 이탈하는 거다(피어란의 지난달 월급은 180만 원이었다).

성경의 가르침에 비추어 볼 때, 이 농업 이주 노동자들이 이탈하는 것은 지극히 자연스러운 신앙적 행동이다. 지금부터 3천 년 이전부터 성경은 안식일 제도를 강력히 주장했다. 고대 이집트 체제에 저항하고 탈출한 히브리 노예들이 새로 만든 공동체 사회에서 무엇보다 앞세워 실현한 제도(법)가 안식일 제도다. 오늘 130만 이주 노동자를 내부 식민지로 삼고 노예처럼 부리는 코리아 1 대 99 사회는 아주 야만스럽다.

합법적으로 취업비자(E9)를 받아 입국한 이주 노동자는 일터 이동의 자유가 없다. 고용주의 동의를 받아야 이동할 수 있다. 그렇기 때문에 자의로 이동하면 그날로부터 미등록자, 소위 불법체류자가 된다. 불법체류자가 되면 생활에서 큰 불편이 있을 뿐 아니라 늘 불안정한 삶을 살 수밖에 없다. 그런데도 농어촌 등록 이주 노동자가 고용주의 동의 없이 사업장을 이탈해 제조업으로 가는 까닭은 농어촌 이주 노동자들의 노동조건과 환경이 극도로 열악하기 때문이다. 내국인이 기피하는 사업장에만 취업하게 되어 있는 게 이주 노동자들의 현실이다.

그러나 제조업에 종사하는 이주 노동자들도 대개는 열악한 3D 업종에서 일한다. 그 노동조건과 환경도 열악하다. 하지만 농어업 사업장에 근무하는 이주 노동자들의 노동환경이 더 극심하게 열악하기에 불법체류자가 되더라도 제조업으로 이동하는 이주 노동자들이 속출한다.

우리나라 미등록 외국인은 약 40만 명이다. 이 가운데는 등록자로 입국했다가 미등록자로 전락한 이주 노동자가 적지 않다.

_ 뻐니의 수술

초겨울 바람이 볼을 스치는 날이었다. 자주 만나는 네팔인 노동자 케시(가명)가 메시지를 보냈다. 휴대전화로 보낸 그 메시지는 만나고 싶다는 내용이었다. 이제까지는 그가 일하는 채소농장에 찾아가서 만나곤 했는데 그가 나에게 만나자고 제안하는 게 좀 심상치 않아 무슨 일이 있느냐고 물으니, 어려운 일이 있다고 영어로 답신했다.

그의 농장이 있는 가산면 면사무소 근처에 있는 커피숍에서 만났다. 그는 일을 마치고 몸을 씻은 뒤 저녁을 먹고 나왔다고 했다. 그의 농장엔 이주 노동자가 모두 5명이다. 최근까지 6명이 함께 일했으나, 한 명이 얼마 전 인근에 있는 양말공장으로 일터를 옮겼다.

키가 작고 체구가 작은 케시는 커피 한 잔을 다 마시기까지 용건을 꺼내지 않았다. 내가 어려운 문제가 뭐냐고 묻자 머뭇거리면서 말을 꺼냈다. 체불임금 문제나 일터 이동 문제나 건강 문제가 있는 줄 알고 궁금해하고 있었지만, 그는 뜻밖의 문제를 내놓았다.

"뻐니가 임신했어요."

뻐니는 내가 아는 여성 노동자다. 그녀는 케시와 같은 농장에서 일하는 태국인 노동자로 미등록자다. 케시는 등록노동자로서 입국한 지 4년 되었지만, 뻐니는 입국한 지 3년째로 여행 비자로 들어왔다가 그냥 눌러앉아 노동하고 있었다. 그들의 숙소는 각각 농장 양쪽 끝에 있는 불법 가건물에 있다. 남자 노동자 둘은 네팔 출신이고, 여자 노동자 4명은 태국 출신이다.

"몇 달째에요?"

놀란 내가 묻자, 그는 담담하게 대답했다.

"지난주에 검사했는데 석 달이 됐대요."

한국법을 모르는 그는 걱정을 많이 했다. 나는 이런 상담은 처음이라 낙태에 대한 정보가 없어 즉답해 줄 수가 없었다. 병원 쪽에 알아보고 대답해 주겠다고 했다.

케시는 29세 미혼자였지만 뻐니는 31세 유부녀로 태국에 남편과 아들이 있다. 그들은 같은 농장에서 일하면서 사귄 지 석 달 만에 잠자리를 함께했고 임신까지 한 것이다. 피임에 대한 상식을 갖고 있을 만한데 임신하고 말았다.

안타까운 마음에 케시를 나무랐다.

한 주 뒤에 그들과 함께 포천 시내에 있는 한 산부인과에 갔다. 병원에 알아보니 낙태 수술이 가능하다고 해서 그리한 것이다. 다만 병원은 수술비를 현찰로 결제해주기를 원했다. 수술하는 날 내가 동행해 주기를 케시가 원해서 함께했다. 병원에서 만난 뻐니는 몹시 긴장한 모습이었다. 키가 큰 그녀는 수술받은 지 7시간 만에 퇴원했다. 그녀는 원룸에 사는 친구에게 가서 쉬었다. 그날 수술비는 케시가 모두 부담했다.

우리나라에 합법적으로 취업비자를 받아 입국하는 노동자들은 대개 가족 동반이 허용되지 않는다. 혼자서 입국해 5~10년 노동을 하다 보니 기혼자들의 경우 여러 가지 가정적인 문제가 발생한다. 케시와 뻐니 이 두 사람은 모두 취업비자를 갖고 들어온 기혼자는 아니다. 하지만 뻐니, 케시의 경우는 다른 측면에서 여러 가지 문제를 생각하게끔 했다.

이주 노동자 대부분은 20~30대다. 혈기 왕성한 시기다. 이 시기에 보통 5~10년 정도 금욕생활을 해야 하니 문제가 일어나기 십상이다. 대개 장시간 고강도 노동을 하기에 성적 에너지도 대부분 억압되거나 노동으로 승화될 것이다. 하지만 다 그런 것은 아니기에 문제는 여전히 남아있다고 본다. 한편 이런 이야기를 하는 노동자들도 꽤 있다. 연애할 시간이 없다는 이야기 말이다. 워낙 장시간 고강도 노동에 시달리다 보니 그런 말을 할 만도 하다.

두어 달 뒤 뻐니를 만난 일이 있다. 코로나 감염 방지를 위한 마스크를 받으러 우리 센터에 친구와 함께 온 그녀를 만났을 때, 그녀는 얼굴이 좀 밝아졌다. 마스크를 받아 가면서 그녀는 내게 양말 한 묶음을 건네줬다. 농장을 나와 양말공장에 다니는 그녀가 나에게 감사하는 마음을 담아 양말을 전해준 것이다.

_그 방에는 화장실이 없나요?

우리 센터는 포천시 소흘읍 송우리에 있다. 행정적으로 '리(里)'지만 송우리는 포천시에서 새로 개발된 지역으로서 5만 명 정도가 사는 작은 신도시 같다. 우리 센터에서 43번 국도를 따라 철원 방향으로 십여 분 정도 자동차로 주행하다가 오른쪽으로 빠지면 가산면이 나온다. 이 가산면에는 이주 노동자들이 일하는 공장과 농장이 많이 몰려 있다. 포천시 인구 15만 명 가운데 이주 노동하는 사람이 약 2만 명 정도 되는 것으로 추정하는데, 그 가운데 상당수가 가산면 일대에 거주한다.

포천에 있는 농장은 주로 채소재배 농장이다. 북쪽으로 올라가면 젖소농장들이 좀 몰려 있고 나머지는 채소농장들이다. 여기서 재배한 채소는 주로 서울로 공급된다. 우리가 늘 밥상에서 만나는 채소들이다.

가산면에 있는 한 농장에 들렀다. 캄보디아 출신 노동자들이 일하는 채소농장이다. 남녀 모두 8명이 일한다. 저녁 6시에 하루 일을 마치고 숙소로 들어온 노동자들을 만났다. 숙소는 농장 한 모서리에 있는 한 불법 가건물로 검은 차광막을 뒤집어쓰고 있다. 검은 비닐하우스 안에 낡은 샌드위치 패널 가건물이 들어있는 모습이다. 긴 가건물을 칸막이해 나누어 네 개의 작은 방을 만들었다.

그 숙소에 기거하는 노동자들 가운데 하나가 앙헹이다. 그녀는 40대로서 20대 여성 노동자 두 명과 함께 한 방에 기거한다. 방은 가로 세로가 각각 5m쯤 된다. 그 안에 주방이 있고 세면장도 있다. 옷을 넣는 옷장을 두고 나면 방이 셋이 살기에는 비좁다. 네 개의 방 가운데 그래도 이 방이 가장 큰 방이다.

앙헹 씨가 사용하는 방 바로 옆의 방은 그녀의 방보다 작다. 그 방에는 20대 남자 노동자 둘이 기거한다. 나는 앙헹과 함께 그 작은 옆방에서 이야기를 나누었다. 남동생뻘 되는 노동자도 함께했다. 그러나 그 노동자는 한국말이 서툴러서 대화가 좀 어려웠다. 이야기를 나누고 있을 때 앙헹 씨와 같은 방을 쓰는 여자 노동자가 들어왔다. 그녀는 이 방에 있는 화장실을 사용하고 곧바로 돌아갔다.

"앙헹 씨 저쪽 방에는 화장실이 없나요?"

자기 방이 있는데 옆방에 와서 화장실을 이용하는 게 이상해서 앙헹 씨에게 물었더니 그렇다는 대답을 했다.

"매우 불편하겠네요?"

그러자 앙헹 씨는 체념한 듯 대답했다.

"할 수 없어요."

농업 이주 노동자들에게 제공된 기숙사 대부분이 불법 가건물이니

† 경기 북부 한 채소농장 기숙사 밖에 있는 화장실. 20대 이주여성 노동자들(취업비자)이 사용했다.

화장실이 제대로 된 곳이 드물다. 태반은 실외에 있고 실내에 있더라도 제한되어 있어서 옆방의 화장실을 함께 사용해야 하는 경우가 있다.

지자체들은 전국적으로 이런 불법 가건물을 수십 년 동안 철거하지 않고 방치해 왔다. 고용노동부는 불법 가건물을 기숙사로 제공하는 사업장에 외국인 노동자들을 마구 알선해왔다. 요즘 코리아는 해외에 K팝이니 K 드라마니 K 문화니 하며 요란하게 선전하고 자랑한다. 그러나 그 자랑 바로 뒤에는 인간의 기본권도 누릴 수 없는 이주 노동자들이 즐비하다. 우리나라는 아직 준비되지 않은 상태에서 외국인 노동자들을 마구 들여온 게 아닌가 하는 생각이 들 때가 많다. 그저 자본의 이윤 극대화만 노리고 마구 외국인 노동력을 들여오기에 혈안이 된 게 아닌가 한다. 국가가 자본의 심부름 노릇이나 하면서 말이다.

이주 노동자들은 대개 순응하며 지낸다. 그들 대다수는 그저 주어진

조건 아래서 돈이나 많이 벌어가겠다는 생각에 젖어 있기도 하지만, 우리 국가가 워낙 강력한 법과 제도로 그들을 지배하고 통제하기에 열악한 노동조건과 환경을 개선할 생각조차 갖지 않는 경향이 있다.

_ 월급 얼마에요?

앙헹 씨가 일하는 농장에는 이주 노동자가 8명이 있다. 모두 캄보디아 출신이다. 나이는 20대 초반부터 40대 후반까지. 모두 취업비자를 갖고 입국했다. 입국한 지 1년 된 사람도 있고 한국 생활이 8년째인 사람도 있다. 앙헹 씨가 8년째다.

E9이라는 취업비자를 갖고 있는 이주 노동자는 16개국으로부터 온 사람들로서 우리나라에 20만 명이 좀 넘는다. 재외 교포 비자를 가진 이주 노동자들 다음으로 많다. 내국인이 기피하는 사업장에만 취업할 수 있는 이주 노동자들은 입국할 때부터 사업장이 분류된다. 크게 제조업, 농업, 어업, 서비스업 등이다. 혹시 일터를 옮길 경우 제조업에서 농어업으로는 가능하지만, 농어업에서 제조업 쪽으로 이동하는 것은 불가능하다. 제조업 쪽이 노동조건과 환경이 농어업보다 상대적으로 더 낫기 때문일 것이다.

취업비자(E9)를 갖고 입국하는 노동자에게 정부는 3년 동안 취업할 수 있는 비자를 준다. 이 기간 큰 문제 없이 일한 노동자에게는 고용을 연장할 기회를 준다. 그때 고용주의 동의를 받아야 한다. 4년 10개월 동안 일한 노동자는 출국했다가 다시 입국해야 일할 수 있는데 그때도 고용주의 동의가 반드시 필요하다. 이런 맥락에서 이주 노동자는 보통 5~10년 동안 한국에서 거주한다고 말하는 것이다. 앙헹 씨는 재입국 취업한 사람으로서 지금 일하는 농장에서 줄곧 일했다.

"앙헹, 월급 얼마예요?"

그녀와 여러 가지 이야기를 나누다 물었다.

"180만 원이에요."

20대 후반인 남자 노동자 판타(가명)는 입국한 지 4년 되었는데 그녀와 월급이 같았다. 남자 노동자들은 농기계를 다루거나 농약 살포하는 일을 한다. 여자들과 같이 비닐하우스 안에서 채소를 모종하거나 풀을 뽑거나 야채 수확하는 일 외에 그런 일을 더 하는 거다. 또한, 일과가 끝난 뒤 저녁이나 밤에 남자들은 농장을 관리하는 일을 더 하기도 한다. 비닐하우스 내부의 온도를 조절하거나 지하수를 점검하거나 전기 시설을 돌보는 일 등이다. 입국한 지 1년 된 여자 노동자는 월급 150만 원부터 시작하는 게 보통이다. 남자는 5~10만 원 정도 여자보다 더 주는 경향이 있다.

채소농장 임금 지급 방식은 대개 월급제이다. 일하는 시간만큼 임금을 지급하는 농장도 가끔 있다. 시간당 최저임금을 기준으로 해서 임금을 지급하는 것이다. 이 경우 겨울에 일거리가 많이 줄어드는 농장이라면 노동자들에게 불리할 수 있다.

앙헹 씨가 일하는 농장에서 여자 노동자들이 남녀 차별적인 월급에 대해 불평하는 모습을 본 적이 없다. 남자보다 여자의 월급이 상대적으로 적다고 불평하는 것을 보지 못했다. 자신이 받는 임금이 적다고 문제를 제기하는 경우도 보지 못했다. 그저 고용주가 주는 대로 받는 경향이 농후하다. 기본적으로 한국이 일할 기회를 준 것에 대해 감사하는 마음이 있어서 그런지 임금이 적다고 불평하지 않는 편이다. 물론 농장에 따라 사람에 따라 다르다. 다른 지

83

역에 있는 한 농장에서 일하는 어느 네팔인 노동자는 임금이 적다는 말을 많이 한다. 자신이 하는 일에 비해 임금이 너무 적다고 늘 문제를 제기한다. 그의 임금을 시간당 계산해 보면 최저임금에 훨씬 못 미치는 금액을 받고 있다.

농업 쪽과 제조업 쪽은 임금 차이가 좀 있다. 제조업 쪽은 그래도 최저임금 수준을 지키는 경향이 있지만, 농업 쪽은 최저임금에 훨씬 못 미치는 경향이 있다. 물론 제조업이든 농업이든 등록자와 미등록자의 임금은 차이가 있다.

_ 너의 죄 때문에

프레스 앞에서 일하다 손가락이 잘린 랏차(가명). 오른손에 깁스하고 다니는 그는 손가락이 절단된 사고를 당한 이야기를 할 때마다 분통을 터트린다. 안전장치가 없는 프레스 앞에서 매일 장시간 노동을 하도록 했을 뿐 아니라 산재보상을 신청하는 것까지 훼방한 사장을 거론하며 그는 분노한다.

태국에 가족을 두고 취업비자로 들어온 그가 지난주에는 친구를 따라 어느 교회에 갔다. 서울에 있는 신령하다는 교회다. 기도를 많이 한다는 교회다. 예언 기도도 해준다는 교회다. 복을 많이 받고 기도 응답을 빨리 받으려면 십일조는 반드시 바치고 예배 때마다 헌금을 예물로써 힘껏 바쳐야 한다고 강조하는 교회다.

그날 그 교회의 목사가 한 설교 제목은 '죄의 삯은 사망'이었다. 영어

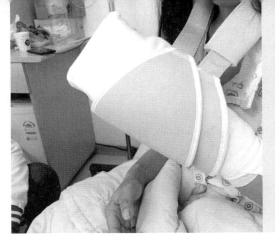
✝ 손가락이 절단된 태국인 여성 노동자. 공장 프레스 앞에서 일하다 다쳤다.

로 통역하는 서비스도 있는 예배가 끝난 뒤 문제 있는 사람들을 위해 상
담하고 기도해 주는 시간이 있어 랏차도 참여했다. 특별 헌금을 복채처럼
준비한 사람들이 줄을 서서 기다렸다. 나이가 든 여자가 상담하고 기도해
주었다.

"절에 많이 다녔죠? 조상 대대로 우상 숭배한 죄 때문에 그런 사고를 당한
겁니다."

이 소리를 들은 랏차는 그 자리에서 기가 막혀 할 말을 잃었다고 했다.
기독교라는 간판을 달고 혹세무민하는 이런 교회의 존재 이유는 도
대체 무엇인가? 이런 선무당 같은 자들과 그 고객들이 우글대는 집단이
예수라는 이름을 훔쳐다가 기독교회라는 간판을 달고 하는 영업행위를
종교의 자유라는 미명 아래 그냥 방치하는 사회는 과연 건강한 사회인
가? 하기야 수요가 있으니까 공급이 있는 거라고 변명하는 종교 사기꾼들
이 한국교회 나아가 한국종교의 주류행세를 한 지가 오래이긴 하다.

시리퐁(가명, 31세, 취업비자)은 태국 출신으로 고향에 남편과 아들이 있다. 그녀가 일하는 채소농장은 비닐하우스가 60여 개지만 그 비닐하우스마다 길이가 백 미터가 넘는다.

농장 한 편에 있는 기숙사 두 채에는 노동자 10명이 기거하는데 태국인 노동자와 캄보디아인 노동자다. 기숙사 두 채는 남녀 노동자들이 각각 여자 6명, 남자 4명 나누어 산다. 기숙사는 언뜻 보아 창고 같다. 누구라도 사람이 사는 주거시설로 보기는 어렵다. 검은 차광막으로 만든 터널같이 생긴 비닐하우스 안에 낡은 샌드위치 패널 가건물이 들어있기 때문이다. 경기도 농어촌만 해도 이런 불법 가건물 기숙사가 천 개가 넘는 것으로 추정한다. 공장에도 이런 가건물 기숙사가 많다. 그쪽은 차광막 같은 것을 덮어씌우지 않고 그냥 컨테이너나 샌드위치 패널 가건물을 공장 마당이나 건물 옥상에 설치한다. 그래서 일반인의 눈에 잘 띄지 않는다.

시리퐁이 기거하는 숙소에 들어서면 가장 먼저 눈에 들어오는 것이 있다. 그것은 다름 아니라 가스통이다. 주방용 가스통이 터널처럼 밀폐된 공간 입구 구석에 놓여있다. 보기만 해도 위험스럽게 느껴진다.

기다란 가건물은 다섯 칸으로 나누어져 있다. 세 칸은 방으로 사용하고 하나는 세면장, 나머지 하나는 공동주방이다. 끄트머리에 있는 공동주방을 지나 뒷문으로 나가면 공동 화장실이 있다. 화장실은 땅을 파고 고무대야를 묻은 뒤 기다란 나무판 두어 개를 걸쳐놓은 변소다. 과거 1960년대에 시골에서나 볼 수 있었던 재래식 변소다. 노동자들은 그 변소를 공동으로 사용했다. 잠금장치 같은 것은 없었다.

키가 큰 시리퐁의 방은 원룸처럼 작은 방인데 여자 둘이 사용한다. 창문은 신문지를 테이프로 붙였다. 통풍될 여지가 없었다. 겨울에는 냉골

86

같고 여름에는 찜통 같다.

"시리퐁, 이 기숙사 돈 내나요?"

"네, 한 달에 이십오만 원씩 잘라요."

"시리퐁, 지난달에 월급 얼마 받았어요?"

"165만 원이에요."

기숙사비로 25만 원을 내고 남은 돈은 140만 원이었다고 했다. 휴대전화 안에 있는 계산기로 숫자를 표시해 보여줬다.

시리퐁이 근무하는 농장은 임금 계산을 일한 시간에 따라 최저임금으로 계산한다.

농장주가 기숙사비를 징수하는 근거는 고용노동부가 내린 지침이다. 고용노동부는 불법 가건물을 기숙사로 제공하는 사업장에 외국인 노동자(E9 비자)를 고용 알선하면서 기숙사비를 얼마 받으라는 지침도 주었다. 임금의 8~20%를 받을 수 있다는 지침을 준 것이다. 이 지침을 의지해 사업주들은 제 마음대로 기숙사비를 받는다.

시리퐁은 기숙사비가 너무 많다고 말하며 분노하는 눈빛을 보였다. 하지만 절대군주 같은 권한을 가진 농장주 앞에서 어쩔 도리가 없기에 체념하는 기색이 역력했다. 시리퐁 농장에서 자동차로 10분 정도만 가도 원룸들이 있다. 그 방의 월세는 30만 원 정도다. 두 사람이 입주하면 일인당 15만 원씩 부담하면 된다. 지금 사는 기숙사에 비하면 원룸은 궁궐 같다. 그러나 그 원룸으로 거처를 옮기기도 쉬운 일이 아니다. 이른 아침부터 해가 질 무렵까지 사철 일을 해야 하는 형편인 데다가 교통편도 편리하지 않아 선뜻 옮길 수도 없다. 자전거를 이용하거나 오토바이를 이용할 수도 있으나 여러 가지 여건상 그리하기가 쉽지 않다. 낯선 타국에서 한국 물정 모르고 한국말도 서투니 용기가 나지 않는다.

시리퐁은 고향에 두고 온 아들 사진을 보여줬다. 초등학생이었다. 그녀는 날마다 그 아들과 영상통화를 하며 하루하루 고단한 타국 생활을 이겨나가고 있다고 말했다.

_ 여사장과 아줌마들

포천시와 의정부시의 경계쯤에 있는 작은 양말공장이 있다. 50대 여사장이 경영하는 그 섬유회사에서 일하는 이주 노동자는 7명이다. 세 명은 등록자이고 네 명은 미등록자다.

태국 출신 노동자 워타라야(가명, 25세)는 취업비자를 갖고 2년 전에 입국했다. 그녀는 오른손을 다쳐 산재 지정 병원에 입원했었다. 다른 노동자를 만나러 가던 중이었는데 복도에서 그녀를 만나 말을 걸게 되었다. 키가 작고 머리카락이 좀 노란 그녀에게 산재보험 보상에 관해 설명을 해주었지만 큰 관심을 보이지 않았다. 왜 그런지 궁금해서 이야기를 자꾸 시켜보았더니 속내를 드러냈다. 그녀는 큰 사고가 아니라서 그냥 치료나 받고 말려는 생각을 굳히고 있었다. 산재보험을 신청하려고 했으나 사장이 싫어하는 기색을 보여서 포기했다고 말했다. 하지만 산재보험을 신청하는 것이 좋다고 적극적으로 권하자 다시 생각해 보겠다고 말했다. 나중에 혹시 후유증이 생길 경우를 위해서라고 꼭 신청하라는 말을 해주자, 고개를 끄덕였다.

며칠 후 다시 만난 그녀는 산재보험을 신청하겠다고 했다. 신청을 도와주고 나자, 그녀는 다른 문제를 꺼냈다. 사업장을 변경하고 싶다는 얘기였다. 그 이유를 물으니 욕설과 수당 계산의 문제를 언급했다. 욕설은 여사장만이 아니라 함께 일하는 아줌마들도 문제였다. 그녀는 아줌마라는 말을 자연스럽게 하며 작업장에서 욕설이 일상적이라서 너무 괴롭다고 했다. 일이 조금 서툴거나 일의 속도가 조금만 느려도 아줌마들과 사장의 욕설이 튀어나오는지라 스트레스를 많이 받았다. 욕설을 한국말이 서툰 그녀는 나쁜 말이라고 표현했다. 그녀의 말은 그녀에게만 욕설하는 게 아니라 다른 이주 노동자들에게도 한다고 했다.

그녀가 힘들어하는 건 욕설만이 아니라 수당을 계산하는 데도 있었다. 연장 노동이나 토요일 노동에 대한 임금을 근로기준법에 따라 정확하게 계산해 주면 좋겠는데 습관적으로 틀리게 계산해 속이 상한다고 했다. 노동시간을 기록한 종이를 제시하며 따지면 임금을 추가 지급하지만, 말하지 않으면 매달 임금을 적게 주기를 반복하니 그 또한 스트레스를 너무 많이 받는다고 했다.

욕설과 수당 계산의 습관적인 오류를 아무리 지적하며 시정을 요구해도 사장이 고치지 않아 그녀는 사업장 변경을 원했다. 그러나 사업장 변경을 위한 사인을 사장은 누차 거절했다. 일 년 전부터 요구했지만 거절당했다. 그녀는 사업장을 변경할 수 있도록 도와달라고 했다.

그녀가 퇴원한 후 나는 그녀의 공장 기숙사에 가 보았다. 다른 동료 노동자들도 만나보기 위해서다. 낡은 창고 같은 벽돌 건물을 기숙사로 사용하고 있었다. 거기서 캄보디아 출신 남자 노동자를 만나 이야기를 나눴다. 그는 워터라야와 동일하게 욕설과 수당 계산 문제를 이야기했다. 그는 자신의 노동일지를 보여줬다. 일한 날짜와 시간을 꼼꼼하게 기록했다. 수당을 정확하게 받기 위해서였다. 한 노동자는 욕설 때문에 여사장과 다

투고 회사를 뛰쳐나갔다고도 했다. 합법적으로 취업비자를 갖고 일한 노동자였는데, 그냥 이탈해 버리는 바람에 미등록자가 되고 만 것이다.

우리나라 사람들에게 은근히 스며 있는 차별의식이 있다. 나는 이것을 경제 인종 차별주의라고 칭한다. 이는 우리보다 국민소득이 낮거나 피부색이 더 검거나 어두운 사람들을 은근히 무시하거나 차별하는 의식이다. 우리나라에 들어와 노동하는 이주 노동자 대부분이 이 차별의식의 대상이 된다. 이 의식이 있는 사람이 직장에서 고용주가 되거나 조금이라도 우월한 지위에 있으면 그 차별의식은 강하게 언행으로 표출되는 경우가 많다. 직장 내 괴롭힘이 되거나 수당을 아주 쉽게 떼어먹은 짓을 아주 자연스럽게 저지르는 거다.

_ 어느 가난한 여성 예술가의 후원

우리 센터는 지자체나 기업의 재정적 지원을 단 1원도 받지 않는다. 이는 내가 갖고 있는 원칙이다. 그 이유는 일의 독립성, 주체성, 자율성을 확보하기 위해서다. 외부로부터 돈을 받을수록 그만큼 독립성은 줄어든다.

돈을 받는 자는 돈을 주는 자의 지배를 받기 십상이다. 이는 지난 1980년대에 10년 동안 가난한 사람들의 교회공동체를 만드는 운동을 할 때 뼈저리게 절감한 것이다. 당시 한국교회의 사회선교는 대개 해외 교회에서 들여온 자금으로 진행되었다. 그때 내가 맡은 교회도 그 사회선교 사업과 일부 연관되어 있었다. 해외 교회에서 선교자금이 들어오는 과정과 그 자금을 국내에서 분배하는 과정에서 생기는 갈등과 알력과 분쟁 등을 보며 크게 깨닫고 결심했다. 앞으로 무슨 일을 하든지 재정적으로 독립하는 길을 걷겠다고 다짐한 것이다. 일을 소박하게 할지언정 재정적 독립은 꼭 유지하겠다고 마음먹었다.

이주 노동자와 함께하고 그들을 지원하는 일을 하면서 그 원칙을 고수했다. 그에 따라 지자체나 기업의 후원은 받을 생각조차 안 했고 주겠다는 제안을 해도 사양했다. 그 대신 우리 센터의 일에 공감하는 개인이나 교회의 소액 후원은 받았다. 매달 1만 원부터 10만 원까지 다양한 사람과 교회가 후원한다.

후원자 가운데는 가난한 예술가도 있다. 그녀는 강원도 춘천에서 활동하고 있는 설치 예술가로, 검소한 생활을 하면서 매달 1만 원씩 후원한다. 그녀의 후원금을 받을 때마다 늘 겸손해진다. 마음이 흐트러졌다가도 다시 고쳐먹게 된다. 움직일 때마다 활동할 때마다 우리 센터를 후원하고 응원하고 지지하며 때로는 연대까지 하는 분들을 생각하게 된다. 그리고 그분들이 나와 동행하는 듯한 느낌을 받을 때도 있다.

이주 노동자를 돕는 활동을 하다 보면 국가나 정부와 대립각을 세우게 될 때도 있다. 기업은 물론 지자체나 고용노동부 등과 날카롭게 부딪힐 때도 있다. 그때 소신껏 말하고 행동하려면 기업이나 지자체로부터 재정적 지원을 받지 말아야 한다. 그들로부터 지원을 받을수록 제 목소리를 내지 못하는 것은 너무나 자명하다.

전국에는 이주민단체나 이주 노동자단체들이 산재해 있다. 그들 가운데 상당수는 지자체나 기업의 재정적 지원을 받아 활동하고 사업을 펼친다. 그 가운데는 규모가 제법 큰 단체가 있어 사업을 활발히 전개하기도 한다. 그러나 재정을 지원하는 쪽 눈치를 보느라 제 목소리도 제대로 내지 못하는 경우를 흔히 본다. 어느 경우는 관변단체로 전락하거나 기업 편에 서서 업무를 처리한다. 이주민이나 이주 노동자들을 자본이나 관료들의 논리로 길들이거나 기존의 불의한 질서에 순응하도록 만드는 역할을 톡톡히 하기도 한다.

얼마 전에는 경상도에 있는 채소농장들의 체불임금 때문에 이주 노동자단체들이 농장주연합회와 날카롭게 부딪힌 적이 있다. 그때 그 연합회 농장주들이 크게 외치며 항의한 말이 있다. 그건 다름 아니라 "저것들은 정부로부터 돈 받고 일하는 놈들인데, 왜 우리 농민들을 못살게 굴지?"라는 말이었다. 농장주들이 이렇게 말하며 반발하자 지자체로부터 돈을 받아 운영하는 이주단체들은 의기소침해졌다. 머뭇거리며 뒤로 슬그머니 발을 빼는 모습을 보였다. 바로 이런 사례는 노동시민단체의 독립성이 얼마나 중요한 요소인지를 잘 알려주는 것이다. 지자체나 기업으로부터 지원을 받을수록 지자체나 기업의 비위를 맞추는 일을 하게 된다. 겉으로는 큰소리를 쳐도 속으로는 관변단체 노릇이나 하게 된다. 노동자를 돕는 것 같지만 결국은 기업 편에 서서 일을 한다.

이런 맥락에서 볼 때 가난하지만 매달 지속해서 1만 원씩 후원하는 여성 예술가의 지원을 참으로 귀하게 여긴다. 그 지원은 단지 돈이 아니다. 돈으로 결코 계산할 수 없는 값어치가 있다.

춘천에서 활동하는 그 예술가가 전시회를 연다는 소식을 들었다. 그녀는 전시관을 얻을 돈이 없어 자기 집에서 작품을 전시한다고 한다. 조용히 찾아가 작품을 감상하고 전시회 개최를 축하하며 적은 금액이나마 봉투를 전달하려고 한다.

_ 애완견을 좋아하는 여자 과장

방글라데시 출신 노동자 루벨(가명, 20대)이 친구의 소개로 우리 센터를 찾아왔다. 그 친구는 직장에서 한국인 관리직원에게 폭행당해 경찰에 고소했던 사건으로 우리 센터의 도움을 받은 일이 있다.

루벨은 경기도 광주시에서 포장지를 만드는 공장에 다닌다. 그런데 회사의 일이 많았다, 적었다를 불규칙하게 반복하는 기복이 있었다. 이주 노동자는 모두 5명인데 이 회사에서 노동자들은 야간이나 주말에 연장 노동을 하고 싶어 했다. 이주 노동자들은 한국에 체류하는 동안 가능하면 일을 많이 해 돈을 많이 벌기를 바란다. 그러다 보니 연장 노동을 더 하려고 경쟁이 벌어진 것이다.

루벨의 회사에서 연장 노동 시간을 결정하는 권한을 사장의 처제인 여자 과장이 갖고 있었는데, 그녀는 애완견 두 마리를 데리고 출퇴근할 정도로 개를 좋아했다.

연장 노동을 경쟁적으로 하고 싶어 하는 이주 노동자들은 언제부터인지 과장에게 잘 보이려고 애를 썼다. 그런 사정을 잘 아는 과장은 애완견에게 먹이는 사료를 구입해 애완견에게 주는 사람에게 연장 노동 시간을 배정하는 특혜를 베풀었다. 이 유치한 특혜가 암암리에 관행이 되자 루벨도 그 분위기에 휩싸여 사료를 사다가 과장에게 바쳤다. 그는 사료를 구입하고 받은 영수증 몇 장을 갖고 있었다.

이런 분위기에서 은근히 경쟁하다 보니 이주 노동자들 사이에 묘한 긴장감이 돌아 마음이 불편했던 루벨이 우리 센터를 찾아온 것이다. 아무리 생각해도 이상해서 상담하고 싶다는 말을 했다.

이주 노동자들은 한국에 거주하지만, 흔히 외딴섬에 사는 것처럼 지

93

낸다. 회사에서 일하고 회사 기숙사에서 잠자고 가끔 쇼핑이나 하러 다니는 경우가 많다 보니 그럴 만도 하다. 게다가 한국말이 서툴고 한국 물정 잘 알지 못하니 사료를 상납하는 어처구니없는 일도 벌어진다.

루벨은 영수증 몇 장을 증거물로 내밀며 문제를 해결해 달라고 했다. 이런 부탁을 받을 때 난처해진다. 직장의 내밀한 문제에 우리 센터가 개입할 여지가 없다는 생각이 들기도 하고 또한 그런 문제는 노동자들이 스스로 해결할 사안이라는 생각이 들어 난감하다.

루벨은 일터를 옮기고 싶어 하기도 했지만, 그것도 쉽지 않았다. 사업장을 변경하려면 고용주의 사인을 받아야 하는데 사업주가 동의해 줄 가능성이 희박하다. 그는 한 주 뒤에 동료 노동자 하나를 데리고 우리 센터를 또 찾아왔다. 동료 노동자도 같은 이야기를 했다. 그도 사료를 사다가 과장에게 뇌물을 바쳤다고 말했다.

고용주와 이주 노동자 사이는 철저한 주종관계이다. 이 철저한 갑을 관계가 이주 노동자의 모든 문제의 근본 원인이 된다. 이 관계 속에서 살다 보니 개 사료를 상납하는 일까지 생긴 게 아닌가 하는 생각이 든다.

94

_노동지청에 출두하는 안나와 함께

필리핀 출신 노동자 안나(20대)와 함께 의정부노동지청에 출두했다. 그녀는 미등록자로 섬유공장에서 일했지만, 임금 1,200만 원을 받지 못했다. 그녀는 작년에 퇴사한 뒤, 그 돈을 포기하고 살았다.

그러다 친구의 소개로 우리 센터를 찾아와 상담한 뒤 노동부에 진정했다. 진정하는 데는 용기가 필요했다. 무엇보다 미등록자라는 신분의 약점 때문에 그랬다. 미등록자들은 체불임금을 받을 권리가 있다는 사실을 모르는 경우가 많다. 혹시 알아도 노동부에 진정하는 일을 선뜻 하지 못한다. 진정하고 조사를 받고 때로는 재판까지 하는 과정에서 신분이 드러나 불이익을 당할까 봐 아예 포기하는 수가 많은 것이다.

안나는 우리 센터에서 상담하면서 용기를 얻었다. 체불임금을 받기 위해 이미 노동부에 진정한 그녀가 근로감독관의 부름을 받고 출두하는 날 한국말이 서툰 그녀는 돕기 위해 동행했다. 근로감독관 앞에 나아가니 사장도 도착해 있었다. 중년의 남자였는데 안나는 몹시 긴장하는 얼굴을 하고 있었다. 감독관은 두 사람을 번갈아 가며 사실 조사를 했다.

고용되어 노동한 기간은 얼마이고 하루 노동시간은 또 얼마나 되는지 자세히 물었다. 근로계약을 어떻게 했었는지, 실제는 또 어떠했는지 상세히 물으며 조사를 했지만, 감독관은 난처해했다. 사장과 노동자 두 사람 모두 증거를 하나도 제시하는 게 없었기 때문이다. 월급을 현찰로만 지급해 온 사장은 맨손으로 와서 말로만 진술했다. 미등록자를 고용한 사장들은 흔히 증거를 남겨두지 않는다. 그래서 임금도 현찰로 지급하는 거다.

안나 역시 아무 증거도 내놓을 게 없었다. 체불임금 액수를 감독관이 결정해야 하는데, 아무 증거가 없으니 진술하는 말에 의지해 결정할 수밖에 없는 감독관은 체불임금을 700만 원으로 결정했다. 노동 분야에서 수사권을 가진 근로감독관이 회사를 찾아가 함께 노동한 동료 노동자들을 만나보고 감시카메라도 열어보는 등 적극적으로 조사하면 좋으련만 감독관은 전혀 그럴 의향은 없어 보였다.

인력과 예산 부족을 그 이유로 내세우겠지만, 그냥 사무실에 앉아 아무 증거도 제시하지 못하는 양측의 진술에만 의지해 조사하니 부실할 수밖에 없다. 그 결과 주먹구구식으로 적당히 체불 임금액을 결정하는 모습을 보고 안타까운 마음 금할 수 없었다.

_ 와이프에게 말 안 했어요

포천시 소흘읍 이가팔리에 있는 채소농장에 들렀다. 캄보디아 출신 이주 노동자(20대) 두 명이 비닐하우스 안에서 농약을 뿌리고 있었다. 아침부터 2인 1조가 되어 채소에 농약을 살포하기 바빴다. 취업비자를 갖고 3년 전 입국한 그들은 이 기업형 농장에서 일했다.

살포하는 농약 냄새만 맡아도 머리가 아픈데, 그들은 그 일을 밀폐된 공간에서 면 마스크 하나 쓰고 종일 했다.

얼마 전 네팔 노동자 게르솜(가명, 32세)이 종합병원서 무정자증 진단을 받았다. 불임 판정(자연 임신은 불가능한 것)을 받은 것이다. 6년 동안 농장에서 농약 뿌리는 일을 한 그는 한국에서 취업 활동을 하는 동안 세 번 정도 귀국해 아내와 함께 몇 달씩 지내다 왔지만, 아내의 임신 소식은 없었다.

게르솜 부부는 임신을 간절히 원했지만, 임신하지 못해 안타까워했다. 혹시 농약 살포와 불임의 연관성이 있지 않나 해서 나는 그에게 검사를 적극적으로 권유했었다. 주치의를 직접 만나 검사 결과를 들어보니 상태는 심각했다. 불임 판정을 받은 것이다. 이 노동자는 6년 동안 사철 비닐하우스 안에서 농약 살포 작업을 했다. 그의 불임과 농약 살포 작업의 연관성이 깊다고 본다. 우리는 산재보험 보상 신청을 하고 싶었다. 그러나 그의 농장은 근로자 5인 이하 사업장이기에 아예 산재보상 신청조차 할 수 없었다. 법의 규정 때문에 그 기본적인 보상 신청을 포기할 수밖에 없었다.

얼마 후 게르솜을 만났다. 그는 마음이 몹시 상해 있었고 불임 때문에 깊이 고민하는 것처럼 보였다. 그에게 물었다.

"와이프에게 말했나요?"

"아니요, 와이프에게 말 안 했어요."

그의 눈빛이 서글펐다.

게르솜을 보며 한 생각이 몇 가지 있었다.

1. 노동부는 이런 경우 진상조사를 하고 노동자를 도와야 하지만, 전혀 그렇게 하지 않는다. 오히려 반대. 기업주의 이윤, 착취 극대화를 위해 충성하는 기질을 갖고 있기에 이런 상태는 방치되고 비극은 만연된다.

2. 이주 노동자를 법과 제도로 한 일터에 묶어 두기 때문이다. 이주 노동자는 직장 이동의 자유가 없다. 그러니 농약 살포 많이 하는 농장에 한 번 고용되어 들어가면, 무정자증이 생기더라도 계속 일해야 한다. 농약 살포 문제로 옮길 수 없다.

3. 노동자의 무지가 심하다.

　농약 중독이 얼마나 무서운지 모르는 경우가 많다.

4. 저항 정신이 없다.

　열악한 노동조건을 개선하려는 저항 정신이 희박하다. 그저 몇 년 동안 빨리 돈만 많이 벌어 돌아가겠다는 생각에 사로잡혀 있는 경우가 대부분이다 보니, 저항은 고사하고 대개 적응, 순복, 굴종만 하는 거다.

"이거 많이 뿌리면, 나중에 아기 못 낳아요!"

　잠시 쉬는 시간에 내가 큰소리로 한 말이다. 농약을 뿌리다 말고 잠시 쉬고 있는 캄보디아인 노동자들에게 말했지만, 두 사람은 그냥 씩 웃고 말았다. 조금 뒤 다시 살포하기 바빴다.

98

_ 코로나로 세상을 뜬 따부즈의 아내

우리나라 코로나 확진자가 4백 명 가까이 나왔다. 하루 동안 새로 생긴 감염자를 말한다. 계속 코로나가 전국으로 확산하는 추세다. 전문가들에 의하면, 실제 감염자는 확진자보다 열 배 정도 될 거라고 한다. 정부는 사회적 거리 두기를 2단계로 강화해 연장했다.

동남아시아 쪽도 코로나가 확산하고 있다. 따부즈(가명)의 나라 방글라데시도 그렇다. 하루 확진자가 3천여 명씩 나오고 있다. 그가 매우 안타까운 소식을 들었다. 아내가 코로나로 사망한 것이다. 9년 동안이나 아이들을 남편 없이 혼자 양육하며 시부모까지 돌보던 아내가 그만 변을 당하고 말았다.

9년 전 취업비자를 갖고 코리아에 온 따부즈는 그동안 공장에서 성실하게 일했다. 42세인 그는 처음 입국했을 때 4년 10개월 동안 공장에서 노동하며 돈을 벌었다. 가장으로서 부지런히 일한 그는 성실 근로자로 인정받아 다시 재입국해 이제까지 노동하며 지내왔다. 내년엔 귀향해 가족과 함께 보낼 행복한 나날을 꿈꾸던 그에게 아내의 비보는 날벼락이었다.

따부즈는 급히 출국했다. 마침 비행기 편이 있어 출국할 수 있었다(코로나 팬데믹 사태로 말미암아 비행기 운행이 아주 드물었다). 그는 남은 취업 기간을 포기하고 아주 돌아갔다.

그가 갑작스러운 사별을 잘 극복해 나가길 빌었다. 나는 지난 2004년 아내와 사별했다. 장기간 난치병을 앓던 아내를 먼저 보낸 뒤 후유증을 심하게 앓았다. 우울증에 빠져 있던 내게 전혀 예기치 않은 공황장애가 엄습하기도 했다. 폐소 공포증을 동반한 그 공황장애가 쓰나미처럼 덮쳤다. 나의 의지를 뛰어넘어 작동하는 그 불안 장애는 그의 일상생활을 교란하고 여러 해 동안 괴롭혔다. 폐소 공포증은 세면장에서 칫솔질 다 할 시간도 주지 않았다. 좁은 공간에서 더 활성화되는 불안증은 그 몇 분도 허락하지 않았다. 당시 나는 자살이 남의 일로 여겨지지 않는 나날을 보내기도 했다. 나의 의지를 뛰어넘어 엄습하는 그 질환을 병원의 도움 없이 극복할 수 있었다. 일종의 불안장애인 공황장애는 스스로 불안의 근원을 직시하도록 만들었다. 그 불안의 근원을 직시하며 그 근원을 하나님 앞에 지속해서 고하며 토할 때 그 불안 장애는 서서히 사라졌다. 물론 시간이 꽤 걸렸다. 어린아이가 엄마의 손을 잃어버렸을 때 불안해하며 울 듯이 사람은 굳게 의지해 온 어떤 것을 갑자기 상실할 때 불안에 빠질 수 있다. 그 정도가 심할 때 불안 장애가 올 수 있다.

따부즈와 자녀들에게 하나님의 은총이 넘치기를 간절히 빈다.

이주 노동자 130만 명 가운데 결혼한 사람이 절반 정도 되는 것으로 추정한다. 경험적으로 그렇게 본다. 보통 5년에서 10년 정도 국내에 체류하며 노동하는 그들 가운데는 처음부터 기혼자로 입국하는 경우도 있고, 여기서 이주노동을 하다가 중간에 결혼하는 경우도 있다. 물론 중간에 결혼하는 경우 대개 제 나라에 가서 결혼식을 치르고 온다. 아무튼, 상당수 이주 노동자는 배우자나 가족과 떨어져서 몇 년 동안 살게 된다. 우리 법과 제도는 대다수 이주 노동자에게 가족 동반을 허용하지 않기에 상당수 이주 노동자는 생이별 생활을 비교적 장시간 하는 것이다. 이주 노동자들을 말하는 동물 정도로 보지 않고 사람으로 본다면, 이런 법과 제도의 개선을 해야 할 것이다.

_ 우리도 재난 지원금 받고 싶어요

코로나19로 지구촌 전체가 몸살을 앓았다. 팬데믹으로 세계는 더욱 양극화되고 있다. 세계에서 가장 불평등한 한국도 양극화는 심화하여 가난한 사람은 더욱 가난해지는 추세가 역력하다. 특히 청년층과 여성 그리고 노인의 빈곤층이 더욱 가난해지는 상황이다. 그에 따라 청년과 노인의 자살률이 더욱 늘어나는 추세가 뚜렷하다. 자살률이 세계 최고 수준인 한국에서 자살이 더욱 늘어나니 '헬조선 사회'가 한층 악화하는 꼴이다.

경기도는 재난 지원금을 지급한다는 발표를 했다. 코로나로 말미암아 고통당하는 주민들에게 도가 지원금 30만 원 정도를 준다는 것이다. 남녀노소 누구나 받을 수 있다는 그 지원금을 지급한다는 방침을 경기도가 발표했지만, 그 대상에 이주 노동자는 쏙 빼놓았다.

필리핀 출신 여성 노동자 럿(가명)을 만났다. 그녀는 월급명세서를 내게 보여주었다. 명세서를 보는 나에게 그녀는 자신이 낸 세금 항목을 보라고 손가락으로 표시했다. 명세서에는 소득세와 주민세라는 글씨가 적혀있었다. 금액도 기록되어 있었다.

그녀는 자신이 주민세를 매달 꼬박꼬박 내는 주민인데 왜 자신에게는 재난 지원금을 주지 않느냐는 말을 하고 싶었던 거다. 그녀의 주장에 이견을 내놓을 수 없었다. 그녀는 취업비자를 갖고 입국한 사람으로서 한국에서 7년째 노동하며 세금을 냈다. 알고 보니 그 주민세 속에는 교육세도 포함되어 있었다.

이주 노동자들은 소셜미디어를 많이 이용한다. 필리핀인 노동자들은 특히 페이스북을 보편적으로 사용한다. 그러다 보니 한국어가 서툴러도 한국의 사회 상황을 웬만큼은 알고 지낸다. 특히 자신들과 연관된 시사 문제는 페북을 통해 활발하게 주고받으며 소통한다. 재난 지원금에 대한 정보도 자신들끼리 활발하게 주고받은 모양이었다.

경기도는 재난 지원금을 지급한다는 방침을 내놓으면서 그 대상을 주민에게 한정했다. 이주 노동자를 주민이라는 범주에 넣느냐 넣지 않느냐의 문제를 놓고 논쟁을 할 수 있을 것이다.

이주 노동자들에게 재난 지원금을 지급하는 게 합리적이라고 생각한다. 소득세, 주민세, 교육세 등 직접세와 간접세 등을 내는 이주 노동자들에게 재난 지원금 주지 않는 건 국가 범죄라는 생각도 한다. 이주 노동자는 재난 지원금을 받을 권리가 있다고 본다. 한 해에 이주 노동자들이 한국경제에 생산과 소비로 주는 효과가 74조가 넘는다. 그 이주 노동자들은 보통 5년~10년 동안 세금도 낸다. 코로나 사태를 맞아 이주 노동자들도 내국인과 같이 고통을 당한다. 우리 사회 먹이사슬의 맨 끄트머리에서 기초산업을 떠받들며 고통당한다.

얼마 뒤에 방글라데시 출신 노동자 사바 씨를 만났다. 요즘 공장의 일거리가 줄었다고 말한 그도 재난 지원금에 관해 얘기했다. 휴대전화를 열어 자기 월급명세서 사진을 보여줬다. 거기에도 소득세, 주민세라는 글자가 적혀있었다. 그는 주민이라는 단어의 의미를 내게 물었다.

102

_ 건강보험 돈 너무 많아요

나는 사무실에 앉아 일하는 것보다 현장에서 활동하는 것을 더 좋아한다. 이주 노동자들이 일하는 농장이나 문제가 있는 현장에서 사람들을 만나 이야기하고 일하는 것을 선호한다.

늦은 오후 종합일간지 여자 기자와 함께 한 채소농장으로 갔다. 6시쯤 일을 마치고 기숙사로 들어오는 캄보디아와 태국 출신 노동자들을 만났다. 포천에 흔한 채소농장 이주 노동자들이 기거하는 기숙사는 대부분 농장 한 귀퉁이에 있다. 검은 차광막을 뒤집어쓴 낡은 컨테이너나 샌드위치 패널 가건물이다. 기숙사로 돌아온 노동자 가운데 캄보디아인 노동자 스레이 나위(가명, 31세)는 이제 친해져서 소통이 잘 된다. 그녀는 한국말이 서툴지만, 나는 그녀의 말을 잘 알아듣는다. 그녀도 내 말을 잘 알아듣는 편이다. 다른 한국인의 말은 잘 알아듣지 못해도 내가 하면 잘 알아듣는 경우가 있다. 천천히 말할 뿐 아니라 가능하면 순우리말로 이야기하기 때문이다. 가능하면 한자 단어를 쓰지 않고 어린이에게 말하듯 하면 그들은 더욱 잘 알아듣는다.

함께한 기자가 나위에게 여러 가지 질문을 했다. 그러나 나위가 잘 알아듣지 못했다. 인터뷰가 순탄하지 않게 되자 결국 통역 비슷한 걸 하게 됐다. 기자는 농업 이주 노동자들의 건강보험에 대해 궁금해했다.

"건강보험 돈 너무 많아요. 힘들어요. 우리 일 많아요. 월급은 조금이에요. 그런데 건강보험 돈 너무 많이 내요."

나위의 하소연이었다. 그녀가 내는 국민건강보험료는 한 달에 12만 원이 넘었다. 농업 이주 노동자들은 지역가입자로 분류되어 보험료를 납부했다. 의무적으로 가입되어 내는 돈이 꽤 많은 편이었다.

나의 지인은 의정부에서 작은 아파트에 혼자 산다. 은퇴하고 혼자 사는 1인 가구다. 그는 경차를 하나 갖고 있고 아파트는 자기 소유다. 그런데 건강보험 지역가입자로서 그가 한 달에 내는 보험료는 7만 원이 조금 넘는다. 농업 이주 노동자들은 혼자 입국해 일하는 혈혈단신이다. 몸만 와서 일하는 노동자인데 한 달에 보험료를 내국인보다 두 배 가까이 납부하니 납득이 되지 않는다.

건강보험공단이 내놓은 변명이 있다. 내국인 지역가입자가 내는 보험료의 평균값을 농업 이주 노동자들에게 부과한다는 변명이다. 궁색하기 그지없다. 이주노동 정책이나 행정이 이 모양이다. 그저 어떻게 하면 이주 노동자들의 돈을 끌어낼까만 고민하는 것 같다. 객관적인 합리성 같은 것은 그 정책과 행정에서 찾아보기 힘들다.

동행한 기자도 고개를 갸웃거렸다. 현장에 직접 나와서 이주 노동자들의 실태를 보고 기사를 쓰는 것과 그냥 사무실에 앉아서 자료나 대충 살펴보고 쓰는 기사는 천지 차이가 있다. 현장에 나와서 친히 노동 현장을 보고 기사를 쓰고자 하는 기자를 적극적으로 돕는 이유가 있는 것이다.

104

_ 일터를 옮기기 위해 싸워야 하는 나라

평택에서 일하는 여성 노동자가 찾아왔다. 태국 출신 노동자로 취업비자를 갖고 채소농장에서 일한다. 20대인 그녀를 그 농장으로 고용 알선한 건 고용노동부다. 고용노동부는 16개 국가에서 노동자를 모집해 국내 사업장에 알선한다. 고용노동부는 외국인 노동자를 고용 알선하면서 사업장에 대한 정보를 노동자에게 거의 주지 않는다.

한국 사회 물정을 모르는 그녀가 농장에 가 보니 일하는 사람은 자신뿐이었다. 그리고 그 농장의 위치는 아주 외진 곳으로 버스가 하루에 두 번 다니는 시골이었다. 해가 지면 사방이 캄캄해 숙소를 벗어나기가 두려웠다. 숙소는 밭 한 귀퉁이에 있는 낡은 컨테이너이며 화장실은 실외에 있었다. 밤에 화장실에 가기조차 무서웠다.

한 달을 보냈으나 도저히 견딜 수 없어 농장주에게 일터 이동을 요구했다. 일터를 옮기려면 사업주의 동의를 받아야 한다는 법이 있기 때문이다. 그녀는 고용주에게 사인을 요구했으나 농장주는 완강히 거절했다.

그러나 이 노동자는 여러 달 동안, 일터 이동을 위해 힘겹게 싸웠다. 다시 느낀 게 있다. 국가가 개입해서 노동자를 어느 사업장에 묶어두는 일이 과연 정당한가? 자본주의 사회라는 곳에서 국가란 본래 자본의 행정 사무처 같은 노릇을 하는 기관이라 하지만 이건 너무 지나친 것이 아닌가? 개 줄로 개를 어느 한 곳에 묶어두듯이 노동자를 국가가 직접 나서서 어느 한 사업장에 묶어주는 짓은 얼마나 폭력적인가? 국가가 자본의 수족 역할을 하는 기관이라고 해도 이 짓은 그 정도가 심하지 않은가?

우리 센터의 지원을 받아 일터 이동을 위해 지난한 싸움을 한 노동자는 또 있다. 취업비자로 입국한 네팔 출신 노동자 미잘(가명)이다. 그는 일곱 달 동안 투쟁했다. 사지에서 탈출하기까지 7개월이 걸렸다.

그가 일하는 가죽공장(경기도 양주시)이 대형산재 사고를 일으킨 건 지난 1월 말이었다. 대형보일러가 폭발해 노동자 둘이 현장에서 죽고 여덟 명이 크게 다쳤다. 그 기업은 해마다 2천여 명을 산재로 죽이는 코리아의 세계 최고 산재 기록에 도움을 주었다.

경찰 조사에 의하면 그 공장엔 안전 관리사가 없었고 안전시설도 없었다. 자본-기업의 이윤, 착취 극대화를 위해 노동자 생명을 극소화하는 원리만 그 회사에 충만했다.

큰 사고에서 기적적으로 생존한 미잘은 사고 직후부터 사측에게 일터 이동을 위한 사인을 요구했다. 노동자가 안전한 일터를 찾아가는 건 지극히 자연스러운 행동이다. 그러나 일터 이동에 대한 허가권을 갖고 있는 고용주는 이를 거부했다.

미잘은 정신과 치료를 받았다. 외상후 스트레스 장애를 앓았다. 숙면을 취하지 못하고, 작은 소리에도 매우 놀라며 불안에 떨었다. 그는 사측에 누차 요구했다. 하지만 사측은 완강히 거절했다. 고용주는 먹잇감을 물은 악어처럼 미잘을 놓지 않았다. 그가 일을 잘하기 때문에 더 놓지 않았다.

그는 체념하며 노동을 계속할 수밖에 없었다. 동료 노동자가 사지가 찢겨 죽은 작업장에서 계속 일을 하고, 미사일 폭격 맞은 듯 폭파된 공장 옆 기숙사에서 잠을 자는 일은 고통 그 자체였다. 악몽을 수시로 꿨다. 그에게 사측은 가죽을 가공하는 과정에서 사용하는 화학품을 다루도록 강요했다. 두어 달 만에 목에 종양이 생겼다. 외상후 스트레스 장애를 앓으며 맹독성 화학품을 매일 취급하는 강제노동은 죽음보다 싫은 일이었다. 그런 데다가 언제 또 대형산재 사고가 날지 모른다는 불안은 그를 더욱 괴롭혔다.

암일지도 모른다는 동네 의사의 말을 듣고 대학병원을 찾아갔다. 조직검사를 했다. 목의 살점을 떼어 조직검사를 하고 온 날, 미잘은 사측에 다시 강력히 요구했다. 다른 안전한 직장을 찾아가도록 허락해달라고 재차 요구했다. 사정도 하고 애원도 했다.

다음날 사측은 마지못해 사인을 해줬다. 그는 7개월 동안 싸워 직장이동을 위한 허락을 간신히 받았다. 사지에서 탈출하기 위해 싸운 7개월 동안 연옥 같은 고통을 당했다.

미잘은 이제 새 직장을 찾아가야 한다. 하지만 자유롭지 못하다. 왜냐하면, 노동부가 일방적으로 알선하는 사업장으로 가야만 하기 때문이다. 노동부 고용지원센터는 사업장에 대한 정보는 거의 주지 않고 일방적으로 알선한다.

코리아라는 국가의 정체성을 다시 생각하게 된다.

_장로 농장주의 부수입

농장주 P는 기업형 채소농장을 갖고 있다. 1년 매출이 20억이라는 사업장이다. 그는 미등록 노동자, 소위 불법체류자를 선호한다. 등록노동자도 고용하지만, 미등록 노동자를 더 좋아한다. 시간당 최저임금 6,500원에 훨씬 못 미치는 임금을 받는 등록노동자보다 더 적은 임금을 주고도 마구 부릴 수 있어서다. 게다가 퇴직금이나 임금을 떼어먹기도 쉽다. 그리고 종종 부수입도 짭짤하게 챙길 수 있어 좋아한다.

그는 태국인 여성 노동자 5명을 고용하고 있다. 그녀들은 미등록자다. 숙소는 돼지우리 같은 곳에 한꺼번에 몰아넣었다. 그래도 찍소리 안 한다. 매달 일 인당 기숙사비로 20만 원씩 징수한다. 에어컨? 그런 거 없다.

그저께 P는 하루에 가만히 앉아서 10만 원 부수입을 챙겼다. 연속 3일 동안 챙겼으니 30만 원이다. 미등록 노동자 5명을 지인이 운영하는 농장으로 보내서 일을 시키고, 그들이 받은 임금 가운데 2만 원씩을 수수료로 떼었다. 일 인당 받은 일당 7만 원 중 2만 원씩 뗀 거다. 제 농장이 좀 한가할 때는 이렇게 다른 바쁜 농장으로 파견해 부수입을 챙긴다.

P는 조금도 양심의 가책을 느끼지 않는다. 오히려 미등록 노동자들에게 도움을 주고 있다고 생각한다. 낯선 타국에 온, 한국 사회 물정 아무것도 모르는 이방인들, 그도 불법체류자들에게 선한 일을 하고 있다고 생각하는 거다. 그는 친구들과 얘기할 때 그런 생각을 자랑스럽게 드러내곤 한다.

그는 다만 김달성 목사를 경계한다. 그는 김 목사가 태국인 여성 노동자들 만나는 것을 몹시 싫어한다. 지난주엔 마스크를 건네주러 기숙사에 간 김 목사를 내쫓았다. 실랑이가 좀 있었다. 그리고 P는 태국인 노동자들에게 이상한 한국 사람들은 절대 만나지 말라고 단단히 주의를 주었다. 그는 이미 들은 바가 있다. 김 목사라는 사람이 여기저기 농장에 다니면서 이상한 소리를 하고 다닌다는 얘기를 들었다. 불법 건물을 기숙사로 제공하고 기숙사비까지 징수하는 건 불법영업이라고 말하는 김 목사에 대해 이미 들었다.

P는 서울에 있는 큰 교회 장로다. 그 교회 목사는 헌금을 잘 내는 P에게 지난주일 오후 온라인 예배 때 특별간증을 시켰다. P는 코로나 이후에도 물질 축복을 받는 비결이라는 제목으로 얘기했다. 그는 눈물을 흘리며 간증했다.

_ 퇴직금은 없어

샤론(가명)은 한국에 들어와 양말공장에서 4년 동안 일했다. 월요일부터 토요일까지 주 6일 노동했다. 하루 11시간씩 근로했다. 그녀가 받은 월급은 180만 원이다. 입사 초기엔 더 적게 받았다.

"퇴직금은 없어!"

얼마 전 퇴사하는 그녀에게 사장이 한 말이다. 그녀가 미등록자라는 약점을 이용해 그리 한 것이다. 소위 불법체류자를 선호하는 기업주들이 많다. 그런 사업주들이 많기에 미등록 노동자들이 늘어난다고 본다.

그들은 퇴직금 떼어먹는 게 관행이다. 평소엔 최저임금에 훨씬 못 미치는 임금을 주고, 퇴사할 때는 퇴직금을 당당히 떼어먹는다.

우리 법에 따르면 미등록자라도 노동하면 정당한 임금을 받게 되어 있다. 신분 이전에 노동의 대가를 받는 게 우선이다. 산재보상도 미등록자는 받게 되어 있다. 하지만 현실에서 미등록자들은 임금, 퇴직금 떼이기 일쑤고 산재보상도 못 받는 게 대부분이다. 산재보험 보상을 청구하고 받은 미등록 노동자를 본적이 별로 없다. 우리 센터가 지원해서 산재보상을 받은 미등록 노동자들을 보았을 뿐이다.

지난달에는 한국에서 미등록자로 17년 동안 노동한 사람을 만났다. 그도 필리핀 출신이었다. 아주 성실하게 노동하며 생활한 사람이었다. 나이가 40대였다. 그는 한국에서 돈을 벌어 필리핀에 있는 딸 둘을 대학까지 교육시켰다고 했다. 그를 17년 동안 고용한 사장도 퇴직금을 하나도 주지 않았다. 우리 센터는 그의 퇴직금을 계산했다. 그리고 그 퇴직금을 받기 위해 노동부에 진정했다. 샤론의 퇴직금도 노동부에 진정하기 위해 법에 따라 계산했다.

110

예전에, 고용노동부에 출두한 적이 있다. 미등록자의 퇴직금을 받기 위해 이주 노동자와 함께 갔다. 근로감독관 앞에서 사장과 말씨름을 했다. 한국말이 서툰 이주 노동자를 대변하다 보니 고용주와 씨름이 벌어졌다. 그 와중에 사장은 항변했다. 목사님은 어느 나라 사람이냐고 물었다. 왜 한국 사람이 한국인 편을 들지 않고 외국인 편을 드느냐며 비난한 것이다. 착취를 위해서 국수주의적인 의식까지 동원하는 그의 모습을 보고 참으로 씁쓸했다.

130만 이주 노동자는 코리아의 내부 식민지다. 이 내부 식민지 가운데는 샤론 같은 미등록 노동자가 40만 가까이 된다. 이들은 기업들의 고도 착취, 약탈의 대상이다. 이들을 착취, 약탈하는 걸 즐기는 기업들이 의외로 많다. 국가는 그런 기업들을 비호한다. 이는 엄연한 현실이다. 소위 불법체류자 단속은 어쩌다 한 번씩 하는 시늉일 뿐이라고 생각한다. 미등록자가 40만이라는 사실은 국가가 자본을 위해 봉사했다는 증거라고 본다.

국가가 방관하고 방치하지 않았다면 40만 명이 될 수 없다. 자본을 위해 미등록 노동자들을 방치하는 국가의 얼굴은 음흉하다 할 수 있다. 빨리 그 음흉한 얼굴을 벗어버리라고 국가에 충고하고 싶다. 그 방법 가운데 하나는 10년 이상 성실하게 노동한 미등록 노동자들을 엄격한 기준으로 합법화시키는 것이라고 말하고 싶다.

3 장

_ 불법 기숙사 화재

포천시에 있는 채소농장의 한 귀퉁이에 있는 불법 기숙사가 새벽에 화재로 전소되었다. 기숙사라는 이름을 붙이기도 민망한 숙소였다. 그것은 비닐하우스 안에 낡은 샌드위치 패널로 지은 가건물로 짐승 우리 같았다.

그 안에서 캄보디아 출신 여성 노동자 5명이 죽을 뻔했다. 화재 현장을 보니 앙상한 쇠 파이프 골조와 타다만 살림 도구들만 시커멓게 남아 있었다. 깊은 잠에 빠진 시간에 불이 났을 뿐 아니라 한번 불이 붙으면 순식간에 타버리는 시설물이라 위험하기 짝이 없는데 목숨은 건졌으니 다행이라는 생각이 들었다. 하지만 이런 화재가 언제라도 일어날 조건을 가진 기숙사들이 수두룩한 현실을 알고 있기에 답답하기 그지없었다.

경기도 농어업 쪽만 해도 이런 불법 가건물 기숙사들이 1천 개가 넘을 것으로 추정한다. 그것들은 모두 농지법, 건축법, 근로기준법 등을 위반한 시설물들이다. 사람이 살아서는 안 되는 시설물이다. 그 기숙사 내부, 외부에는 전깃줄이 어지럽게 널려있어 누전으로 인한 화재가 언제라도 일어날 조건이 갖춰졌다. 기숙사 내부에는 또 주방용 가스통들이 흔히 놓여있어 폭발 사고도 일어날 가능성이 크다.

우리나라에서 외국인 노동자를 사업장에 고용 알선하는 일을 담당하는 부서는 고용노동부다. 이 노동부는 외국인 노동자들을 모집해서 국내 사업장, 공장이나 농장 등에 알선한다. 정부가 직접 개입해 그 일을 하면서 불법적으로 하는 것은 참으로 큰 문제다. 불법 기숙사를 제공하는 사업장에 고용 알선하는 것만 보아도 노동부의 불법성을 여실히 알 수 있다. 근로기준법에 의하면 노동자의 기숙사는 안전하고 쾌적한 환경에 설치하게 되어 있다. 기본적으로 사업주가 노동자에게 기숙사를 제공할 의

113

무는 없다. 그러나 사업주의 필요에 따라 기숙사를 제공할 때는 불법적인 주거시설을 제공하면 안 되는 게 마땅하다. 더구나 기숙사비까지 징수한다면 더욱 합법적으로 기숙사를 제공해야 한다.

노동부가 불법 기숙사를 제공하는 사업장에 외국인 노동자를 고용 알선하는 일은 한두 건이 아니다. 전국에 수두룩하다. 수십 년 동안 그런 행정을 펴왔다.

사업주가 불법 기숙사를 제공하는 일은 나쁘다. 국가가 개입해서 불법 기숙사를 제공하는 사업주들을 돕는 일은 더 나쁘다. 한두 달도 아니고 수십 년 그런 불법을 사업주들과 정부가 손잡고 버젓이 저지르는 일은 심각한 문제다.

일본 제국주의의 범죄와 만행이 별것인가? 그것은 별것이 아니다. 그건 다름 아니라 국가가 자본과 손잡고 저지르는 불법을 해외에까지 나아가서 자행한 짓이다. 물론 무력으로 그렇게 했다. 자본과 국가가 손잡고 저지르는 악행을 자국 안에서 하든 해외에까지 나아가서 하든 그 본질은 같다고 본다. 그 악행을 저지르는 행태는 달라도 본질은 동일하다고 본다.

114

_ 죽음의 이주화

경기도 평택시에 있는 폐기물 재활용시설에서 불이 났다. 새벽에 난 그 화재로 외국인 노동자 두 명이 사망했다. 이들은 밤샘 노동을 하다가 그만 목숨을 잃었다. 소방 당국은 "폐기물에 열을 가해 열분해유를 정제 생산하는 업체의 제조소 안에 있는 대형 가마가 폭발하면서 불인 난 것으로 추정한다"고 설명했다.

포천 지역에 있는 한 채소농장 불법 기숙사 화재로 다섯 명의 캄보디아 출신 여성 노동자들이 새벽에 목숨을 잃을 뻔했는데, 평택에서는 작업장의 화재로 이주 노동자들이 목숨을 잃었다. 장시간 노동을 강요하는 타국에서 밤새워 일하다 새벽에 불에 타 죽었다.

땅은 작고 자원도 없는 나라지만 경제 대국이라는 코리아에서 산재로 죽임당하는 노동자가 한 해에 2천 명이 넘는다. 지난 20년 동안 산재로 목숨을 잃은 노동자가 4만 명이 넘는다. 중경상 당한 사람 노동자들은 또 얼마나 많은가. 한국의 산재는 특징이 있다. 죽음의 외주화와 이주화다. 주로 죽임당하는 노동자는 하청 업체 비정규직 노동자와 외국인 노동자다. 외주업체의 고용 노동자와 이주 노동자가 주로 죽는 거다.

산재로 죽임당하는 이주 노동자는 한 해에 130여 명 정도다. 해마다 죽임당하는 외국인 노동자가 느는 추세다. 이들이 산재 당한 작업장을 보면 대개 안전시설이나 장치가 되어 있지 않은 곳이다. 사업주들은 또 대개 안전을 위한 투자를 하지 않는 경우가 흔하다. 그들은 흔히 사람의 생명보다 이윤을 더 중하게 여긴다. 사업주들은 미등록 이주 노동자가 산재로 죽으면 3천만 원 정도 던져주고 처리해 버리려는 경향이 있다. 이는 관행처럼 보인다.

이제 선진국에 진입했다는 코리아는 착취공장형 재벌왕국이다. 이 왕국은 정점에 재벌 대기업들이 있고 바닥에 130만 이주 노동자와 천만 비정규직 노동자가 있다. 자본의 이윤, 착취 극대화를 위해 지난 20년 동안 노동자 사람 4만여 명을 산재로 죽인 이 나라는 노동자를 죽이되 비정규직 노동자와 외국인 노동자를 주로 골라 죽인다. 그렇게 죽도록 사회경제 시스템이 설계되어 있다. 그렇게 많이 죽여 기껏 만든 사회가 1 대 99 헬 사회다. 상위 10% 기업이 나라 전체 기업 수익의 90%를 싹쓸이한다. 상위 10%가 부동산 자산의 95%를 독점하고 있다. 그 결과 출산율은 세계 꼴찌이고 자살률은 세계 최고다.

영국이나 캐나다는 기업 살인법을 만들고 강력히 집행함으로써 산재 발생률을 대폭 줄였다. 중대재해를 일으킨 기업의 사업주나 경영책임자에게 무거운 처벌을 가하는 법률을 제정해 시행한 결과이다. 우리나라도 진작 이런 법을 만들어 집행했다면 세계에서 가장 많이 죽이는 야만에서 벗어났을 터인데 정반대로 했기 때문에 지금도 여전히 한 해에 2천여 명을 죽이는 것이다. 이제 외국인 노동자들까지 불러들여 죽이는 지경이다.

국회는 왜 기업 살인법을 만들지 않을까? 그 이유는 간단하고 명백하다. 대다수 국회의원이 친자본 반노동적인 사람들이기 때문이다. 자본주의 사회에서 가장 큰 모순을 일으키는 '자본과 노동자 사이'에서 저들은 자본 쪽에 일방적으로 서서 일하기 때문에 그 법을 결사적으로 반대한다. 저들 대다수는 자본의 이윤, 착취 극대화를 위해 생명을 경시하는 사회경제구조를 개선할 의지가 없기에 그 법을 만들지 않는다.

결국, 일반 국민의 의식과 의지가 중요한데 대다수 국민은 세계 최고 산재 발생률을 당연한 것으로 받아들이는 경향이 있는 것 같다. 국민 상당수의 의식과 의지가 그러니 사회가 바뀌지 않는다. 이런 풍조를 더 북돋는 집단이 있으니 종교들이다. 한국의 대다수 종교는 생명을 중하게 여긴다고 떠들기는 하지만, 그것은 겉으로 표명하는 것일 뿐 속으로는 자본 편에 서서 말하고 일한다. 대다수 종교는 부자들 비위 맞추는 설교, 설법, 강론한다. 그래서 이룩하고자 하는 것은 제 몸집을 키우고 치부하는 것이다. 결국, 예수 없는 개신교회, 천주 없는 성당, 석가 없는 절 등이 번성한다.

_ 여자 경찰관의 말

요즈음에는 경찰서에 외사과라는 게 있다. 예전에 보지 못한 부서이다. 이는 외국인 노동자나 이주결혼 여성 같은 이주민이 많아진 뒤에 생긴 것이다. 우리나라에 사는 외국인 주민은 대략 250만 명에 가깝고 그 가운데 이주 노동자는 130만 명 정도이다. 외사과는 이런 이주민을 위한 부서이다.

외사과에서 수고하는 경찰관 두 명이 우리 센터를 방문했다. 한 사람은 여자이고 또 한 사람은 남자였다. 그들과 센터에서 이주 노동자에 관한 이야기를 나누었다. 서 있는 자리는 다르지만, 이주 노동자들을 돕는 일은 동일하기에 대화가 잘 통했다.

그들은 이주 노동자들의 실제 모습을 알아보고 싶어 했다. 구체적인 실태는 모르기 때문에 직접 이주노동 현장을 보고 싶어 했다. 그들의 뜻을 순수한 것으로 보고 그들과 이주 노동자들이 일하는 채소농장으로 함께 갔다. 우리는 포천 지역에 산재해 있는 농장들을 둘러봤다. 비닐하우스 안에서 일하는 외국인 노동자들의 모습을 보고 그들이 거주하는

117

기숙사도 살펴보았다. 농업 쪽에는 역시 여자 노동자들이 남자 노동자들보다 더 많았다.

채소농장에서 일하는 노동자는 대부분 외국인 노동자다. 한국인은 농장주와 그 가족뿐이다. 우리가 밥상에서 늘 대하는 상추, 얼갈이, 부추, 파, 쑥갓, 오이, 호박 등을 재배하고 수확하느라 분주한 여성 노동자들과 농기계를 운전하며 일하는 남자 노동자들을 보고 움막 같은 주거시설을 둘러본 두 사람은 적지 않게 충격을 받은 듯했다. 짐승 우리 같은 숙소는 한눈에 봐도 사람이 살 곳이 못 되었다. 햇빛 한 줌 안 들어오는 밀폐된 비닐하우스 안에 낡은 조립식 시설이 들어있는 주거시설에 가스통들이 놓여있고 전깃줄은 어지럽고 회장실은 대개 실외에 있었다. 밭에 구덩이를 파고 고무대야를 묻은 뒤 기다란 판자 두어 개를 걸쳐놓은 변소에서는 악취가 나고 파리가 들끓었다.

"직접 와서 보니 생각했던 것보다 심각하네요."

젊은 여자 경찰관의 말이었다. 동행한 남자 경찰관도 심각한 얼굴을 보였다. 그들은 상부에 보고할 보고서를 쓰겠다고 했다. 특히 주거시설에 그들은 집중적인 관심을 보였다. 주거시설이 모두 위반건축물이라는 데 그들은 특히 주목했다. 농지법, 건축법, 근로기준법을 위반한 시설물을 기숙사로 제공하는 사업장에 정부가 외국인 노동자들을 모집해 수십 년 동안 고용 알선해 온 사실을 나는 부각하며 강조했다. 오직 이윤만을 추구하는 사업주들만이 아니라 정부가 불법을 스스로 장기간 저질러온 점도 강조했다.

나는 권위주의적인 경찰의 이미지를 오랫동안 갖고 살아왔다. 내 머리에는 오랜 군사독재 시절 각인된 경찰의 이미지가 박혀있다. 그러나 그 이미지와는 조금 다른 모습을 볼 수 있었다. 두 경찰관과 한나절 동안 이주노동 현장을 다니고 대화하면서 다른 모습을 조금 엿본 게 있었다. 그래도 과거와는 다른 자세로 낮은 곳까지 직접 가서 이주 노동자들의 현실을 눈으로 보고 살피며 그 실태를 상부에 보고도 하는 등 다른 모습을 보여줘서 다행이라는 생각을 가졌다. 민주 경찰이 되기를 바란다. 아래로부터 위로 올라가는 행정이 펼쳐지기를 바란다. 상명하복적인 행정이 아니라 하명상복적인 행정이 전개되기를 기원한다. 대통령이나 시장을 내 손으로 직접 뽑는 절차적 민주주의만이 아니라 실질적인 민주화가 이루어지기를 기도한다.

_ 요즘에도 강제노동이 있나?

한국은 국제노동기구 ILO 핵심 협약 8개 중 4개를 비준하지 않고 있다. 그 기구의 압력을 받으면서 수십 년째 미루고 있다. 그 네 개 중 두 개가 강제노동 금지 조항이다. 강제노동은 노동자 본인의 자발적 동의나 선택 없이 하는 노동이다.

오늘날 한국에 강제노동이 있는가?

있다.

이주 노동자들 가운데 많다. 외국인 노동자를 고용하는 데 필요해서 국회가 만들고 정부가 집행하는 제도가 고용허가제이다. 그런데 이는 이주 노동자의 직장 이동의 자유를 기본적으로 박탈하고 지극히 제한한다. 그러다 보니 강제노동이 빈번하게 생긴다.

스리랑카에서 온 노동자 칸타(가명)는 좋은 사례다. 취업비자로 재입국한 지 2년 된 그가 일한 공장은 가죽공장이었다. 그 공장은 7개월 전 큰 산재를 일으켰다. 경찰 조사에 의하면 안전관리사나 안전시설도 없는 작업장에서 대형보일러가 폭발해 2명이 죽고 8명이 크게 다쳤다.

칸타는 이 사고에서 기적적으로 생존했다. 하지만 심각한 외상후 스트레스 장애로 정신과 치료를 받게 되었다. 그 장애와 함께 헛배가 부른 증상도 생겼다. 불안과 공포로 인해 그 공장서 노동을 계속할 수 없었던 칸타는 사측에 일터 이동을 위한 허락을 요구했다. 누차 요구했으나 고용주는 완강히 거부했다. 그렇게 여섯 달 동안 지옥 같은 나날을 보냈다. 함께 일하던 동료 노동자들이 사지가 찢겨 죽거나 팔다리가 부러진 현장에서 먹고 자며 계속 일한다는 사실은 그 어떤 고문보다 고통스러운 일이었다.

칸타가 만약 그 공장을 스스로 나간다면 그는 즉시 불법체류자가 되고

120

만다. 왜냐하면, 그와 같은 이주 노동자는 일터 이동을 위해서 반드시 고용주의 허락을 받아야 한다는 법과 제도가 시퍼렇게 살아있기 때문이다.

지옥 같은 6개월 동안 칸타가 한 노동은 분명 강제노동이었다.

사례는 허다하다. 이주여성 노동자 스레이 파이가 있다. 고용노동부는 취업비자를 가진 그녀를 경기도의 한 채소농장에 고용 알선했다. 비닐하우스가 50여 개 있는 사업장이었다. 그 농장에 들어가 생활하다 보니 기숙사가 너무 열악했다. 밭 한가운데 있는 움막 같은 불법 가건물에 기거하는 일이 만만치 않았지만, 무엇보다 고통스러운 건 화장실이었다. 한겨울에 실외에 있는 화장실을 20대 여성 노동자가 이용하기 힘들었다. 그녀는 화장실만이라도 실내에 있는 기숙사를 제공하는 농장으로 옮기고 싶었다. 그래서 농장주에게 일 년 뒤에 사인을 요청했다. 그러나 고용주는 거절했다. 누차 완강히 거부했다. 일을 성실하게 하는 사람이라서 농장주는 더욱 거절했다. 사인을 거부한 농장주 때문에 그녀는 2년째 강제노동을 하고 있다. 자발적인 동의가 전혀 없는 노동을 하는 것이다.

ILO 협약을 비준하면 그것은 곧 국내법과 같은 효력을 갖는다. 우리나라가 속히 그 핵심 협약 모두를 비준하기를 바란다. 비준하여 칸타나 스레이 파이 같은 이주 노동자들의 강제노동이 어서 빨리 사라지길 바란다.

출애굽 사건은 성경의 뿌리이다. 이 사건은 고대 노예제 시대에 고대 이집트에서 강제노동에 시달리던 히브리 노예들이 탈출한 이야기이다. 3천 년 이전 강제노동을 강요한 체제에 저항하고 탈출한 사람들의 이야기가 오늘 우리에게 그대로 유효하다고 할 정도로 오늘 우리 사회에 강제노동이 적지 않다는 사실은 참으로 안타까운 일이다. 어느 개인 사업자에 의해 강제노동이 사소하게 발생한 게 아니라 국가가 만들고 집행하는 제도로 말미암아 강제노동이 지속해서 광범위하게 발생한다는 것은 심각한 문제다.

_ 난민 인정받기는

산드라(가명)는 인도 출신 여성 노동자로 병원에서 만났다. 그녀는 닭 가공공장에서 일하다 손 인대를 다쳐 수술받았다. 그녀의 비자는 임시 체류를 허가하는 거였다. 그녀는 난민으로 인정해 달라고 신청했으나 인정을 받지는 못했다. 임시 체류를 허가받은 사람은 몇 달에 한 번씩 출입국관리소에 가서 비자를 갱신해야 한다.

우리나라가 난민을 인정하는 비율은 3% 정도로 지극히 낮다.

"단 두 명만 난민으로 인정받았어요."

한국말을 잘하는 아람(가명)이 한 말이다. 그의 얼굴에는 안타까워하는 표정이 역력했다. 그는 8년 전 한국을 찾아왔다. 고국 시리아의 내전을 피해 먼 나라 코리아까지 흘러왔다. 고국엔 어머니와 누나가 살고 있다.

"어머니가 전화 통화할 때마다 눈물을 흘려요."

그의 나이는 서른두 살이다. 그동안 임시 체류를 허가하는 비자 G1으로 공장 노동을 하며 살았다. 몇 달에 한 번씩 비자를 갱신해야 한다. 시리아에서 대학을 졸업한 그는 여기서 3D 업종 노동도 기꺼이 감당해 왔다. 정식으로 난민으로 인정받지 못한 사람들은 그와 같은 비자로 하루하루 불안하게 살고 있다.

"언제까지 이렇게 살아야 할지 걱정이에요. 걱정이 많아요. 여기서 결혼도 못 하고 고향에 갈 수도 없어요. 여기서 대학도 다니고 싶어요. 그러나 아무것도 할 수 없어요. 하루하루 먹고살기 바빠요. 시리아는 아직도 내전 중이라 갈 수도 없어요."

근심 어린 그에게 한국에 있는 시리아 난민이 얼마나 되는지 물었다.

"1,200명쯤이에요. 대부분 남자고요. 2011년부터 난민 신청한 사람이 그 정도예요. 그런데 그 가운데 난민 인정받은 사람은 두 명뿐이에요. 독일에는 시리아 난민이 52만 명쯤 돼요. 그중에 30만 명 이상이 난민으로 인정받았어요."

"그래요. 한국은 난민 인정률이 아주 낮아요. 정말 인색해요. 경제 규모 세계 10위권이라면서 그래요. 아기도 아주 조금만 낳는 나라가 그래요. 옛날에 한국 사람들 가운데 난민이 된 사람들 많았어요. 일본의 지배를 받을 때나 한국전쟁 때 난민이 되어 다른 나라로 많이 갔지요. 우리가 힘들 때 다른 나라의 도움을 많이 받았어요."

졸지에 나그네가 되어 8년째 불안정한 객지 생활을 하는 그의 얼굴은 곤비한 기색이 역력했다. 몇 달 전 당한 산재 치료를 받느라 더욱 심신이 지친 그에게 내가 대접할 건 겨우 차 한 잔뿐이었다. 차를 마시며 그저 얘기를 들어주는 것밖에 할 수 없다는 현실이 안타까웠다.

아무튼, 경제 대국이라는 코리아에서 난민으로 인정받기란 낙타가 바늘구멍에 들어가기보다 어렵다.

123

_ 한국 여름이 더 힘든 이유

"여름이 더 힘들어요."

이는 캄보디아 출신 여성 노동자 스레이 나위가 한 말이다. 그녀는 기업형 채소농장서 일한다. 사철 더운 나라에서 온 그녀는 여름이 더 힘들다고 대답했다. 겨울과 여름 가운데 어느 계절이 더 힘드냐고 물은 말에 한 대답이다.

사철 무더운 나라에서 온 이주 노동자들이 한국 여름이 제 나라보다 더 힘들다고 말하는 이유는 뭘까?

그건 살인적인 노동을 강요당하기 때문이다. 폭염 노동도 강요당하기 때문이다. 취업비자로 들어온 노동자들은 고용노동부가 알선한 일터에서 일해야 한다. 그들은 일터 이동의 자유가 없다. 경기 북부 채소농장의 경우 폭염의 날씨에 40도가 넘는 비닐하우스 안에서 온종일 노동을 강요당하는 경우가 일반적이다. 점심시간 한 시간을 제외하고 오전, 오후 쉬는 시간이 없다.

이주 노동자가 이런 노동조건을 개선하려면 강제 출국을 각오해야 한다. 고용주나 노동부의 압력, 탄압을 받아 소위 불법체류자로 전락하거나 강제 출국당하기 쉽다. 법과 제도가 그렇게 되도록 치밀하게 마련되어 있다. 그러다 보니 대개는 체념하고 노예처럼 굴종한다. 간혹 저항하다 강제 출국당하거나 소위 불법체류자의 길을 가고 만다.

기업 천국, 노동 지옥인 나라 코리아, 착취공장형 재벌왕국이 이렇게 이주 노동자들을 노예처럼 부려 성취한 건 1 대 99 세습 자본주의 사회, 선진국이다. 상위 10% 기업이 나라 전체 기업 이익의 90%를 독식하고,

상위 10%가 나라 전체 부동산 자산의 95%를 싹쓸이한 선진국. 친자본·반노동적인 두 우파 정당 국민의 힘 당과 민주당이 번갈아 가며 집권해 만든 선진국. 대다수 한국종교가 소수 가진 자의 논리를 종교적으로 포장해 설교, 강론, 설법하는 위대한 선진국 코리아.

이 선진국은 130만 이주 노동자를 현대판 노예로 부리는 데 만족하지 않고 똑같은 노동을 해도 임금을 정규직의 절반만 주는, 천만 비정규직 노동자를 반(半) 노예로 부린다.

_ 파리떼

태국 출신 여성 노동자와 캄보디아 출신 여성 노동자들이 일하는 채소농장에 들렀다. 포천에서 철원 방향으로 올라가는 국도에서 빠져나가면 금방 도착하는 곳이다. 길이가 백여 미터쯤 되는 비닐하우스가 70여 개 줄지어 있는 농장이다. 비닐하우스 안에는 쪽파, 쑥갓, 상추 등 우리가 늘 먹는 채소들이 자라고 있었다.

움막 같은 불법 기숙사에 들어서자마자 눈에 들어오는 게 있었다. 바닥에 놓인 파리떼였다. 끈끈이에 붙어 죽은 새까만 사체들.

그 기업형 채소농장서 일하며 그 움막에 기거하는 이주 노동자(취업비자 소지)는 7명인데, 그들이 요리하고 식사를 하는 주방에 들어가니 바닥 끈끈이에 또 파리 사체들이 새까맣게 달라붙어 있었다.

정부-노동부의 고용알선을 받고 그 짐승 우리 같은 숙소서 지내는 그들이 폭염에 그 찜통 같은 주방에서 나와 용변을 보기 위해 찾아가는 화장실은 그 움막 바로 뒤에 있었다. 밭에 묻은 고무통 위에 나무판 얹어 놓은 똥간이다. 그 똥간과 주방을 오가며 지내는 파리떼들은 유난히 빛나고 통통했다. 그들은 매달 기숙사비 25만 원씩 징수당하고 있다. 노동부-국가의 지침을 따라 사업주가 징수하는 것이다.

이 파리떼와 똥간은 선진국이라는 코리아의 내부 식민지의 생얼을 잘 보여주고 있다. 착취공장형 재벌왕국, 1 대 99 세습 자본주의 사회의 먹이사슬 끄트머리 민낯을 아주 잘 보여준다.

8.15. 연휴를 맞아 전국 여기저기 여행객들이 북적인다. 일요일인 오늘 커피숍보다 많은 교회, 성당, 절 등에선 예배, 법회 등이 열린다. 하지만 오늘 채소농장 이주 노동자들은 국민들 밥상에 먹거리를 진상하기 위하여 온종일 40도 가까운 비닐하우스 안에서 비지땀을 흘린다.

_ 그들이 경험한 차별

일요일, 즉 교회에서 주일이라 하는 날이었다. 8개월 전에 산재를 당해 치료 중인 휴버트와 1:1 대화식 바이블 스터디를 했다. 성경은 야고보서 2:1-4를 한글과 영문으로 읽었다.

성경 본문은 사람을 차별하지 말라는 내용이 주제다. 본문은 부자와 가난한 자를 차별하는 사례를 들어가며 차별하지 말라는 메시지를 주었다. 본문 말씀을 붙들고 한 시간가량 이야기한 일부를 옮겨본다.

"휴버트는 5년 동안 한국에서 노동하며 살았어요. 그동안 여기 살면서 차별을 경험한 게 있나요?"

"네, 산재 때문에 병원에 다니면서 경험한 거 있어요. 원무과 직원들이 차별했어요."

그가 다닌 병원은 산재 지정 병원이었다.

"원무과 사람들은 불친절했어요. 말이 거칠었어요. 무시하는 말과 표정이었어요."

"한국 사람과 다른 대우를 받았나요?"

"네, 분명히 달랐어요. 한국 사람에게는 친절했지만, 나에게는 불친절했어요. 다른 이주 노동자들에게도 불친절했어요."

나도 산재를 당한 이주 노동자를 도우러 그 병원에 자주 가 보았기 때문에 공감하는 게 많았다.

"저도 그런 걸 자주 느꼈어요. 그 원무과 직원들은 이주 노동자들에게 반말을 잘하더군요. 아마 백인이 그 병원에 갔다면 아주 친절하게 대우했을 거 같아요. 백인에게는 절대 반말을 못 했을 겁니다. 그 원무과는 나아가 이주 노동자들을 완전히 무시하고 가짜 산재 서류를 만들기도 했죠. 기업주와 짜고 산재 사고 경위를 허위로 작성해 근로복지공단에 보고하기도 했어요. 이주 노동자에게 불리한 내용을 써서 보고했어요. 사장들과 손잡고 그런 짓을 했어요. 적발된 게 몇 번이지만 고치지 않아요. 그 과정에서 산재 당한 이주 노동자들만 피해를 보았죠."

그러고 나서 화제를 필리핀 쪽으로 돌려 보았다.

"이번에는 필리핀 얘기를 해봅시다. 필리핀에는 어떤 차별이 있나요?"

이 물음에 그는 즉시 대답했다.

"필리핀 사람들은 필리핀 원주민들을 차별하는 게 있어요. 원주민들이 마닐라 같은 대도시에 오는 걸 금지하죠. 그리고 빈부 격차가 심한 필리핀에서는 부자가 가난한 사람을 차별하는 게 역시 있고요."

대답을 듣고 고개를 끄덕이며 말을 계속 이어갔다.

"그렇군요. 예수는 사람을 차별하지 않았습니다. 그는 차별하는 문화나 전통을 깨려고 했지요. 오래 묵은 차별을 깨뜨리기 위해 짐짓 행동하기도 했어요. 당시 유대인들은 사회적 약자인 사마리아 사람들을 극도로 차별하고 혐오했는데, 예수는 사마리아 사람들을 아무 편견 없이 만나고 어울렸어요. 사마리아 사람들의 좋은 점을 높이 평가하는 이야기도 하고요."

차별에 관한 이야기를 휴버트와 자유롭게 나누다 보니 한 시간이 훌쩍 지났다. 일방적인 설교가 아니라 자유롭게 나누는 말씀 토크는 은혜가 넘친다.

그날 오후에는 필리핀 출신 여성 노동자 레이와 성경 공부를 했다. 코로나 때문에 좁은 사무실에서는 힘들었고 우리 센터 근처에 있는 300년 된 느티나무 그늘 아래서 1:1 바이블 스터디를 했다.

대화식으로 성경 공부를 하다가 레이에게 물었다.

"레이, 레이는 한국에서 살면서 어떤 차별을 경험했나요?"

그녀는 잠시 생각하더니 입을 열었다.

"코로나 때문에 재난 지원금 주잖아요? 경기도가 주잖아요. 그런데 외국인 노동자들에게는 안 줘요. 나는 매달 세금 내요. 월급 페이퍼에 소득세하고 주민세 있어요. 그런데 우리에게는 재난 지원금 안 줘요. 이거 차별이지요. 나는 한국 좋아해요. 그런데 이거는 안 좋아요."

우리나라에는 은근히 차별하는 문화가 널리 퍼져있다. 나는 그걸 경제 인종차별주의라고 하는 것에 대해 동의한다. 이는 국민소득과 피부색에 따라 차별하는 거다. 우리보다 국민소득이 낮은 나라 사람들을 은근히 무시하거나 차별하고, 우리보다 피부색이 짙은 사람들을 은근히 경시하며 차별하는 의식이다.

나아가 정책적으로 무시하고 차별하는 경우도 있다. 재난 지원금을 주지 않는 게 요즈음에 경험하는 사례이다. 외국인 노동력을 들여오기 위해 국회가 만들고 정부가 집행하는 고용허가제는 국가가 구조적인 차별을 직접적이고 조직적으로 하는 도구이다. 이 제도는 고용주와 이주 노동자 사이를 철저한 갑을관계로 만들고 이주 노동자의 일터 이동까지 거의 박탈하는 내용을 갖고 있다. 이 제도는 내국인과 외국인 노동자를 국가적 차원에서 차별하는 장치이다.

_ 이주노동과 안식일 법

여름, 경기 북부도 연일 이어지는 열대야가 밤잠을 설치게 한다. 낮엔 높은 습도에 폭염이 기승을 부린다. 우리네 먹거리 채소를 재배하는 농업 이주 노동자들은 이런 여름에도 비닐하우스 안에서 온종일 일하며 비지땀을 흘린다.

태국 출신 여성 노동자들이 일하는 농장에 들렀다. 그녀들은 비닐하우스 안에서 일하고 있었다. 비닐하우스 안으로 들어서니 숨이 턱턱 막혔다. 그녀들은 점심시간 한 시간을 빼놓고 오전, 오후 쉬는 시간이 십 분도 없다고 했다. 한 달에 고작 이틀만 쉬면서 하루 10시간, 11시간씩 일한다. 임금은 최저임금 이하다.

고대 노예제 시대 이집트에서 노예살이하던 하비루들이 해방 투쟁을 한 사건이 출애굽 사건이다. 성서의 뿌리가 된 사건이다. 해방된 그들이 새로운 사회를 만들고 여러 법을 만들었는데 그 가운데 하나가 안식일 법이다. 사회 구성원은 누구든지 한 주에 하루는 반드시 쉬어야 한다는 것이다. 평등한 새 사회를 건설하고자 이 법을 만들어 시행한 게 3천 년 이전 얘기다. 당시 이 법은 혁명적이었다.

2020년 코리아는 130만 이주 노동자를 내부 식민지로 두고 통치하고 있는데, 그 가운데는 주 6.5일 일하는 농업 이주 노동자들이 적지 않다. 이들이 받는 임금은 최저임금 미만이다. 한 해 매출 7억, 10억이라는 기업형 채소농장들이 주는 임금이 그렇다. 기숙사는 대개 짐승 우리 같다.

네팔서 취업비자로 온 노동자 히삽(가명)은 비닐하우스 안에서 면 마스크 하나 쓰고 농약을 뿌리다 말고 이렇게 말했다.

"일 너무 많아요. 돈 조금밖에 안 줘요."

아침 6시부터 일을 시작한 그의 일은 오후 6시에 끝난다. 그는 농약 안 뿌리는 축산농으로 가고 싶지만, 고용주가 사인을 해주지 않아 못 간다. 국회가 만들고 정부가 집행하는 법과 제도에 의해 묶여있는 거다.

노예가 따로 있나? 이런 법과 제도에 묶인 태국인 여성 노동자들과 히삽 같은 노동자가 노예다.

_ 수잔나의 두려움

수잔나(가명)는 큰 용기를 내 노동부에 진정했다. 5년 동안 일한 공장을 최근 퇴사했는데 퇴직금 1천1백여만 원을 고용주가 주지 않았기 때문이다. 코리아의 내부 식민지인 이주 노동자 사회에서 사업주들이 퇴직금 떼어먹는 건 관행이다. 여기서 체불임금 받기를 포기하는 경우가 허다하지만, 우리 센터의 지원을 받은 그녀는 용기를 내 진정했다.

그런데 수잔나는 노동부의 출두 날짜 메시지를 받고 적지 않게 두려워하고 있다. 통역 도우미를 붙여주기로 했는데도 두려워한다.

그녀는 왜 두려워할까? 알고 보니 그녀는 두 측면서 두려워하고 있었다. 첫 번째는 절대군주처럼 행세해 온 고용주가 무슨 행패를 부릴지 모른다는 생각 때문이다. 지난 5년간 사업주가 보인 태도와 언행을 잘 알기에 그가 어떤 보복을 할까 봐 두려워한다. 낯선 타국에서 홀로 지내는 사람의 두려움을 우리는 가늠하기 쉽지 않다.

두 번째는 코리아라는 나라에서 기업과 국가가 손잡고 자기 권리를 주장하는 노동자들을 얼마나 가혹하게 탄압하는지 인터넷 뉴스 통해 본 게 있기 때문이다.

지난 5년 동안 하루에 11시간, 주 6일 노동한 그녀가 마땅히 받아야 할 임금을 제대로 받고자 하는 과정에서조차 이렇게 두려워하며 떨어야 하니, 착취공장형 재벌왕국 코리아는 노동 지옥, 기업 천국이라 할 만하다.

_ 시리퐁과 소티

태국에서는 격렬한 민주화운동이 지속되고 있다. 태국에는 아직도 국왕이 남아있는데 이런 군주제나 군부독재 등 권위주의 체제의 철폐를 요구하는 운동이다. 이 운동에 참여한 시민들 가운데는 피를 흘리거나 감옥에 갇히는 사람도 있다. 그런가 하면 이 민주화운동에 반대하는 세력도 만만치 않다. 이에 속한 사람들은 국왕 일가가 행차할 때 땅에 엎드려 절을 하기도 한다.

태국인 노동자 소티를 보면 볼수록 떠오르는 사람들이 있다. 태국 국왕 앞에 엎드려 절하는 사람들이다. 불의한 기존 질서나 권위에 순응하고 굴종하는 사람들이다.

그는 아침 6시부터 채소재배 농장에서 분주하게 일한다. 오늘은 시금치 수확에 여념이 없다. 점심시간 30분 동안 움막 같은 기숙사에서 얼른

밥을 챙겨 먹고 저녁 6시까지 또 일한다. 밀폐된 비닐하우스 안에서 농약을 뿌리는 일도 사철 한다. 농장주는 면 마스크도 하나 제공하지 않는다.

26살인 그는 소처럼 일한다. 취업비자로 입국한 4년 전부터 이 기업형 농장에서 말하는 짐승처럼 일했다. 동료 노동자 두 명과 비닐하우스 100동 농사를 다 짓는다. 그가 받는 월급은 170만 원이다. 쉬는 날은 한 달에 이틀 토요일에 두 번 쉰다. 움막 같은 기숙사에 기거하는 그는 매달 기숙사비로 20만 원을 징수당한다. 그런데도 불평 없이 일한다.

"최저임금이 얼마인지 알아요?"

한번은 이렇게 물었다.

"몰라요."

그의 대답은 무덤덤했다. 자신과 아무 연관이 없는 일인 양 대답했다.

"한 시간에 8,500원이에요. 소티가 지금 받는 월급은 최저임금으로 계산해도 받아야 할 돈의 절반 정도밖에 안 돼요."

내 말에 그는 웃기만 했다. 최저임금으로만 계산해도 마땅히 받아야 할 임금의 절반 정도밖에 너는 받지 못하고 있다고 얘기해도 무반응이었다. 오히려 그는 농장주를 두둔하는 말을 했다.

"우리 사장, 땅 주인 아니에요. 우리 사장 부자 아니에요."

착취공장형 재벌왕국 코리아는 내부 식민지를 갖고 있다. 130만 이주노동자는 한국 사회 먹이그물 맨 밑바닥에 있는 계층이며 법과 제도로 말미암은 심한 차별, 억압, 착취의 대상이다. 이 내부 식민지에는 소티같은 노동자들이 흔하다.

태국 출신 여성 노동자 시리퐁은 소티와 다르다. 그녀도 기업형 채소 농장에서 일한다. 취업비자를 갖고 입국한 그녀가 처한 노동환경과 조건

133

은 소티와 비슷하다. 그러나 그녀는 절대군주 같은 농장주에게 할 말을 한다. 한번은 지상파 TV 여자 기자와 함께 그녀의 기숙사에서 만나 인터뷰를 한 적이 있다. 그녀는 얼굴을 드러내놓고 인터뷰했다. 다시 말해 TV를 통해 자기 얼굴이 드러나도 괜찮다는 입장이었다. 그녀는 인터뷰를 통해 기숙사비에 대해 언급했다. 짐승 우리 같은 기숙사를 제공한 농장주가 매달 25만 원씩 기숙사비를 징수하고 있다는 사실을 밝히며 비판했다. 더 나아가 농장주가 그 기숙사비를 더 올리려고 한다는 말도 덧붙였다.

같은 태국 출신 노동자이지만 시리퐁은 소티와는 다른 모습을 보여주었다.

여자 기자는 방송을 내보낼 때 시리퐁의 얼굴을 모자이크 처리했다. 시리퐁이 혹시 어떤 불이익을 당할지 몰라서 그랬다. 오히려 기자가 염려할 정도로 시리퐁은 거침이 없었다.

_ 월급 5백만 원 주면 일할 청년 있을까요?

폭염 특보가 내린 날, 기업형 채소농장들을 둘러봤다. 20대 여성 청년과 함께 여기저기 살펴보았다. 나무 그늘에 앉아 있기만 해도 땀이 흐르는 날이었다. 채소농장 비닐하우스 안의 온도는 40도가 넘을 듯했다. 한증막 같은 공간이었다.

그 안에서 이주여성 노동자들은 온종일 쪼그려 앉아 일했다. 점심시간 한 시간을 제외하고 하루 11시간 정도 노동을 했다. 오이나 애호박을 재배하는 농장에서는 비닐하우스 안에서 온종일 서서 일을 했다. 그녀들은 오전, 오후 쉬는 시간이 십 분도 없다 말했다. 주로 동남아 출신인 그녀들은 한국의 여름이 제 나라보다 더 힘들다고 한다. 왜냐하면, 살인적인 노동을 강요하기 때문이었다. 사철 무더운 동남아에서는 쉬엄쉬엄 일하는데 여기 한국은 폭염에도 쉬지 않고 일을 강요하기 때문이다. 그녀들은 그 강요를 거부할 수도 없다. 여러 가지 법과 제도로 묶여있기 때문이다.

땅거미가 질 무렵 일을 마친 그녀들이 찾아가는 숙소는 또 다른 찜질방이었다. 컨테이너나 샌드위치 패널 가건물 위에 검은 차광막을 덮어씌운 움막이었다. 낮 동안 작열하는 태양이 달군 숙소는 그들이 안식할 곳이 못 되었다.

그녀들이 받는 월급은 160~180만 원 정도였다. 사업주가 기숙사비 20여만 원을 원천 징수하고 주는 돈이다.

"우리 젊은이들 가운데 월급 5백만 원을 준다면, 이런 농장에서 일할 사람 있을까요?"

내가 동행한 여성에게 물었다. 그러자 그녀는 서슴없이 대답했다.

"없을 거예요. 이런 기숙사에서 기거하면서 그 돈 받고 일할 젊은이 없을 거예요. 나부터 안 하지요."

동행한 내국인 여성 청년의 대답이 우리 사회 현실을 잘 드러내 주는 말일 것이다.

이주여성 노동자들의 희생으로 생산된 먹거리를 우리는 밥상에서 늘 만난다. 우리네 밥상은 얼마나 인권이나 기본권이 깃든 밥상인지 생각할 필요가 있다.

_ 딸 같아서 잘 해줬는데

필리핀인 이주 노동자 졸리나(가명)가 4년 동안 일한 직장의 퇴직금을 받기 위해 노동부에 진정했다. 이후 그녀는 조사받기 위해 근로감독관 앞에 앉았다. 옆에는 한국말을 못하는 그녀를 위해 영어 통역을 할 자원봉사자가 앉았다. 이 봉사자는 재미 교포 목사로서 나의 친구다. 잠시 고국에 들렀다가 통역 봉사를 하게 되었다.

"저에게도 쟤 같은 딸이 있어요. 딸 같이 잘 해줬어요. 아프면 병원에도 데리고 가고."

졸리나 맞은편에 앉은 고용주의 말이었다. 그는 평소 이주 노동자를 잘 해줬다는 얘기를 반복했다.

"딸 같이 여기면서 왜 퇴직금은 안 줬습니까? 사람을 고용해 일을 시켰으면 임금은 제대로 줘야죠. 아버지는 자식을 위해 희생도 하지 않나요?"

통역한 친구는 기업주의 말을 부드럽게 반박을 하며 노동자 입장을 계속 대변했다.

몇 가지 사실 확인을 하고 양쪽 의견을 한참 들은 근로감독관은 퇴직금 액수를 계산해 주었다. 최저임금을 기준으로 계산했다. 졸리나는 4년 동안 최저임금에 훨씬 못 미치는 임금을 받으며 하루 12시간씩 주 6일 일했다. 그녀는 월급명세서를 한 번도 받은 적이 없다. 사업주는 현찰로만 임금을 지급했다. 증거를 남기지 않기 위해 계획적으로 한 짓이었다.

근로감독관은 천만 원이 넘는 퇴직금 액수를 계산해 주며 법대로 지불하도록 고용주에게 명령했다.

"그건 애하고 계약한 겁니다. 저는 애하고 한 근로계약에 따라 임금을 줬어요."

고용주의 변명은 끊임없이 이어졌다. 왜 한 달 월급을 180만 원밖에 안 줬느냐? 왜 최저임금에 훨씬 못 미치는 임금밖에 안 줬느냐는 자원봉사자의 질문에 대해 긴 변명을 늘어놓았다. 퇴직금을 주지 않기로 한 것도 계약이냐? 법을 어긴 근로계약이 유효하냐?

지루한 변명과 그에 대한 노동자 측의 반박이 계속 이어지자, 근로감독관은 합의하도록 주선했다. 별실에 들어가 협상하도록 유도했다.

'근로자를 가족같이!'

이 표어는 지난 1970~80년대에 아주 흔히 볼 수 있던 거다. 당시는 군사 독재 시대였다. 군사 독재 체제는 조선 왕조식 유교 윤리까지 악용했다. 가부장적인 윤리를 이용해 노동자를 억압하고 착취했다. 정치권력을 잡은 군부와 관료들은 사업주들이 노동 대중을 억압하고 착취하는 데 용이하도록 그 유교 윤리까지 동원해서 대대적으로 선전하고 전파했다. 물론 매스컴을 통해 주로 했다. 학교나 종교들도 이에 가세했다. 권위주의적인 윤리나 도덕을 종교나 교육으로 포장해 전파하고 선전했다. 국민을 세뇌하는 작업 또한 꾸준히 했다.

2020년대에도 이 표어를 마음에 새기고 기업을 경영하는 기업주를 보며 우리 사회의 진보를 생각했다. 진보는커녕 퇴보한 게 아닌가 하는 생각이 들었다. 외국인 노동자들까지 대거 불러들여 가축처럼 부리고 착취하니 말이다. 130만 명 이주 노동자들까지 불러들여 돌아가는 코리아 사회의 경제 시스템은 수직적 구조로 되어 있다. 그 정점에는 재벌들을, 그 맨 밑바닥에는 이주 노동자들을 두고 돌아가는 우리 사회의 문화는 철저한 상명하복 서열문화다. 이 문화는 군사 문화이자 조선 왕조식 유교문화이다. 이런 문화가 관통하는 한국 사회에서 한 기업을 경영하는 사업주의 뇌리에 아직도 근로자를 가족같이 여기는 신념을 새겨놓은 것은 어찌 보면 지극히 자연스럽다고 본다. 노동자를 가족처럼 여기기에 임금 수백, 수천만 원 떼어먹는 일은 범죄가 아니라고 굳게 믿는 사업주가 흔하기에 한 해 체불임금이 1조 5천억이나 되는 것이다. 일 년 동안 기업주들이 떼어먹는 노동자 임금이 그렇게 많은 이유가 다 있다.

_ 물 4리터 먹었어요

연일 전국에 폭염 특보다. 경기 북부도 높은 습도에 32도까지 오르는 날씨가 이어지고 있다. 날이 이런데 1 대 99 사회에서 1%를 위한 노동 정책을 강력히 추진하는 정부나 집권당의 행태는 폭염보다 더 고통스럽다.

비닐하우스 안에서 일하는 이주여성 노동자들을 만났다. 오이를 재배하는 비닐하우스 안의 온도는 40도가 넘을 듯했다.

마침 점심시간이 되어 짐승 우리 같은 컨테이너 기숙사로 그들이 들어갔다.

"푸긴다, 오늘은 몇 시부터 일을 시작했나요?"

한 달 전에 취업비자로 입국한 네팔 출신 노동자인 그녀는 한국말을 웬만큼 했다.

"아침 6시부터 시작했어요."

"덥지요? 푸긴다, 어제는 낮에 일할 때 물을 몇 리터 먹었나요?"

"4리터 먹었어요."

그녀는 낮에 일하는 동안 마신 물을 정확하게 수치로 말했다.

점심시간 1시간을 빼고 일하는 동안 마신 물이다. 그녀는 오전 오후 쉬는 시간이 없었다고 말했다.

이주 노동자의 온열 질환이 내국인 노동자보다 4배 많다는 통계가 있다. 장마가 끝나고 폭염이 본격적이다. 폭염 특보가 내려도 오전, 오후 쉬는 시간 십 분도 안 주고 일을 강요하는 폭력적 경영을 합리적 경영이라 하고 그런 경영을 뒷받침하는 국가를 선진국이라 할 수 있는가?

폭염 특보가 내린 날, 오전이나 오후에 쉬는 시간 십 분도 안 주고 일을 강요해도 문제 제기조차 못 하는 이주 노동자가 대부분이다. 그들은 법과 제도로 묶여있기 때문이다. 문제를 제기하거나 항의하려면 강제 출국을 각오해야 한다. 그게 아니면 소위 불법체류자가 되고 만다. 실제 불법체류자가 된 이주 노동자들이 있다. 고용노동부의 고용알선을 받아 채소농장으로 간 노동자가 살인적인 노동을 견디지 못해 쉬는 시간을 요구하다가 그냥 떠난 것이다. 사업주에게 쉬는 시간을 요구하고 일요일마다 휴일을 요구했지만 받아들여지지 않자, 사업장을 임의로 떠났다. 합법적으로 입국한 이주 노동자는 고용주의 동의 없이 일터를 임의로 옮길 수 없기 때문에 그 노동자는 즉시 불법체류자라는 낙인이 찍히고 말았다.

_ 안나와 선자

17년째 한국에서 노동하는 40대의 필리핀 여성 안나(가명)는 불법체류자다. 그녀는 내국인이 기피하는 3D업종 공장에서 일한다. 물론 한국에서 노동하면서 힘들 때가 많았다. 미등록자를 단속하는 관계자들에게 붙잡힐까 늘 불안한 건 말할 것도 없다. 불안한 생활을 하면서 특히 힘들 때는 사업주들이 퇴직금과 월급을 떼어먹을 때였다. 하지만 불법체류자라는 신분 때문에 어디 가서 하소연하거나 진정조차 못 하고 살았다.

어느 미등록 여성 노동자는 안전장치 없는 프레스 앞에서 일하다 손가락이 잘렸으나, 사업주의 방해로 산재보험 보상도 신청 못 한 경우도 있다. 어떤 사업주들은 경찰에 신고하겠다고 협박하므로 겁을 먹은 미등록 노동자는 흔히 근로복지공단이나 고용노동부에 진정하는 일을 포기하고 만다.

은근히 동남아에서 온 이주민에 대한 차별과 혐오가 심한 데다 불법체류자라는 딱지까지 붙어 있어 안나는 늘 불안을 안고 산다. 하지만 최근 큰 용기를 낸 그녀가 우리 센터의 도움을 받아 퇴직금과 임금 천여만 원을 간신히 받아내는 희귀한 경험을 했다. 최근 5년 동안 일한 회사에서 퇴사했는데 사업주가 천여만 원이나 되는 임금을 주지 않자, 그녀는 우리 센터를 찾아왔다.

안나가 한국에 흘러들어와 여러 고통을 긴 시간 감내하는 이유는 두 자녀 때문이다. 싱글 맘인 그녀는 필리핀에 두고 온 두 자녀를 대학까지 진학시켰다. 고된 노동을 감수하고 불안과 혐오도 이기는 힘은 교육받으며 성장하는 자녀들을 보는 데서 나온다.

안나를 보며 세계적 베스트셀러 소설 『파친코』의 주인공 선자를 생각했다. 그녀는 일제강점기에 일본으로 흘러 들어간 조선인들 가운데 하나로서 여러 가지 차별과 혐오를 받아 가며 노동한 여성이다. 불법이라는 딱지가 붙은 일을 하며 갖은 위험을 무릅쓰고 일한 그녀도 자식 잘 키우고 교육하겠다는 일념으로 억척같이 살았다.

"역사는 우리를 망쳤지만, 그래도 상관없다."

이는 『파친코』소설의 첫 문장이다.

돈이 왕 노릇을 하는 자본주의 사회가 제국주의와 만나 생긴 일본 제국주의는 조선과 중국과 필리핀 등을 침략하고 짓밟았다. 그 와중에 일본이 낳은 숱한 조선인 디아스포라가 일본으로 흘러 들어갔다. 그들은 일본에 살면서 일본 사회가 만든 갖가지 편견과 오해와 혐오 속에서 살았다. 일본 주류사회에서 철저히 배제되고 소외된 그들은 일본 사회의 가진 자들이 설정한 법적인 기준에 의해 불법이라는 소리를 들을 수밖에 없는 사업이나 일을 하면서 생존을 위한 몸부림을 쳤다. 밀주를 만들어 팔거나 파친코 같은 사업을 한 조선인들이 많았던 이유가 있다. 하지만 재일조선인들은 그 열악한 환경 속에서도 자녀 교육에 열정을 갖고 투자하고 헌신하는 경우가 많았다. 선자도 그 가운데 하나였다.

141

그런가 하면 오늘날 경제 규모 세계 10위권에 든다는 코리아에 스며든 디아스포라가 적지 않다. 오늘 한국에서 노동하는 미등록 노동자는 40만 명에 가깝다. 오늘날 자본은 국경을 넘나들며 세계 도처에서 이윤의 극대화를 도모하고 있지만 노동자들은 그런 자유가 없다. 국경을 자유롭게 넘나들지 못하게끔 법적 장치를 촘촘히 만들어 놓았기에 불법체류자라는 낙인이 찍힌 노동자들이 많다. 그러나 그들 가운데는 선자나 안나처럼 '그래도 상관없다!'며 잡초처럼 억세게 사는 사람들 특히 여성들이 적지 않다. 지배 권력자나 기득권자나 강자들이 불법이라는 딱지를 아무리 붙여도 강인한 생명력을 갖고 살아가는 여자들이 있다.

_ 주기도 드릴 자격

일요일, 교회에서 주일이라 하는 날이다. 오전에 필리핀 출신 이주여성 노동자들과 바이블 스터디를 했다. 코로나19 예방을 위해 마스크를 쓰고 나무 그늘 아래에서 했다. 센터 사무실을 벗어나 실외에서 모임을 한 것이다. 코로나 사태가 언제 끝날지 답답하기만 하다. 한평생 겪어보지 못한 팬데믹 사태다.

오후에는 체불임금으로 고통당하는 이주 노동자들이 센터를 방문했다. 그들도 역시 실외에서 마스크를 쓰고 만났다. 호흡기가 좋지 않은 나는 코로나 방역에 특별히 더 신경을 썼다. 상담하고 노동부에 제출할 진정서를 작성했다. 그 가운데는 이주여성 노동자들도 있었다.

성경 공부를 할 때 읽은 성경 본문은 소위 '주기도'이다. 예수께서 가르쳐주신 기도다(마태 6장). 이는 기도의 모범이다.

이 기도를 갖고 성경 공부를 하며 새삼 느낀 점이 있었다. 이 기도는 아무나 드릴 수 있는 기도가 아니라는 점이다. 부자는 이 기도를 드릴 자격이 없다. 양식을 그득 쌓아놓고 사는 사람은 이 기도를 할 자격이 없다. '우리에게 일용할 양식을 주옵소서'라는 기원이 들어있는 이 기도는 바로 그 자격을 한정하고 있다.

예를 들어 삭개오 같은 사람은 주기도 드릴 자격이 없다. 그는 예수 당시 로마제국의 식민 지배를 받는 사회에서 세리장으로서 더럽게 부를 쌓은 부자였다.

오늘날 이주 노동자에게 줘야 할 일반적인 임금은 물론 퇴직금까지 상습적으로 떼어먹는 기업주들이 많다. 그들 가운데 비싼 외제 차를 몰고 다니며 자식들 해외 유학 보낸 이가 있다. 한 해에 그 자식 하나의 유학비가 2억여 원 든다고 하는 말을 들은 적 있다. 그는 어느 교회의 중심 멤버로서 주기도를 수시로 드린다. 그는 삭개오와 마찬가지로 주기도 드릴 자격이 없다. 그는 주기도 드리면 안 된다. 주님은 그의 기도를 외면하신다.

"우리에게 일용할 양식을 주옵소서."

— 마태6:11

일용할 양식을 그득 쌓아놓은 사람이 주기도를 드리는 것은 하나님을 욕되게 하는 것이다. 특히 더럽게 치부한 부자가 주기도를 드리는 것은 예수의 성령을 심히 거스르는 거다. 주님을 모욕하는 것이다.

임금을 상습적으로 떼어먹으며 치부한 자나 삭개오 같은 부자가 주기도를 드리려면 반드시 회개하고 전향해야 한다.

한국에서 한 해에 기업주들이 떼어먹는 노동자 임금이 1조 5천억이다. 그 가운데 이주 노동자의 체불임금은 800억이 넘는다. 우리 사회에서 노동자의 임금을 떼어먹는 것은 표면적으로 명백히 드러나는 것만 있는 게 아니다. 이 1조 5천억만 있는 게 아니라는 말이다. 표면적으로 드러나지 않는 것도 태산 같다. 구조적인 '임금 도둑질'이 만연되어 있다.

143

예를 들어 고 김용균 씨의 사례를 보자. 태안 화력발전소에서 일하다 산재로 사망한 김용균 씨는 하청 업체에 고용되어 일했다. 그런데 원청이 그와 같은 하청 노동자에게 지급하라고 책정한 한 달 임금은 520만 원이었다. 그러나 실제로 그에게 지급한 월급은 210만 원이었다. 300만 원이 넘는 차액은 어디로 간 것인가? 누군가가 중간에서 도둑질한 것이다. 우리 사회는 천만 명 가까운 비정규직 하청 노동자를 두고 돌아가는 시스템을 갖고 있다. 2천만에 가까운 하청 노동자를 강제로 만든 사회경제구조 속에서 김용균 씨의 사례에서 보듯이 중간에 도둑질당하는 임금이 태산 같은 것이다. 겉으로 보이지 않고, 체불임금 통계에 잡히지 않지만, 엄연히 존재하는 임금 도둑질이다. 표면적으로 보이지 않으나 엄연히 실재하는 구조적이고 조직적인 임금 도둑질. 이 임금 도둑질은 합법이라는 포장을 하고 사회 전반에서 집행되고 있다.

일용할 양식을 쌓아놓은 사람이 주기도를 드리는 것은 신성모독이다. 삭개오처럼 더럽게 치부한 사람이 그 기도를 하는 것도 주님을 모욕하는 거다. 노동자의 임금을 도둑질한 사람이 그 기도를 드리는 것도 마찬가지이다.

144

"목사님, 저는 보통 밤 10시까지 일했어요. 체불임금 꼭 받게 도와주세요."

필리핀 출신 여성 노동자 젤라의 음성이 지금도 생생하다.

_ 국정감사에서

고용노동부에 대한 국정감사에서 이주 노동자 숙소 문제가 제기됐다. 더불어민주당 소속 양이원영 의원이 고용노동부 장관을 향해 그 문제를 지적하며 질의했다. 양이 의원은 환경운동을 한 여성으로서 국회 환경노동위원회 소속이다.

양이 의원은 최소한도의 조건도 갖추지 않은 열악한 불법 숙소에 외국인 노동자를 마구 고용 알선하는 고용노동부의 이주노동 행정을 비판했다. 그녀는 구체적인 숙소 사진을 제시하며 비판했다. 그녀는 우리 센터가 제공한 여러 사진을 공개하며 비판하고 시정을 촉구했다.

검은 베일에 싸여 은폐된 이주 노동자 숙소 문제가 국정감사 자리에 의제로 올라가 여론화되고 공론화되는 것은 의미 있는 일이다. 우리 사회에는 외국인 노동자에 대한 오해와 편견과 혐오가 은근히 있다. 이 부정적인 요소들을 줄이는 좋은 방법은 그들의 실태를 알리는 것이다. 실상을 알면 알수록 오해와 편견과 혐오는 줄어든다.

5~10년 정도씩, 이 나라에 거주하며 노동하고 세금도 내는 이주 노동자들은 선거권이 없다. 그래서 그런지 정치권의 관심은 미약하다. 무슨 큰 사건이 터져야 조금 관심을 두다가 금방 시들어 버린다. 우리 국회의원들 대다수는 기업주 편에 서서 일을 하기에 노동자 가운데서도 가장 미약한 외국인 노동자들에 관한 관심은 아주 적다.

우리 국회를 독점한 두 거대 정당은 우파 성향을 보인다. '민주당'은 중도 우파 정도이고 '국민의 힘'은 극우 정당이다. 자본주의 사회에서 우와 좌를 나누는 기준은 무엇보다 자본과 노동자 사이에서 어디에 서느냐에 있다. 지구촌 보편적인 기준으로 볼 때 두 거대 정당은 자본 편에 치우

145

3 장

쳐 있다. 자본과 노동자 사이에서 중간에 서려고 노력해도 자본 편에 치우치기 쉬운 법인데 아예 처음부터 자본 편에 서니 우리 사회는 심히 기운 운동장 같은 사회가 될 수밖에 없다. 두 정당이 번갈아 가며 집권해서 기껏 만든 사회가 1 대 99 사회다. 이제는 외국인 노동자 130만 명을 불러들여 내부 식민지로 삼고 부리며 돌아가는 1 대 99 세습 자본주의 사회가 되었다. 젊은이들이 '헬조선'이라는 이름을 붙인 사회다.

이 상황에서 이주 노동자의 실태를 국회의원들에게 적극적으로 알려 그들을 자극하고 그들이 이주 노동자들의 문제를 갖고 씨름할 수 있도록 하는 일은 유익하다.

국정감사가 끝난 뒤 양이 의원실의 요청에 따라 양이 의원과 대담했다. 열악한 주거시설을 시작으로 해서 나중에는 이주노동 정책이나 법과 제도의 문제점들에 관해서도 이야기를 나누었다. 의원실은 그날 대담을 녹화하여 공개했다. 다음에는 국정감사장에 이주 노동자들이 직접 가서 증언하는 기회를 만들어 보고 싶다.

146

_ 노동잡지 여성 기자와 인터뷰

한국노동안전보건연구소라는 곳이 있다. 시민들이 회비를 내고 참여하며 운영하는 시민운동 기관이다. 정부나 기업의 재정 후원은 안 받는다. 아주 바람직하다. 이 점은 이 연구소와 우리 센터가 동일하다. 우리 센터는 중앙정부나 지자체나 기업의 후원금을 한 푼도 안 받는다. 일의 독립성을 확보하기 위해서다.

이 연구소가 만드는 종이 잡지가 있다. 요즈음에는 종이 잡지가 귀한 때라서 종이 잡지를 꾸준히 발행하는 그 단체가 새롭게 보였다. 이름은 '일터'. 이 잡지가 200호 특집 발행 기념으로 나와 인터뷰했다. 주제는 이주 노동자 산재. 이 주제를 놓고 두 시간가량 인터뷰하면서 강조한 게 있다. 그건 다름 아니라 이주 노동자 산재를 일으키는 법과 제도가 있다는 사실이다. 국회가 만들고 정부가 집행하고 사법부가 뒷받침하는 법과 제도가 이주 노동자의 산재를 조장한다는 측면까지 강조했다.

여러 가지 예를 들었다. 몇 달 전 산재 사고로 노동자 둘을 죽이고 십여 명을 크게 다치게 한 양주시 한 가죽공장이 그중 하나였다. 사망자 한 명과 부상자 네 명이 이주 노동자였던 그 공장에서 일한 이주 노동자들은 그 사고 이전에 이미 직장 이동을 위한 요청을 사측에 누차 한 바 있다. 아주 열악하고 위험한 노동환경 때문에 그리한 거다.

하지만 법적으로 이주 노동자의 사업장 변경을 허락하는 권한을 갖고 있는 고용주는 그 요청을 계속 묵살했다. 급기야 대형산재 사고가 터지고 말았다. 그 후 기적적으로 생존한 이주 노동자 세 명은 다시 일터 이동을 위한 사인을 요구했다. 사고 후유증으로 정신과 치료를 받으며 누차 요구했으나 사측은 완강히 거부했다.

† 한겨울 포천시 한 채소농장 낡은 컨테이너 기숙사 안에 앉아 있는 어느 이주여성 노동자.

또 다른 사례는 채소농장에서 일하는 캄보디아인 여성 노동자들이었다. 화장실은 밭에 있는 기숙사가 한겨울에는 얼어 죽을 만큼 춥기도 하고 지하수도 얼어붙어 물도 제대로 사용할 수 없어 일터를 옮기고 싶지만, 농장주가 사인을 해주지 않아 그냥 지낼 수밖에 없었다.

국가-노동부가 외국인 노동자를 모집해 국내 사업장에 고용알선을 하면서 직장 이동의 자유마저 박탈하는 법과 제도. 이것이 산재를 일으키는 게 엄연한 현실이다. 고용주에게 전권을 주면서 이주 노동자를 사업장에 붙박이처럼 묶어두는 정책을 펴니 이주 노동자의 산재가 다발하고 증가할 수밖에 없다. 직장 이동의 자유마저 박탈당한 이주 노동자를 국가가 공급해 주니 기업은 노동자를 위한 안전 비용을 지출하지 않는다. 오로지 이윤과 착취의 극대화를 위해서만 질주한다. 이주 노동자는 그저 이윤, 착취 극대화를 위한 부품으로 최대한 활용될 뿐이다. 말하는 동물로 취급받으며 철저히 이용될 뿐이다. 그러다 산재로 병신이 되거나 죽기 일쑤다.

노동자의 안전과 보건을 위해 일하는 일꾼들과 단체가 있어 참 다행이라 생각했다. 시민들의 회비와 참여로 독립성과 자율성을 확보하며 꾸준히 활동하는 한국노동안전보건연구소를 응원한다. 이런 단체의 시민들이 하는 활동과 헌신 그리고 노동자들의 투쟁으로 세계 최고 산재 발생률과 사망률을 보유하고 있는 이 나라의 오명이 어서 벗겨지기를 바란다.

_ 무릎이 아픈 앙헹

하늘은 점점 높아지는 푸른 계절 가을이다. 가을에는 미세먼지나 황사가 적어서 호흡기가 좋지 않은 나는 가을이 편하다.

내가 호흡기가 좋지 않은 이유는 젊은 시절 심한 폐질환을 앓았기 때문이다. 20대 초반에 앓은 적 있는 결핵성 늑막염이 대학 졸업하면서 들어간 구로공단에서 악화하였다.

신학교를 졸업하면서 노동 체험을 위해 공장에 들어갔다. 노동자 선교를 하겠다고 마음을 먹고 단기간만이라도 직접 노동하는 경험을 갖고 싶었다. 이런 생각으로 대한광학이라는 공장에 생산직 근로자로 들어갔다. 당시 거기는 생산직 노동자 3천 명이 반으로 나뉘어 1,500명씩 주야 2교대로 돌아갔다. 나는 한주 6일은 주간에 12시간, 또 한주 6일은 야간에 12시간씩 노동했다. 그렇게 하기를 석 달 만에 각혈하고 말았다.

이제까지 육체노동이라는 것을 해본 적 없는 나에게 그 노동은 무리였고 결핵성 늑막염이 악화해 폐결핵으로 번졌다. 그때 일로 결국 오른쪽 폐 기능의 75%를 잃었다. 하나님의 은혜로 치료를 잘 받아 이제까지 살아왔으나 나이가 들수록 노화로 호흡기도 약화하는 것은 어쩔 수 없다.

캄보디아인 노동자 앙헹이 일하는 채소농장에 들렀다. 얼마 전 무릎이 좋지 않다는 말을 들은 적이 있기 때문이다. 그녀와 함께 일하는 동료 노동자들은 모두 비닐하우스 안에서 분주하게 채소를 수확하고 있었다. 그러나 그녀는 보이지 않았다. 동료 노동자 하나에게 물었더니 병원에 갔다는 말을 했다. 밀폐된 비닐하우스 안에서 방독마스크도 쓰지 않고 농약을 뿌리는 두 노동자의 작업을 한동안 걱정스러운 마음으로 지켜보고 있다 보니 앙헹이 돌아왔다.

"앙헹 씨, 왜 병원에 갔어요?"

내가 묻자 키가 작은 그녀는 빙그레 웃으며 대답했다.

"무릎이 아파요."

대답하며 그녀는 손으로 왼쪽 무릎을 가리켰다. 채소농장에서 일한 지 8년째인 그녀는 한국말을 곧잘 한다. 무릎이 아프다는 말을 듣고 유심히 보니 그녀는 왼쪽 다리를 절며 걸었다.

"어디 병원에 갔다 왔어요?"

"한의원에요."

나는 속으로 한의원 다니는 것 갖고는 정확한 진단은 물론 치료가 제대로 되지 않을 거 같다는 생각했다. 왜냐하면, 8년 동안 밭에서 쪼그려 앉아 작업했기 때문이다. 그녀는 나이 40세에 처음 한국에 들어왔다. 취업비자로 입국한 그녀는 4년 10개월 동안 일한 뒤 출국했다가 다시 입국해 오늘까지 알하고 있다. 한 달에 이틀 정도 쉬면서 하루에 11시간씩 매일 쪼그려 앉아서 하는 작업을 반복적으로 했으니 강철같은 무릎이라도 고장이 났을 거로 생각했다. 척 보기에도 앙헹의 무릎 증상은 간단한 것으로 보이지 않았다. 한의원에서 침만 맞고 왔다는 그녀의 말을 듣고 나서 그녀에게 이런 말을 했다.

"다음에는 의정부에 있는 큰 병원에 가 봅시다. 정밀사진을 찍고 진단을 받아봐야 할 거예요. 그리고 치료를 잘 받아야 해요."

그 말에 그녀는 괜찮다며 웃기만 했다. 농장 노동자들은 매달 건강보험료를 꼬박꼬박 낸다. 의무적으로 10만 원 이상을 납부하지만, 병원에 한 번 가기가 쉽지 않다. 채소농장들이 대개 아주 바쁘게 돌아가기 때문에 농장주의 눈치를 보지 않을 수 없다. 더구나 절대군주 같은 노릇을 농장주들이 하기에 더욱 어렵다. 그리고 무슨 큰 병이라도 걸리면 추방당할까 봐 두려워 정확한 진단을 꺼리는 경우도 있다.

_20대 여성 자살과 이주여성 노동자

296명, 이는 2020년 상반기 우리나라 20대 여성 가운데 자살한 사람 숫자다. 이 기간 자살을 시도한 20대 여성은 3,005명이나 되었다. 통계에 잡힌 것만도 그렇다.

296명, 3,005명 놀라운 숫자다. 이는 작년 대비 43%가 늘어난 숫자다. 자살률은 일반적으로 여성보다 남성이 더 높은데 20대 자살률은 여성이 더 높다. 이 추세로 가면 코로나 사태가 심각해짐에 따라 올해 20대 여성 자살자만 6백 명을 훌쩍 넘길듯하다고 한다. 매우 안타깝고 심히 우려스럽다.

20대 여성들의 자살은 개인적인 일일까? 이들의 자살은 단지 우울증 때문일까? 우울증이 주요 원인일까? 20대 여성들의 높은 자살률은 유명 연예인들의 자살이 준 영향 때문일까?

20대 여성들을 극단적 선택의 길로 몰아가는 요인은 무엇보다 사회구조에 있다고 본다. 우리 사회에서 20대 여성은 대개 잉여 인력 취급받는다. 남자보다 대학 진학률이 더 높지만, 노동하는 그들의 60% 이상은 비정규직 또는 시간제로 일한다. 코로나가 시작된 지난 3월 실직된 20대 여성이 12만 명이나 되었다.

천만 비정규직 노동자(그중 60% 이상이 여성)를 반노예, 130만 이주 노동자를 노예처럼 부리며 돌아가는 코리아, 착취공장형 재벌왕국의 시스템이 20대 여성들을 죽음으로 몰아간다는 생각한다. 부동산을 중심축으로 삼고 돌아가는 이 재벌왕국에서 상위 10%가 나라 전체 부동산 자산의 95%를 독식하고 있다. 그런가 하면 상위 10% 대기업이 나라 전체 기업 수익의 90%를 싹쓸이한다.

결국, 경제 대국이라는 코리아는 1 대 99 세습 자본주의 사회를 이루었다. 세습이라는 단어는 우리 사회가 고착된 구조로 되어 있다는 사실을 말해주는 표현이다. 이 사회경제구조가 기본적으로 20대 여성들을 극단적 선택으로 몰아가는 요인이라고 본다. 이 기형적인 불평등 구조에다가 구조적인 성차별이 더해져 20대 여성의 자살률을 높인다. 여기에 젊은 비정규직 여성을 우선 해고하는 코로나 팬데믹 사태가 겹치니 그 자살은 증가하는 것이다.

한편 내가 자주 들르는 경기 북부 채소농장들에는 이주여성 노동자들이 많다. 거기는 남자 노동자들보다 여성 노동자들이 더 많다. 주로 동남아에서 온 여성 노동자들이다. 캄보디아, 베트남, 태국, 네팔 등에서 온 20~30대 여성 노동자들이 부지런히 일한다. 한 달에 보통 이틀 정도만 쉬며 하루 11시간 노동한다. 오이나 호박을 수확하는 여름철 한창 바쁠 때는 아침 6시부터 저녁 8시까지도 일한다. 농장 한 귀퉁이에 있는 짐승우리 같은 숙소에 기거하고 세끼 밥을 간신히 챙겨 먹으며 그렇게 일한다. 그들의 임금은 최저임금을 기준으로 계산할 때 최저임금 수준에 훨씬 못 미친다.

그녀들은 대개 저마다 내일의 희망을 품고 고통스러운 노동을 감당한다. 돈을 열심히 벌어 무엇을 하겠다는 소망과 계획을 하고 있다. 여기 한국에서는 최소한도의 생활비만 지출하고 나머지는 저축한다. 고향으로 송금한다. 그러면서 어떤 사람은 결혼하겠다고, 어떤 사람은 땅을 사서 장차 과일 농장을 하겠다고, 어느 사람은 사업을 하겠다고, 어느 사람은 건물주가 되겠다고, 어떤 사람은 시골 고향에 가게를 내겠다고, 어느 사람은 미용실을 차리겠다는 등, 여러 가지 내일의 꿈을 갖고 부지런히 노동한다. 그들에게서 우울증은 찾아보기 힘들다.

지금 우리나라 젊은 여성들과 이주여성 노동자들을 비교하면서, 자살하는 우리 젊은 여성들을 비판하려고 하는 게 절대 아니다. 그저 단순히 견주어 보면서 무엇이 인간에게 삶의 의욕을 돋우는 것인가를 생각해 보는 것뿐이다. 무엇이 인간의 삶을 견인하고 추동하는가?

여기서 희망이라는 것을 키워드로 꼽고 싶다. 젊은이는 희망이 있는 한 스스로 죽지 않는다. 작은 소망이라도 있으면 살아간다. 자살하는 우리 20대 여성들은 내일의 희망이 없기에 스스로 극단적 선택을 한다고 본다. 이주여성 노동자들은 내일의 희망이 있기에 오늘 아주 열악한 환경과 조건에서도 의욕적으로 사는 게 아닌가 생각한다.

한국의 청년 특히 여성 청년 자살률은 세계 최고다. 이는 우리 사회가 오늘 여성 청년들에게 희망을 별로 주지 못하고 있다는 사실을 알려주는 메시지라고 본다.

_가증스러운 예배

한국교회는 예배 많이 하기로 유명하다. 설교가 넘치고, 기도가 많고, 찬양이 흥하고, 헌금도 많다.

그런데 예배 가운데는 하나님께서 가증스럽게 여기는 예배가 있다는 사실을 알아야 한다. 주님께서 역겨워하시는 예배가 있다. 야훼 하나님께서 몹시 싫어하시는 기도가 있고, 외면하시는 찬양이 있고, 거부하시는 헌금과 봉사와 헌신이 있다.

큰 선지자 이사야는 일찍이 하나님께서 가증스럽게 여기시는 예배에 대해 말했다. 이사야 1장 10~17절은 그것에 대해 뚜렷하게 알려준다.

피를 손에 묻히고 하는 예배는 하나님이 가증스럽게 여기는 예배다. 악한 행실을 지속해서 하며 드리는 기도, 찬양, 헌금, 봉사 등은 주님께서 역겨워하시는 거다. 특히 불의를 행하고 사회적 약자들을 억압, 착취, 학대하며 하는 예배는 가증스럽기 짝이 없는 것이다. 그 짓은 고대 이집트에서 히브리 노예들을 해방한 야훼 하나님을 분노하게 한다.

한국은 정글만도 못한 약육강식의 사회다. 코리아는 착취공장형 맘몬 왕국으로서 돈과 자본이 왕 노릇을 한다. 다수가 땀 흘려 맺은 열매를 소수가 가로채 독식한다. 야수적인 먹이사슬 구조가 강고해 가진 자들이 사회적 약자들을 억압, 착취, 학대하는 게 일상적이다.

이 사회에서 교회들은 어떤 예배를 하나? 어떤 설교, 기도, 찬양, 헌금을 드리나?

기복신앙, 소원성취신앙, 성공주의신앙으로 무장하고 부귀영화를 갈구하는 교회들, 목회자들, 교인들이 하는 예배, 기도, 찬양, 헌금 등은 하나님이 가증스럽게 여기는 짓이다. 손에 피를 묻힌 채 그저 부자 되고 높

154

아지기 위해 지성으로 드리는 예배는 심히 역겹다.

　주님이 더욱 가증스럽게 여기시는 예배는 형식적 회개를 하며 하는 예배다. 말로만 하는 회개는 심히 역겹다. 진정한 회개는 삭개오처럼 하는 거다. 그는 행동으로 회개하고 전향했다. 삶의 방향을 완전히 바꾸었다.

　인도에서 온 여성 노동자 알리바는 친구들과 함께 포천 시내에 있는 교회에 다닌다. 작지 않은 교회다. 그곳에서 일요일마다 있는 외국인을 위한 예배에 참여한다. 요즈음에는 예배를 인터넷으로 중계를 많이 하므로 그 예배의 성격을 알 수 있다.

　알리바가 다니는 교회는 상당히 근본주의적인 성격을 갖고 있다. 이 근본주의의 뿌리는 미국의 근본주의 백인교회이다. 미국 근본주의 백인 교회는 서부 개척 시대부터 유럽에서 이주한 백인들이 북아메리카 원주민들을 대량 학살할 때 적극적으로 동참했다. 그리고 뒤이어 아프리카 흑인들을 끌어다가 노예로 부리며 치부하는 백인들을 정신적으로 신학적으로 뒷받침했다. 한국의 근본주의 교회들은 미국을 숭앙하며 반공 이데올로기를 열심히 선전했다. 군사독재 시절에는 군사독재를 두둔하고 민주화운동을 탄압하는 데 크게 기여했다. 나아가 노동자들이 자신들의 권리를 찾는 운동에는 격렬하게 반대했다. 동시에 이 교회들은 헌금을 많이 내는 부자들의 비위를 맞추는 설교를 하며 치부하고 가난한 사람들을 소외시켰다. 이 교회들은 이주 노동자들에게 시혜를 베푸는 일은 잘 한다. 기회 있을 때마다 선물을 많이 안기기도 한다. 그러나 이주 노동자들이 자신들의 권리를 찾기 위해 행동하는 것은 극렬하게 반대한다. 그러면서 이주 노동자들이 기존의 질서와 구조에 순응하고 굴종하기를 원한다. 알리바가 다니는 교회의 설교와 기도를 관통하는 내용이 그렇다. 심히 기울어진 운동장 같은 한국 사회에서 이주노동을 하는 사람들은 약

155

자들 가운데 약자들이다. 근본주의 교회들은 강자의 논리를 종교로 포장해 전파하고 강자 편에 서서 설교하며 활동한다. 알리바가 다니는 교회는 매우 권위주의적이고 남존여비적이다. 교회의 문화는 아주 상명하복적인 서열문화를 갖고 있다.

　　알리바는 앞으로 한국에서 5년 이상 더 살면서 노동할 작정이다. 그녀가 앞으로 그 기간 그 교회에서 어떤 신앙을 배우고 간직할지 궁금하다.

_ 악덕 국제직업소개소

"화장실 옆에서 잤어요. 세탁기 옆에서도 잤어요. 이렇게 못 자겠다고 했더니 그러면 주방에 가서 자라고 했어요. 그 사장님, 저를 사람이 아니라고 생각합니까?

저는 일한 만큼 돈 받고 싶어요. 그런데 월급 제대로 주지 않았어요. 성추행도 당했습니다. 그리고 아플 때는 병원에 가고 싶습니다. 아플 때 병원에 가면 일 못 해요. 그때는 월급 못 받아도 괜찮아요. 아플 때는 병원에 가고 싶어요. 여기 한국에 오기 전에는 한국은 법 제대로 하니, 한국에서는 일 잘할 수 있다고 생각했어요. 그러나 사장님은 돈만 생각했습니다."

이는 캄보디아인 여성 찬투(가명)가 여러 사람 앞에서 한 말이다. 그녀는 비록 한국어가 서툴지만 자신이 한국에서 체험한 노동 생활을 증언했다.

　　취업비자를 갖고 입국한 그녀를 채소농장에 알선한 기관은 고용노동

156

부였다. 한국에서는 고용노동부가 합법적으로 취업비자(E9)를 갖고 입국하는 외국인 노동자를 독점적으로 고용 알선한다. 그런데 고용노동부는 불법 가건물을 기숙사로 제공하는 사업장에 외국인 노동자들을 마구 알선한다. 책상에 앉아 알선할 뿐 사후 관리 감독을 거의 하지 않는다. 이러니 고용노동부가 악덕 국제직업소개소라는 소리를 듣는 거다.

찬투가 일한 채소농장의 기숙사는 불법 가건물로 사람이 살아서는 안 되는 시설이었다. 오로지 돈만을 밝히는 고용주는 그녀를 사람으로 대우하지 않았다. 아플 때도 일을 계속 강요했다. 체불임금에 성추행까지 할 정도였다.

내가 만난 농장주들은 대개 전근대적인 의식이 있다. 농장주 상당수는 자신이 임금을 주고 사람(노동자)의 노동력을 샀다고 생각하지 않았다. 그들은 임금을 주고 노동력을 산 게 아니라 인간 자체를 샀다고 생각하는 경향이 강했다. 그러니까 노동자를 자기 마음대로 부리고 무시하고 욕을 마구 하기도 하고 폭행하기도 하는 거다. 나아가 여성 노동자를 성적 대상으로 생각하고 성폭력을 쉽게 자행하기도 한다. 노동자를 내가 돈을 주고 산 물건이라고 생각하니 노동자를 자기 마음대로 다루는 것이다. 이주 노동자를 말하는 동물 정도로 보니 기본권이나 인권을 짓밟는 일이 쉽게 일어난다. 나아가 국가가 이런 상황을 그냥 방치하거나 조장하니 무법천지가 되고 만다. 여기서 조장한다는 표현을 쓰는 배경이 있다. 그 조장의 한 증거는 이렇다. 고용노동부가 불법 가건물을 기숙사로 인정하고 외국인 노동자를 알선하는 행정을 피는 게 하나의 증거다.

고용노동부는 취업비자로 입국한 바부를 경기도의 한 제조업체에 알선했다. 방글라데시 출신인 그에게 사측이 제공한 기숙사는 공장의 마당에 있는 컨테이너였다. 하루는 밤 10시까지 일을 하고 그 불법 가건물에서 잠이 들었다. 잠결에 들린 시끄러운 소리에 잠이 깼다. 시각은 새벽 1시쯤이었다. 개 짖는 소리에 깨고 보니 이상한 냄새가 났다. 밖으로 뛰쳐나가 보니 바로 옆에 있던 공장 건물이 불에 타고 있었다. 길이가 긴 3층 건물을 태우는 불길이 요란했다. 불길은 공장 건물 바로 앞마당에 있는 컨테이너 기숙사에도 옮겨붙기 시작했다. 바부는 조금만 늦게 깨어났어도 죽을 뻔한 것이다.

고용노동부는 이렇게 위험한 주거시설을 노동자의 숙소로 인정하고 외국인 노동자들을 알선해 왔다. 지난 수십 년 동안 그런 행정을 폈다. 고용노동부는 지자체와 손잡고 그런 행정을 폈다. 지자체는 기본적으로 불법 가건물을 단속하고 철거할 의무가 있다. 그러나 전국에 이주 노동자에게 제공한 수만 채의 불법 가건물을 지자체는 수십 년 동안 방치했다. 결국, 고용노동부는 지자체와 손잡고 불법적인 이주노동 행정을 집행해 온 것이다. 근로기준법만 보아도 노동자의 기숙사는 안전하고 쾌적한 환경을 갖추어야 한다고 명시하고 있다.

악덕 국제직업소개소, 이는 땅은 작지만 경제 대국이라는 코리아의 고용노동부가 갖고 있는 별명이다. 지난 수십 년 동안 고용노동부는 이 별명에 부합하는 이주노동 정책을 펼쳐 왔다. 고용노동부는 대한민국의 위상을 훼손하고 있다.

158

_스레이 나위, 기숙사 돈 얼마 내요?

캄보디아에서 온 31세 여성 스레이 나위. 경기 북부의 한 채소농장에서 일하는 그녀는 비닐하우스 안에서 온종일 쪼그려 앉아 일하다 오후 6시가 되면 일을 끝난다. 농장 한 귀퉁이에 있는 기숙사에서 일을 마친 그녀와 만났다. 캄보디아에 있을 때부터 한국 섬유회사에서 일한 경험이 있어서 그런지 한국말을 웬만큼 한다. 나는 그녀의 숙소에 주목하며 이렇게 물었다.

"여기 기숙사 돈 한 달에 얼마 내요?"

"이십만 원 잘라요."

그녀는 농장주가 기숙사비를 원천징수 하는 것을 가리켜 자른다고 표현했다.

"다른 사람도 똑같아요?"

"네."

이 농장에서 일하는 사람이 모두 4명이니 한 달에 농장주가 징수하는 기숙사비는 모두 80만 원이었다. 짐승 우리 같은 불법 가건물로 사업주는 숙박업도 하는 것이다.

나는 주변에 있는 농장으로 화제를 옮겼다. 근처 채소농장은 규모가 좀 더 컸다. 거기서 일하는 노동자는 모두 8명이었다. 거기도 기숙사비가 일 인당 20만 원이라고 나위는 알려줬다. 그 기숙사 건물 또한 불법 가건물이다. 농지법, 건축법, 근로기준법을 위반한 건물이다. 근처 농장의 농장주는 기숙사비로 얻는 수익이 한 달에 160만 원이다. 나위에게 물어보았다.

"기숙사 돈이 많아요, 적어요?"

한국말이 서툰 그녀에게 이렇게 말해야 잘 알아듣기에 이렇게 물었다.

159

"기숙사비에 대해서 어떻게 생각해요?"라고 물으면 잘 알아듣지 못한다. 그녀는 많다고 대답했다. 그러면서 건강보험 돈도 한 달에 12만 원 낸다는 말을 덧붙였다.

농장 사업주 대다수가 기숙사비를 받는다. 이는 고용노동부의 지침에 따른 것이기도 하다. 고용노동부는 이주 노동자에게 기숙사를 제공하는 사업주들이 기숙사비를 징수할 수 있도록 지침을 주었다. 월급의 8~20%를 징수할 수 있다는 지침이다.

나위와 작별하고 센터로 돌아오는 길에 부동산에 들렀다. 나위의 농장 인근에 있는 부동산이었다. 부동산은 면 소재지에 있었다. 면 소재지에 있는 원룸이나 빌라의 월세를 물어보니 가격이 한 달에 30~35만 원쯤 했다. 노동자 두 명이 살만한 방이었다. 나위 같은 농장 이주 노동자들이 현재 기거하고 있는 움막에 비하면 궁궐 같은 주거시설이다. 나위의 농장에서 걸어서 5분~10분 정도 거리에는 원룸이나 빌라가 있었다.

나위는 사업장을 변경하고 싶었다. 겨울에 기숙사가 너무 추워서 힘들기 때문이다. 경기 북부는 한겨울에 영하 15~20도까지 내려간다. 한파 때 짐승 우리 같은 기숙사의 실내 온도는 영상 10도 정도다. 전기장판을 가동하고 히터를 틀어놓아도 그 정도다. 사철 더운 나라에서 온 이주 노동자들은 추위에 취약하다. 돌연사라고 진단받는 이주 노동자가 가끔 나온다.

그녀는 좀 더 나은 숙소를 제공하는 농장으로 옮기고 싶어 농장주에게 동의를 구했다. 이주 노동자가 사업장을 변경하려면 고용주의 사인을 받아야 하기 때문이다. 하지만 누차 거부당했다. 일을 성실하게 하므로 동의를 더 안 해주는 측면도 있었다.

나위는 알고 있다. 전국 어디를 가나 농장 기숙사가 대부분 불법 가건물로서 허술하기 짝이 없다는 걸 안다. 요즈음에는 소셜미디어를 통해 이주 노동자들끼리 소통을 활발히 하기 때문이다. 하지만 그녀는 조금이라도 나은 곳을 찾아가기 위해서 이동을 원했다. 그러나 고용주의 완강한 거부 때문에 옮기지 못하고 묶여 지내고 있다.

고용노동부(국가)는 불법 가건물을 이주 노동자의 기숙사로 인정하고 그 기숙사를 제공하는 사업장(농장, 공장 등)에 그들을 마구 고용 알선할 뿐 아니라 기숙사비 징수 지침까지 친절하게 만들어 주며 불법 숙박업을 조장하고 있다. 나아가 고용노동부는 일터 이동의 자유까지 거의 박탈하고 있다. 일터 이동의 자유를 거의 박탈하는 이 잘못된 법과 제도는 국회가 만들었고 고용노동부는 그 법과 제도에 따라 충실하게 집행한다.

_트로트를 잘 부르는 포카

경기 북부 비닐하우스가 100개 정도 되는 규모의 기업형 재배 농장에 갔다. 해 질 녘 이주 노동자들이 일을 마무리하고 비닐하우스 농장 한 귀퉁이에 있는 숙소로 하나둘씩 모여들었다.

"포카 씨는 지난 금요일 저녁에 어디 갔어요?"

지난번 방문했을 때 보이지 않은 그녀에게 물었다.

"네, 그날 옆에 농장에 갔어요. 거기서 캄보디아 사람들하고 놀았어요. 소주도 먹었어요."

캄보디아에서 취업비자를 얻어 입국한 지 5년 가까이 된 그녀가 한국말을 잘하는 줄은 이미 알고 있었지만, 소주라는 단어가 얌전한 그녀 입

161

3 장

에서 자연스레 나오는 걸 보고 좀 의아했다.

"그래요? 소주 먹을 줄 알아요?"

"네, 막걸리도 먹을 수 있어요."

키가 큰 그녀가 웃으며 말했다.

한 달에 이틀 쉬고 하루에 11시간씩 일하는 노동자의 고된 생활을 술로 달랠 수도 있겠다는 생각했다.

"소주 먹고 노래도 불러요?"

"네."

"캄보디아 노래 부르나요?"

"네."

"혹시 한국 노래도 부르나요?"

"네."

한국 노래도 부른다는 그녀의 말이 신기해서 더 자세히 물어보았다.

"무슨 노래 불러요?"

"〈미운 사랑〉 불렀어요."

그녀는 트로트를 좋아한다며 잇몸을 드러내고 크게 웃었다.

남편과 이혼하고 캄보디아에서 중학교 다니는 딸을 키우기 위해 열심히 일하는 서른아홉 살 포카. 그녀는 다음 달이면 취업비자 기간이 다 되어 귀국해야 한다. 그녀의 바람은 장차 한국에 정착하는 거다. 재입국해서 5년 정도 일을 더 하고 그 후에도 계속 한국에서 정착하고 싶어 한다.

우리 사회는 제 필요에 따라서 외국인 노동자들을 대거 불러들였다. 1990년대 초부터 그랬다. 이제까지는 그들을 단기간 일회용품처럼 쓰고 버리듯 했다. 5~10년 쓰고 버리듯 했다. 그들에게 영주권을 주는 경우는 거의 없다. 이제는 정책을 바꾸었으면 한다. 포카(가명)처럼 성실하게 5년 이상 일하고 한국에 정착하고 싶은 의지와 준비가 된 사람들은 정착하도록 받아들여 더불어 사는 게 좋겠다는 생각이다. 초저출산 고령사회가 된 마당에 그렇게 할 필요가 있다고 본다.

"포카 씨, 혹시 미운 사랑 있어요?"

내 물음에 그녀는 또다시 웃으며 대답했다. 얼굴을 좀 붉히며 말했다. 묻지도 않은 말도 덧붙였다.

"미운 사랑 없어요. 이제는 한국 남자를 만나고 싶어요. 한국 사람과 결혼해서 한국에서 살고 싶어요."

30대 후반인 그녀는 꿈도 많았다. 꿈이 많으면 젊은이다.

나는 그녀에게 불쑥 부탁 하나를 했다.

"포카, 그 〈미운 사랑〉 노래 불러 주세요. 듣고 싶어요."

내 말이 떨어지자마자 한국말을 잘하는 또 다른 여성 노동자가 박수를 쳤다. 박수 소리를 들은 포카는 자기 방으로 쏜살같이 도망쳤다.

163

_ 싫으면 너희 나라로 돌아가!

바야흐로 소셜미디어 시대로 SNS가 일반화되어 있다. 일반인에게 있어서 그것은 소통의 큰 수단이다. 이주 노동자들도 소셜미디어를 많이 이용한다.

SNS는 뉴스의 생산기지 역할도 한다. TV나 신문 등 많은 기자가 소셜미디어를 통해 기삿거리를 찾아 기사를 쓰기도 한다. 나의 페이스북에 올린 이주 노동자에 대한 글을 보고 기사를 써서 보도한 기자들도 있다.

TV나 신문을 통해 기사가 나간 뒤, 그 기사를 보고 댓글을 다는 시민들이 있다. 온라인에서 그 댓글을 유심히 찾아보는 때가 있다. 이주 노동자들의 열악한 노동조건이나 노동환경에 대한 보도나 기사를 보고 단 댓글 가운데 이런 게 흔하다.

'싫으면 너희들 나라로 돌아가!'

이런 댓글을 다는 사람들의 마음을 살펴보면, 그 마음 바닥에 시혜라는 단어가 보이는 경우가 많다. 시혜라는 딱지를 붙인 마음보는 이런 거다.

'우리나라 코리아가 가난한 나라에서 온 너희에게 일자리를 제공하고 적지 않은 임금도 주는데 웬 불평이 그리 많아? 싫으면 너희 나라로 돌아가! 군소리하지 말고 조용히 주는 대로 받아먹고 지내며 고분고분하게 일이나 감사하며 열심히 해!'

지난 1990년대부터 우리나라에 본격적으로 들어오기 시작한 이주

164

노동자들. 지금은 130만가량 되는 그들을 코리아 사회가 필요해서 불러들였다. 그들에게 먼저 손짓을 한 쪽은 우리다. 그들에게 먼저 아쉬운 소리를 한쪽은 우리 사회다. 우리 사회에서도 기업가들과 그들을 강력히 지원하는 국가가 나서서 외국인 노동력을 들여올 법안을 마련하고 그에 따라 이주노동 정책을 추진해 왔다. 소수 재벌이 중심이 되어 돌아가는 사회경제구조가 90년대 이후 변화된 지구촌 상황에서 절실히 필요해서 외국인 노동자들에게 손을 벌린 것이다. 그들 없이는 더 이상 안 돌아갈 사회경제구조이기에 그리 한 것이다. 그들을 불러들인 우리 사회는 그들을 어떻게 대우했는가?

그들을 우리 사회 먹이사슬의 끄트머리에 고정해 놓았다. 법과 제도로 그렇게 고정했다. 고용주와 이주 노동자 사이를 철저한 주종관계로 만들어 놓고 일터 이동의 자유마저 박탈한 채 그렇게 고정했다. 국회가 만들고 정부가 집행하며 사법부가 강력히 뒷받침하는 법과 제도로 그렇게 고정해 놓고 사업주들이 이윤과 착취를 극대화하는 길을 닦아놓으니, 사업주들은 그 어떤 열악한 노동환경도 개선할 생각을 하지 않는다. 이 상황에서 이주 노동자들도 대개는 열악한 노동환경과 조건을 개선하기 위한 노력이나 저항을 하지 못한다. 철저한 주종관계 아래서는 작은 저항도 고용 연장 불가나 강제 출국 같은 큰 불이익을 금방 가져오기 때문이다.

이주 노동자들을 우리 사회 먹이사슬 끄트머리에 고정해 놓고 이룩한 건 무엇인가? 그것은 1 대 99 세습 자본주의 사회다. 상위 10% 기업이 나라 전체 기업 이익의 90%를 독식하는 사회가 우리가 이룩한 사회다. 부동산 자산의 경우 상위 10%가 나라 전체 부동산의 95%를 싹쓸이해 갖고 있다. 코리아는 부동산으로 말미암은 불로소득 천국이다. 이 천국을 이루기 위해 지난 20년 동안 산재로 노동자를 죽인 게 4만 명이 넘는다.

165

같은 시기 산재로 중경상을 입어 장애를 얻은 노동자는 줄잡아 400만 명이 넘는다. 최근 이주 노동자들의 산재 발생률은 내국인 노동자보다 5배 정도 높다. 이주 노동자들의 체불임금은 한 해에 천억이나 되고, 내국인 노동자의 체불임금은 한 해에 1조 5천억이 넘는다.

"싫으면 너희 나라로 돌아가!"

이 말은 지극히 단세포적인 말이다.

_ SNS에 떠돌던 여성 노동자의 부고

2020년 12월 21일. 크리스마스를 코앞에 둔 연말이었다. 우리 사회 분위기는 코로나 팬데믹 사태로 가라앉아 있는 상태로 사회적 거리 두기가 엄격하게 실시되고 있었다. 경기는 얼어붙어 있었고 특히 자영업자들이나 소상공인들이 큰 어려움을 겪고 있었다.

그때 일부 소셜미디어 특히 페이스북에는 하나의 부고가 떠돌고 있었다. 주로 캄보디아 출신 이주 노동자들이 이용하는 페북에서 여기저기 옮겨 다니는 부고였다. 고인의 사진과 함께 떠도는 부고였지만 구체적인 내용이 없었다. 다만, 고인의 거주지가 포천이었다는 표현은 있었다.

그것을 보고 포천이라고 해서 눈길이 가고 주목하기는 했으나 구체성이 없어 그냥 지나쳤다. 누가, 어디서, 언제, 어떻게 사망했다는 구체적인 내용이 없이 막연하게 포천에서 캄보디아인 여성 노동자 하나가 죽었다더라고 하는 정도라서 더 깊이 살펴볼 생각은 하지 않았다.

하룻밤이 지난 뒤 그래도 궁금해 경찰서에 문의했다. 22일 오전 포천경찰서 외사과에서 근무하는 한 경찰에게 문의했다. 그는 우리 센터를 방문해 여러 차례 이야기를 나눈 적이 있는 사람이다. 이주민에 대한 일을하는 부서에 있는 사람이기에 그에게 물었다. 혹시 포천 지역에서 최근 사망한 여성 노동자가 있는지 물었지만, 그는 아는 바가 없다고 했다. 그의말을 믿은 나는 그 부고 소문이 헛소문이라고 단정하고 관심을 끊었다.

그런데 22일 저녁 경기도 안산시에 있는 김이찬 대표가 전화했다. 그는 이주 노동자를 지원하는 단체인 '지구인의 정류장' 대표다. 그는 이주노동자 가운데 특히 캄보디아 출신 노동자들을 많이 돕는다. 그는 떠도는 부고에 대해 아는 게 있는지 물었다. 아는 바가 없다고 하자, 그도 궁금해서 연락했다고 하며 답답해했다. 그가 전화한 김에 그 부고 내용을구체적으로 알아봐야겠다는 생각으로 그에게 부탁했다. 그가 이끄는 단체에 캄보디아 출신 노동자들의 모임이 있는 것을 알기에, 그 노동자들을통해 수소문해 보라고 권고했다. 적극적으로 권고하자, 그는 알아보겠다대답했다.

23일 새벽 5시. 나는 집에서 잠을 자다가 깨어 화장실에 다녀왔다. 다녀온 뒤 휴대전화를 열어보니 김 대표가 보낸 메시지가 눈에 들어왔다. 그 메시지는 그 부고에 대한 구체적인 내용을 알려주었다.

167

_ 기숙사에서 사망한 속헹

그 부고는 헛소문이 아니었다. 김 대표가 고인의 외국인등록증 사진과 함께 전해준 내용은 아주 구체적이었다.

> 이름: 눈 속헹(Nuon Sokkheng)
> 국적: 캄보디아
> 나이: 31세
> 비자: 비전문 취업비자(E9)
> 입국 날짜: 2016년 4월 28일
> 사망 일시: 2020년 12월 20일(일요일)
> 사망 장소: 포천시 일동면 ○○농장 기숙사

김 대표는 22일 저녁 나와 통화를 하고 나서 다음 날 새벽까지 그 부고의 내용을 추적했다. 그는 캄보디아 출신 노동자들을 통해 고 속헹 씨와 함께 채소농장에서 일한 캄보디아 여성 노동자들을 찾아내고 그녀들과 통화까지 한 것이었다. 캄보디아어를 할 줄 아는 김 대표는 한국말을 잘하는 어느 캄보디아인 노동자와 더불어 그 동료 노동자들과 통화를 했다. 김 대표는 그 동료 여성 노동자들에게 속헹 씨의 사망 경위를 집중적으로 물었다.

특히 사망 이틀 전부터 기숙사의 난방이 가동되지 않았다는 점에 대한 구체적인 증언을 그는 들었다. 그리고 평소 속헹은 특별한 지병이 없었다는 사실도 확인했다. 한 달에 이틀을 쉬며 매일 10시간 이상 중노동을 한 그녀들의 노동환경에 관한 이야기도 들었다. 그녀들은 속헹이 3주 후

✝ 고 속헹 씨가 기거한 기숙사. 2020년 12월 20일. 그녀는 여기서 지내다가 동사했다.

에 귀국할 예정이었다는 말도 덧붙였다. 물론 김 대표는 통화 내용을 모두 녹음했다.

속헹 씨가 사망한 20일은 이삼일 전부터 한파가 지속되고 있었다. 경기도 북부 지역에 있는 포천시에서도 내지에 속하는 일동면의 그날 최저기온은 영하 16도였다. 이 지역은 한겨울에 영하 20도까지 내려가는 날이 적지 않다.

속헹 씨의 주검을 동료 여성 노동자들 4명이 발견한 시간은 20일 오후였다. 그 시간은 동료 노동자들이 한파를 피해 다른 채소농장 기숙사에서 잠을 자고 돌아온 시간이었다. 그러니까 속헹은 혼자 남아 기숙사에서 지내다가 변을 당한 것이다. 기숙사는 채소농장 가운데 있었다. 검은 차광막을 뒤집어쓴 낡은 샌드위치 패널시설물이었다. 불법 시설물을 칸막이로 나누어 방을 세 개 만든 숙소였는데, 속헹 씨는 그 가운데 하나의 방에서 주검으로 발견되었다.

자유로운 상태에서 이야기한 동료 노동자들의 증언은 매우 중요했다. 그녀들은 속헹 씨가 사망하기 이틀 전부터 기숙사의 난방시설이 가동되지 않았다고 말했다. 지속되는 한파에 방의 난방시설 즉 전기장판을 가동하려고 전기 스위치를 누차 올렸으나 작동되지 않았다고 일관되게 말했다. 그녀들은 농장주에게 사정을 전했으나 농장주는 어떤 조처를 하지 않았다. 할 수 없이 그녀들은 피신을 결심했다. 친구들이 일하고 있는 다른 농장 기숙사로 몸을 피한 것이다. 그녀들은 속헹에게도 함께 피신할 것을 권유했다. 그러나 속헹은 그냥 지내보기로 하고 자신의 기숙사에 머물렀다. 주검을 발견했을 당시 속헹은 이불이 있는 방에 쓰러져 있었다. 얼음 같은 방에 쓰러져 있는 그녀의 입가에는 약간의 피를 토한 흔적이 있었다.

23일 이른 아침, 속헹 씨 사망사건 소식을 페이스북에 올렸다. 동료 노동자들의 증언을 신뢰한 나는 그녀의 사망사건에 대한 객관적인 사실을 알리며 경찰과 고용노동부의 철저한 진상조사를 촉구하였다. 그리고 끄트머리에 그녀의 죽음을 '동사'로 추정한다는 말을 덧붙였다. 애도하는 마음으로 고 속헹의 흑백 얼굴 사진도 게시했다. 유가족과 협의한 바 없었지만, 공익적인 차원에서 고인의 사진을 공개한다는 말을 덧붙였다. 아울러 정오에 사건 현장에 갈 것이라는 공지를 했다.

SNS에 글을 올린 뒤 얼마 되지 않아 여러 기자가 내게 연락했다. 평소 SNS에 올리는 이주 노동자들에 대한 글을 살펴보던 기자들만이 아니라 낯선 기자들도 전화했다. 여러 지상파 TV와 종합일간지 신문사 기자들이 었다. 그들은 '동사'라는 단어에 주목하는 것 같았다.

일동면 사건 현장에 도착하자 두어 명의 기자가 다가왔다. 한겨레신문과 경향신문 기자들이었다. 속헹이 사망한 기숙사는 검은 차광막을 덮어놓은 낡은 샌드위치 패널시설물로서 농지법, 건축법, 근로기준법 등을 위반한 시설물이었다. 이런 불법 가건물을 지자체는 철거하지 않고 고용노동부는 이주 노동자의 기숙사로 인정하며 고용 알선해 온 거다. 며칠 뒤 입수한 속헹의 근로계약서를 통해 알게 된 것이지만 속헹과 동료 노동자들은 이 기숙사에 기거하면서 한 달에 15만 원씩 기숙사비를 냈다. 고용노동부는 이런 불법 시설물을 기숙사로 제공하는 사업장에 이주 노동자들을 마구 고용 알선하면서 기숙사비 징수에 대한 지침을 주기도 했다.

속헹이 일한 농장은 규모가 꽤 큰 편이었다. 기업형 농장이었다. 사철 채소를 재배하는 비닐하우스가 150개라고 이웃 농장주들이 말해줬다. 한파가 몰아치는 겨울이지만 비닐하우스 안에는 푸른 채소가 자라고 있었다. 우리가 도착했을 때 농장이나 기숙사에는 아무도 없었다. 농장주와 동료 노동자들은 경찰서에 조사받으러 간 모양이었다. 나는 농장 근처 주민들의 증언에 따라 속헹 씨 기숙사를 찾아 확인했다. 기자들과 함께 움막 같은 기숙사에 접근해 보니 허름한 문은 잠겨있지 않았다. 기자들이 문을 열고 안으로 들어갔다. 그러자 뒤늦게 도착한 여러 언론사 기자들이 방 안에까지 들어가 취재하기 바빴다. 단출한 방들은 냉골이었다.

나와 김이찬 대표는 MBC, SBS TV 그리고 여러 신문사 기자들과 인터뷰했다. 매서운 공기가 볼을 때리는 날씨에도 불구하고 급히 사고 현장으로 달려온 여러 이주노동단체나 인권 단체 활동가들도 함께했다. 김 대표와 나는 인터뷰에서 이주 노동자들의 열악한 주거시설 특히 농어업 이주 노동자들의 형편없는 주거환경에 대해 말하며, 속헹 씨의 죽음과 열악한 주거환경의 연관성에 주목한다는 발언을 했다. 현재 경찰과 고용노동부가 사망 원인에 관해 조사하고 있으나 여러 정황 특히 동료 노동자들의 증언을 고려할 때 '동사' 가능성이 크다는 얘기도 했다. 또한, 위반건축물들을 수십 년 동안 철거하지 않고 방치해 온 지자체를 비판했다. 동시에 그 불법 시설물들을 노동자의 기숙사로 인정하고 이주 노동자들을 마구 고용 알선해 온 고용노동부를 강력히 비판했다.

인터뷰가 끝날 무렵 농장주가 돌아왔다. 그는 우리 활동가들과 기자들에게 거칠게 항의하며 농장 밖으로 우리를 내몰았다. 물론 기자들의 인터뷰에도 전혀 응하지 않았다.

그날 경향신문이 속헹 씨 사건에 대한 속보를 처음으로 내보낸 뒤 여러 언론사가 앞다투어 보도했다. MBC TV와 SBS TV는 저녁 뉴스 시간에 속헹 씨 사건을 보도했다. 언론사들은 이주 노동자들의 열악한 주거환경 실태를 보도하면서 속헹 씨의 동사 가능성을 조심스럽게 간접적으로 언급했다. 보도는 그날만이 아니라 그 후에도 지속해서 이어졌다. 기자들이 포천이주노동자센터를 찾아와 나와 인터뷰를 한 뒤 채소농장들을 방문해 취재하는 열기는 식지 않고 이어졌다. 그 후 언론의 취재와 보도는 2년 가까이 끊이지 않고 있다. 이주 노동자들의 다양한 노동조건과 환경에 대한 언론의 관심과 보도에 감사한다. 일반인들이 이주 노동자들의 실태를 몰라 그들에 대해 오해하거나 편견을 갖거나 혐오도 하는 경향이 있기에 그들의 실상을 알리는 언론의 보도는 의미가 있다고 생각하기에 언론의 취재에 적극적으로 응했다.

23일 오후 김이찬 대표와 대책위원회를 구성하자는 데 합의했다. 우선 '농업 이주여성 노동자 사망사건대책위원회'(가칭) 정도의 이름으로 대책위를 구성하기로 하고 즉시 대책위를 꾸렸다. 사안의 심각성을 인지한 여러 이주노동단체와 인권단체와 시민단체 등이 지체하지 않고 연대했다. 계속 가입단체를 더 받아들이기로 하고 우선 그날 즉시 대책위 이름으로 첫 번째 성명을 발표했다. 그 성명서는 아래와 같다.

이주 노동자 생존권을 위협하는 고용허가제를 규탄한다!
- 비닐하우스는 집이 아니다! 철저하게 진상 규명하고 재발방지대책 마련하라! -

지난 20일(일) 경기도 포천 소재 비닐하우스에서 캄보디아 국적 이주 노동자가 사망한 채 발견되었다. 함께 근무한 4명의 동료의 말에 의하면 포천 지역이 영하 18.6도까지 떨어져 한파 경보가 내려진 지난주 금요일(18일)부터 비닐하우스 숙소에 전기와 난방 장치가 작동되지 않았다고 한다. 두꺼비집(누전차단기) 스위치를 올렸지만 소용없어 다른 동료 4명은 외부 인근 이주 노동자 숙소에서 잠을 자고 피해 이주 노동자 혼자 비닐하우스에 머물렀다고 한다. 진술을 종합해 보면 난방 장치가 작동되지 않은 것이 사망 원인으로 보인다.

어떻게 21세기 대명천지에 얼어 죽는 이주 노동자가 있어야 한단 말인가! 현재 농업 종사 이주 노동자는 비닐하우스, 샌드위치 패널, 컨테이너 등으로 만든 임시가옥에 거주하고 있다. 하지만, 임시가옥은 '집'처럼 안전할 수 없다. 이주 노동자들이 폭염과 폭우, 한파를 막아줄 수 없는 숙소 문제로 어려움을 겪었고, 숙소 화재 등으로 사망하는 사건이 계속 발생했다. 그리고 지난 20일 이주여성 노동자도 사망에 이르렀다. 농촌 비닐하우스 숙소 문제에 안이하게 대응한 정부와 지자체, 노동자 안전에 관심도 없는 사업주의 책임이라고 할 수밖에 없는 산재 사망 사고이다.

'비닐하우스는 집이 아니다'라는 우리의 외침으로 작년 근로기준법, 외국인고용법 개정이 이루어졌지만, 비닐하우스를 제외한 임시가옥은 기숙사로 그대로 허용되고, 사업장 변경 사유를 엄격하게 규정하여 사실상 숙소 문제로 사업장 변경을 한 이주 노동자가 단 한 명도 없는 등 개정된 기숙사 조항은 이주 노동자들에게는 무용지물이었다. 고용허가제를 담당하는 고용노동부와 위반건축물, 불법 용도변경 등을 담당하는 지방자치단체는 고용주들이 농지 가운데 설치한 비닐하우스 임시가옥을 기숙사로 사용하는 것을 알고도 묵인해 왔다.

매년 12월 18일은 세계 이주 노동자의 날이다. 공교롭게도 세계 이주 노동자의 날 이틀 뒤에 한파 속에 비닐하우스에서 이주 노동자 한 명이 세상을 떠났다. 그러나 고장 난 건 난방 장치만이 아니다. 2004년부터 시작된 대한민국 고용허가제는 올해로 17년이 지났지만, 이주 노동자 생존권을 보장하지 못하는 제대로 작동되지 않은 고장상태이고 이에 따라 피해자는 속출하고 있다. 특별히 올해 3년 넘게 임금을 지급받지 못한 이주 노동자, 폭우로 수재민이 된 이주 노동자, 비닐하우스 기숙사 사망 이주 노동자 등 피해는 더 악화하고 있다.

우리는 대한민국 정부에 요구한다.

1. 피해 이주 노동자에 대한 철저한 조사를 통해 사망 원인을 규명하라.
2. 피해 이주 노동자 유족에 대한 사과와 적절한 보상책을 마련하라.
3. 농업 이주 노동자 기숙사 문제에서 다시는 이런 일이 발생하지 않도록
   철저한 재발방지대책을 마련하라.
4. 비닐하우스, 농막, 비닐하우스 내 컨테이너 조립식패널 등 불법 임시시
   설 기숙사 금지하라!
5. 고용허가제 독소조항인 사업장 변경금지정책을 철회하고 사업장 변경
   의 자유를 허용하라.

2020년 12월 23일

농업 이주여성 노동자 사망사건대책위(가) 연명

경기북부평화시민행동, 공익법센터 어필, 공익인권법재단 공감, (사)이주
민과함께, 아시아의창, 원곡법률사무소, 의정부양주동두천환경운동연합,
이주와인권연구소, 정만천하이주여성협회, 정의당포천가평지역위원회, 지
구인의정류장, 포천이주노동자센터, 한국이주여성인권센터, 한국이주인
권센터, 외국인이주·노동운동협의회[부천이주노동복지센터, (사)한국이주민
건강협회 희망의친구들, (사)한국이주여성인권센터, 서울외국인노동자센터, 아산
이주노동자센터, 아시아인권문화연대, 남양주시외국인복지센터, 순천이주민지원
센터, 외국인이주노동자인권을위한모임, (사)모두를위한이주인권문화센터, 원불
교서울외국인센터, 의정부 EXODUS, 인천외국인노동자센터, 파주이주노동자센터

175

샬롬의집, 포천나눔의집, 함께하는공동체], 이주노동자평등연대(준), 건강권
실현을 위한 보건의료단체연합[건강사회를위한약사회, 건강사회를 위한 치과
의사회, 노동건강연대, 인도주의실천의사협의회, 참의료실현청년한의사회], 노동
당, 노동사회과학연구소, 노동전선, 녹색당, 대한불교조계종 사회노동위
원회, 성공회 용산나눔의집, 민변노동위원회, 사회변혁노동자당, 사회진
보연대, 이주노동자노동조합(MTU), (사)이주노동희망센터, 이주노동자운
동후원회, 이주민방송(MWTV), 이주민센터 친구, 전국민주노동조합총연
맹, 전국불안정노동철폐연대, 전국학생행진, 지구인의정류장, 필리핀공동
체카사마코

대책위를 즉시 구성한 데는 이유가 있었다. 2020년 초쯤 내가 연대의
힘을 온몸으로 경험한 적이 있기 때문이었다. 그때는 태국 출신 노동자의
산재 사망사건이 경기 북부 양주시에서 일어났었다. 그 노동자 이름은 자
이분 프레용(33세). 그가 산재로 사망한 사건은 2019년 11월 13일에 일어
났다. 그는 양주시에 있는 한 건축폐기물 처리업체에서 일하다 큰 컨베이
어벨트에 끼여 사망했다. 그는 안전시설이 없는 위험한 작업장에서 혼자
일하다 사고를 당했다. 그가 목숨을 잃자, 시신을 인도해 가기 위해 태국
에 있던 아버지가 통역을 맡은 여성과 급히 입국했다. 둘은 이미 한국에
들어와 노동하고 있던 프레용의 형과 합류했다. 그리고 한 노무사를 선정
해 사측과 협의에 들어갔다. 그러나 사측은 고자세를 취했다. 사장은 아
예 유가족을 만나주지도 않았고, 부사장은 거만하기만 했다. 오만한 자
세를 보인 사측은 유가족에게 보상(민사)액 3천만 원을 제시하며 시신을

176

속히 화장하도록 압박했다.

　난처해진 유가족은 경기 북부 민주노총 비정규직센터에 도움을 청했다. 사안이 이주 노동자 문제인지라 그 센터는 우리 포천이주노동자센터로 연락했다. 이 사건을 접수한 우리 센터는 그 민주노총 센터와 손잡고 대책위를 꾸렸다. 고 자이분 프레용 산재 사망사건 대책위를 구성하는 데는 시간이 오래 걸리지 않았다. 경기 북부 지역에서 활동하는 이주노동단체와 인권단체와 시민단체 그리고 몇 개 교회들이 연대하여 대책위를 구성하고 활동에 들어갔다. 우리와 협의하며 대책을 논의한 유가족은 고인을 화장하지 않기로 작정하고 함께 활동에 들어갔다.

　대책위와 유가족 사이의 소통이 중요한 일인데, 그 일을 위해 적극적으로 수고한 사람은 태국인 여성 통역자였다. 매서운 겨울, 사철 더운 나라 태국에서 온 유가족은 물론 여성 통역자의 수고가 많았다. 2019년 12월 23일 대책위는 회사 앞에 현수막을 내걸고 첫 번째 기자회견을 열며 성명을 발표했다. '그만 죽여라!'라는 제목의 성명을 발표하며 이주 노동자들의 심각한 산재 문제를 드러냈다. 경찰서와 고용노동부의 철저한 조사와 수사를 촉구하며 사측의 사과를 요구하고, 사측의 성의 있는 협상을 촉구했다.

　기자회견 뒤 대책위는 유가족과 함께 사장 면담을 요구하고 회사로 들어갔다. 사장은 면담에 응하지 않고 부사장이 나섰다. 그는 여전히 오만한 태도를 보이며 고인의 화장을 먼저 하라는 요구를 했다. 그 자리에서 고인의 아버지는 통역자의 도움을 받아 한마디 했다.

　"내 아들은 개가 아닙니다."

그 말을 남기고 자리에서 일어났다. 유가족의 의사를 존중한 대책위는 사측에 민사 배상액으로 3억을 제시했다. 이는 민사 배상에 대한 법규에 따라 산정한 것이었다.

때가 마침 크리스마스였기에 25일 고인이 안치된 병원 장례식장에서 기도회를 개최했다. 교인들과 대책위 소속 단체 활동가들과 시민들이 참여한 가운데 우리는 산재 근절과 유가족을 위해 기도했다. 아울러 기업 살인법 제정을 바라는 기도도 했고 헌금도 모아 유가족에게 전달했다. 기도회에 관한 기사를 한겨레신문과 뉴스앤조이(기독교인터넷신문)가 보도했다.

기도회 이튿날 대책위는 산재 근절을 촉구하는 현수막을 의정부와 양주시 곳곳에 내걸었다. 그러자 사측은 대책위와 유가족을 만나 협상에 들어갔다. 사측은 민사 배상액 8천만 원을 제시했고 유가족은 2억 5천만 원을 요구하여 협상은 결렬됐다. 경향신문이 프레용의 산재 사건에 대해 보도했다. 12월 30일 대책위는 프레용의 아버지와 고 김용균 씨의 어머니가 광화문에서 만나는 기회를 주선했다. 태안 화력발전소에서 산재로 사망한 청년 노동자 김용균 씨의 어머니와 프레용의 아버지가 만나 이야기를 나누며 산재 근절을 함께 촉구하는 기회를 얻고 싶었다. 대책위는 그 자리를 마련했고 그 만남에 관한 기사를 한겨레신문, 경향신문, 서울신문 등이 써서 내보냈다.

새해를 맞이한 후 1월 6일, 대책위는 유가족과 함께 의정부 고용노동부 앞에서 다시 기자회견을 열었다. 이 회견 뒤 사측이 변화를 보였다. 사장이 대책위를 방문해 유가족에게 사과한다는 뜻을 밝혔다. 그리고 협상이 급물살을 탔다. 결국, 민사 배상액이 1억 5천만 원으로 합의가 되었다. 이 금액은 이주 노동자 산재 사망사건 역사에서 미등록노동자 민사 배상액 가운데 최고를 기록하는 것이었다. 연대를 통해 이주 노동자의 산재 문제를 여론화하고 유가족을 돕는 좋은 결과를 얻었다. 이 연대 활동은 아주 귀한 경험이었고 연대가 힘이라는 교훈을 대책위 구성원들에게 깊이 심어주기도 했다. 그동안 경기 북부 지역에는 이런 연대를 통한 선한 싸움이 거의 없었기 때문에 연대에 참가한 사람들에게 프레용 대책위 활동은 값진 교훈을 주었다.

2020년 12월 27일, 고 속헹을 부검하는 날이 다가왔다. 그녀의 사망 사건을 조사하고 있던 포천경찰서는 국립과학수사연구원에 고인에 대한 부검을 의뢰했다. 고인을 부검한 다음 날 화장을 했는데 무척 급하게 진행되었다. 이를 주도한 주체는 주한 캄보디아 대사관이었다. 대책위는 재빨리 화장하는 것에 대해 반대했다. 사건에 대한 진상조사를 이제 시작하는 단계인 데다 유가족이 입국하지 않은 상태였기 때문이다. 대책위는 캄보디아에 있는 유가족과 연락하고 소통하며 활동 하고 싶었다. 그래서 유가족(속헹의 언니와 큰아버지)과 어렵게 연락을 해보니 유가족은 이미 대사관에게 모든 일 처리를 위임한 상태였다.

장기간 독재정치를 하는 캄보디아의 대사관은 속헹 씨 사망사건을 언급하면서 주한 캄보디아인들은 한국에 있는 이상한 민간 단체와 접촉하지 말라는 내용을 공지했고 고인의 화장을 재빨리 진행했다. 화장하는 장소도 경기 북부가 아니라 경기 남부에 있는 성남시에서 했다. 그리고 새해 1월 초 성남시장과 캄보디아 대사가 성남시청에서 만나는 행사를 했다. 이 만남에는 성남시에 있는 한 이주 노동자단체가 동석했다. 그 이주민단체는 지자체로부터 많은 재정 지원을 받는 단체였다. 이 만남은 속헹 씨 화장과 연관성이 있는 것이 아닌가 하는 의심을 자아내기도 했다.

한국에 있는 동남아 여러 나라의 대사관들은 나에게 부정적인 인상을 많이 심어주었다. 이주 노동자들을 지원하는 활동을 하면서 경험한 주한 동남아 국가들의 대사관은 대개 자국의 노동자 편에서 일을 처리하지 않았다. 어려움에 부닥친 노동자를 돕는 시늉만 할 뿐 진정 자국의 노동자를 위한 일은 하지 않는 모습이 역력했다. 어떤 사건이 일어나면 그저 쉬쉬하면서 덮어버리거나 졸속 처리하기에 바빴다. 자국에서 온 이주 노동자들을 단지 외화벌이를 위한 일회용 수단으로 여기는 의식이 농후해 보였다. 노동자를 일회용품처럼 보고 취급하는 경향이 많았다.

재빠른 화장에도 불구하고 대책위는 유가족과 계속 접촉을 시도하며 유가족을 진정으로 돕기 위한 길을 모색했다. 유가족만이 아니라 이주 노동자 전체를 위해서 속헹 씨 산재 사망사건에 대한 처리 과정은 아주 의미 있는 선례가 될 수 있기에 대책위는 매우 신중하게 일을 해나갔다. 제대로 된 대책 활동을 하고자 했다.

고 속헹 씨를 화장한 날, KBS 라디오의 한 시사프로에 출연해 인터뷰했다. 그 시간에 속헹 씨의 사망 경위를 말하며 열악한 이주 노동자들의 주거환경에 관해 설명했다. 그리고 많은 사업주와 고용노동부가 이주 노동자들을 '말하는 동물' 정도로 보며 취급한다고 역설했다.

12월 30일에는 대책위가 집회를 열었다. 속헹 씨가 일한 채소농장 입구에서 제2차 기자회견을 하며 고인을 추모하는 집회였다. 참여자들은 헌화도 했다. 물론 이주여성 노동자들과 내국인 여성들도 헌화했다. 한낮에도 영하 10여 도까지 내려가는 매서운 날이었다. 우리는 이 집회에서 고인의 사망사건에 대한 철저한 진상조사와 이주 노동자 기숙사에 대한 근본 대책 마련을 촉구하였다. 이 집회를 마친 뒤 대책위는 포천경찰서와 의정부 고용노동부 앞으로 자리를 옮겨 연속 집회를 했다.

2021년 새해를 맞이해서도 이주 노동자의 주거환경에 대한 사회적 관심이 계속 이어졌다. 언론의 관심이 끊이지 않았다. 그러자 정치권에서도 관심을 두고 움직였다. 1월 7일 정의당 류호정 의원이 속헹 씨가 일한 채소농장을 방문했다. 그리고 고인이 사망한 숙소를 살펴보고 농장주와도 대화했다. 농장주는 류 의원과 대책위 위원들과 기자들 앞에서 말했다.

"나는 이주 노동자들을 가족처럼 잘 대해 줬다."

그 말은 듣는 이들을 어리둥절하게 만들었다. 류 의원의 방문에 뒤이어 더불어민주당 양이원영 의원(국회 환노위 소속)이 의정부 고용노동부를 방문했다. 거기서 속헹 씨 사망사건에 대한 보고를 받고 사건 이후 진행 과정을 관계 공무원들한테서 들었다. 그 자리에 대책위 위원들도 참석해 발언했다. 대책위의 요구 사항을 전달했다.

경제 규모가 세계에서 10위권에 든다는 코리아. 선진국이라는 소리를 듣는 한국에서 숙소에서 동사한 이주여성 노동자에 대한 국민적 관심이 높아졌다. 충격을 받은 국민들은 이주 노동자들의 주거환경에 관한 관심을 가질 뿐 아니라 속헹 씨의 사인에 대해서도 예의주시했다. 국과수의 부검 결과를 기다리면서 사인에 관한 관심도 높아지는 때에 시의적절한 보도를 한 언론이 있었다. JTBC와 SBS였다. 두 방송사는 1월 8일 저녁 속헹과 연관된 보도를 했다. 전자는 뉴스 시간에 밀착 카메라라는 코너를 통해 속헹 씨 동료 노동자들의 증언을 내보냈다. 대책위가 제공한 녹취록을 근거로 그 노동자들의 음성을 처음으로 내보냈다. 요지는 속헹 씨의 사망 이틀 전부터 숙소의 난방시설이 가동되지 않았다는 것이었다.

후자는 〈궁금한 이야기 Y〉라는 프로를 통해 비교적 긴 시간을 할애해 속헹 씨 사망사건을 조명하며 그 사건의 구조적인 배경도 다루었다. 국회가 만들고 정부가 집행하는 법과 제도가 이주 노동자의 열악한 주거환경을 만들고 있다는 사실을 드러내는 방송을 했다. 이 프로는 그동안 단편적인 뉴스나 인터뷰가 주를 이룬 속행 씨에 대한 보도들과는 차별이 있었다. 좀 긴 서사를 갖고 이주 노동자들의 주거환경과 노동조건을 생동감 있게 드러내며 보도해 줌으로써 일반 시민들에게 설득력 있게 다가갔다.

코리아에서 일하는 이주 노동자들의 주거환경과 노동조건에 대한 언론의 관심은 국내에 머물지 않고 해외 언론까지 확대되었다. 1월 둘째 주에는 BBC 영국 국영방송이 우리 센터를 찾아왔다. 서울 특파원 로라 비커와 취재진이 찾아와 이틀 동안 인터뷰하며 취재했다. 매서운 추위에도 불구하고 로라 비커는 나의 안내에 따라 경기 북부 채소농장들을 둘러봤다. 비닐하우스 안에서 일하는 이주 노동자들을 만나보고 그들이 기거하는 움막 같은 기숙사도 살펴보았다. 최근 언론의 비판적인 보도로 말미암아 많은 농장주들이 외부인들을 심하게 경계했다. 특히 언론사의 취재를 거부하며 반발했다. 농장주들의 반발과 눈을 피해 우리는 이주 노동자들의 주거 실태를 살펴보았다.

로라 비커는 열악하기 그지없는 주거환경을 보며 적지 않게 놀라는 기색이 역력했다. 그녀는 짐승 우리 같은 기숙사 안에서 이주 노동자들과 인터뷰했다. 그리고 나의 목소리도 그 현장에서 카메라에 담았다. 이 취재는 얼마 뒤 BBC TV와 라디오를 통해 보도되었다. 온종일 뉴스 시간에 방송되었다. 로라 비커는 이틀 동안 인터뷰하면서 내가 한 많은 말 가운데서 핵심적인 말만 뽑아 내보냈다. 핵심적인 말은 바로 이것이었다.

"가장 고통스러운 것은 일터 이동의 자유가 없다는 것. 그리고 이주 노동자들은 고용주에게 절대적으로 예속돼 있다는 것입니다. 앞에서 말씀드린 철저한 주종관계, 이것이 모든 인권, 기본권, 노동권 침해의 근원 원인입니다."

영국 BBC에 이어 미국의 AP 통신도 우리 센터를 찾아왔다. 북한에도 지국을 갖고 있다는 이 연합통신사도 코리아에서 일하는 이주 노동자들의 인권, 주거기본권 등에 큰 관심을 두고 취재했다. 나와 인터뷰를 한 뒤 취재진은 현장으로 갔다. 강추위 속에서 저녁까지 채소농장들을 둘러보고 얼음 같은 기숙사에서 이주 노동자들을 만난 김동형 특파원의 취재를 방해한 요소가 있었다. 그건 다름 아니라 농장주들이었다. 나의 안내에 따라 현장에서 취재한 취재진은 거칠게 항의하는 농장주와 대면하기도 했다. 이주 노동자들의 열악한 노동환경과 실태가 공개되는 것을 꺼린 농장주들의 반발과 경계가 심했다.

결국, 김 기자는 비교적 긴 기사를 써서 보도했다. 여러 개의 사진을 곁들인 그 기사에서 기자는 현대판 노예라는 단어를 써가며 이주 노동자들의 현실을 설명해 나갔다. AP 통신은 연합통신사답게 이 기사를 널리 유포시키는 위력을 발휘했다. 미국의 주요 신문사는 물론 세계 여러 신문사가 이 기사를 받아 보도했다.

1월 중순 국과수의 부검 결과가 나왔다. 공식적인 발표 이전에 하는 구두 발표였다. 속헹의 사인은 간 질환에 의한 합병증이라는 게 발표 요지였다. 이 결과를 토대로 정부는 속헹의 사망이 개인의 질병에 의한 것이라는 여론을 조성하려는 듯했다. 그러나 많은 국민은 농업 이주 노동자들의 주거환경과 노동조건을 그동안 국내외 언론을 통해 생생히 보았기 때문에 정부의 뜻대로 여론이 전개되지는 않았다. 나는 마침 MBC 라디오의 시사프로에 출연할 기회가 주어져 생각을 맘껏 이야기했다. 인터뷰에서 사인에 대해 집중적으로 말했다. 동료 여성 노동자들의 증언을 근거로 역설했다. 간 질환은 작은 사인이고, 사망 이틀 전부터 난방이 가동되지 않은 얼음 같은 기숙사는 큰 사인이라고 힘주어 말했다.

_고용노동부의 새 정책 발표

고용노동부는 2021년 1월 초 이주 노동자의 기숙사에 대한 새 정책을
발표했다. 다소 획기적인 내용이었다. 이제까지 이주노동 정책을 펼쳐온
고용노동부의 관행이나 습성을 알기에 획기적이라는 표현을 썼다. 기대
하지 않은 정책이었다. 그 요지는 두 가지였다.

> 1. 앞으로 불법 시설물을 기숙사로 제공하는 사업장에는 외국인 노동자
> 의 고용을 불허한다. 농어업 사업장은 1월부터 시행하고 제조업이나 서
> 비스업 등 다른 모든 분야는 7월부터 시행한다.

여기서 앞으로라는 표현은 1월부터라는 의미와 함께 새 근로계약이
라는 의미가 있는 것이었다. 합법적으로 들어온 이주 노동자가 새 근로계
약을 맺는 경우는 처음 한국에 입국해 근로계약을 맺는 경우와 고용을
연장할 경우가 있다. 취업비자로 입국하는 이주 노동자는 3년짜리 비자
를 발급받는다. 그가 만약 특별한 일 없이 그 기간 근로를 했을 경우, 1년
10개월 고용을 연장할 수 있다. 그때 새로 근로계약을 맺게 된다. 새로 근
로계약을 맺는 경우는 또 있다. 한번 입국해 4년 10개월 동안 노동한 뒤
출국했다가 다시 입국해 취업하는 경우다. 이 경우에도 새로 근로계약을
맺게 된다.

> 2. 기존의 불법 시설물에 기거하는 이주 노동자가 기숙사 때문에 사업장
> 변경을 원한다면, 고용노동부가 직권으로 사업장을 변경시켜 준다.

이 발표를 대책위는 긍정적으로 평가했다. 물론 이것은 근본적인 대책은 못 되지만, 미흡하나마 이 정도 정책이라도 강력히 시행하면 이주노동자들의 주거환경이 점진적으로 나아질 것이라는 판단했다. 이 정책은 나름대로 획기적인 측면이 있었고 주거환경을 개선하는 데 꽤 도움이 될 것이라는 생각을 했다.

하지만 한편으로 고용노동부를 의심했다. 이 정책을 과연 그대로 시행할지 하고 의심한 것이다. 이 의심은 이제까지 이주노동 정책을 집행해 온 고용노동부의 관행과 습성을 알기 때문에 생긴 것이었다. 이 정책도 혹시 용두사미식으로 진행되지 않을까 하는 의심을 떨쳐버릴 수 없었다. 일단 새 기숙사 정책을 강력히 집행하라고 촉구하면서 두고 보기로 했다.

농업경영인연합회는 새 주거 정책에 대해 강력히 반발했다. 그들은 집단으로 시위도 했다. 그들은 새 정책이 탁상행정이라 비판하며 너무 시급한 집행이라며 반발했다. 그들은 이주 노동자들을 고용한 사업체는 영세하다는 점을 부각하며 새 정책은 현실성이 떨어진다고 했다. 이런 움직임을 본 나는 여러 언론 매체의 인터뷰를 통해 대책위의 입장을 대변했다. 즉 새 주거 정책의 강력한 집행과 아울러 농어업 사업장에 대한 정부의 정책적 지원과 재정적인 지원을 요구하였다.

3월에는 이주 노동자의 주거시설에 대한 새 정책이 고시되었다. 고용노동부 장관은 그 정책을 공식적으로 고시했다. 그 후 고용노동부가 과연 새 정책을 집행하는지 지켜보기 시작했다. 그런데 그 시기는 코로나 사태가 한창인지라 외국인 노동자의 입국이 드물었다. 그러다 보니 우리 지역에서 주거에 대한 노동부의 새 정책이 집행되는 경우를 보기 힘들었다.

그러던 중 우리 센터에 한 상담이 들어왔다. 베트남 출신 노동자였다. 그는 한국 국적을 가진 베트남 여성의 소개로 우리 센터를 찾아왔다. 그

185

는 채소농장에서 일하는 노동자였는데, 그의 기숙사는 불법 시설물로 열악하기 그지없었다. 그는 기숙사 때문에 일터를 옮기고 싶어 했다.

그의 기숙사는 채소농장 가운데 있었고 난방은 제대로 가동되지 않아 한파를 이겨내기가 어려운 정도였다. 식수로 밭에 있는 지하수도에서 물을 길어다 사용했는데, 지하수도는 얼어붙어 물을 마시기조차 쉽지 않았다. 온수기도 제대로 가동되지 않아 냉수로 세수해야 했다.

또한, 고용주가 제공한 온수기는 감전의 위험이 있었다. 고무통 안에 막대 같은 전기봉을 넣고 사용하는 온수기였는데 위험하기 짝이 없었다. 그 노동자는 세 번이나 감전되어 죽을 뻔했다며 하소연했다. 우리는 그가 주거시설 문제로 사업장 변경을 신청하도록 도왔다. 노동부는 이 노동자에게 직권으로 사업장 변경을 허가했다. 고용주의 동의 없이 노동부는 주거시설에 대한 새 정책대로 집행한 것이다. 담당 직원은 이제까지 기숙사 문제 때문에 사업장을 직권으로 변경해 준 사례를 본 적이 없다고 말했다.

이 사례를 보면서 고용노동부의 의지를 확인했다. 이 사례는 우리 지역에서 주거시설에 대한 새 정책을 집행할 의지가 노동부에 있다는 사실을 확인시켜 준 최초의 사례가 되었다. 이 사례를 통해 앞으로 주거시설 개선 사업이 순탄하게 진행되기를 간절히 빌었다.

이주 노동자의 주거시설에 대한 일반 시민들의 관심이 갈수록 높아지고 고용노동부가 새 정책을 내놓자, 경기도가 전수조사하겠다고 나섰다. 이재명 도지사는 경기도 안에 있는 농어업 이주 노동자들의 기숙사에 관한 전수조사를 하겠다고 발표한 뒤 실행했다. 이 조사는 면접조사로 조사원들이 사업장을 찾아다니며 조사하는 것이었다. 조사 결과는 현실이 대체로 반영된 통계를 내놨다. 통계에 의하면 경기도 안에 있는 농어업 사업장의 기숙사 가운데 80.5%가 불법 시설물이었다. 그 숫자는 1,500

개 정도였다.

이 전수조사는 제조업 쪽은 하지 않았다. 나의 경험으로 볼 때 경기도 안에 있는 제조업 쪽 이주 노동자의 기숙사 가운데 태반이 불법 시설물이다. 그 숫자는 아마도 5천 개 이상일 것이다. 공장 안에 있는 마당이나 공장 건물 옥상에 설치한 컨테이너나 샌드위치 패널시설물이 많다. 일반인들은 기숙사로 사용하는 이 불법 가건물들을 보기 힘들다. 대개 공장 울타리 안에 있거나 건물 옥상에 있기 때문이다. 그 시설물들을 숙소라고 생각하기도 어렵다. 농장 기숙사도 은폐되기는 마찬가지다. 농장 한쪽에 검은 차광막으로 덮어놓은 시설물을 숙소라고 보기는 어렵다. 일반인 대다수는 그것을 창고라 생각한다.

2021년 봄이 왔다. 농사짓는 일이 더욱 바빠지는 계절이 온 것이다. 외국인 노동자들이 일하는 경기 북부 채소농장은 대개 사철 농사를 짓지만 아무래도 한겨울에는 일이 좀 줄어든다. 해도 짧고 한파가 심하니 그렇다. 봄이 되면 일이 더 많아지고 일손도 더욱 필요하다. 코로나 때문에 외국인 노동자들이 입국하지 못하는 기간이 늘어남에 따라 농어업만이 아니라 제조업 분야에도 외국인 노동자 일손 구하느라 아우성쳤다. 농업, 어업, 제조업, 서비스업 등에서 기초산업은 외국인 노동자 없이는 잘 안 돌아가는 현실을 사업주들은 코로나 사태를 맞아 더욱 절감하게 되었다.

외국인 노동자의 일손을 구하기 위해 경쟁을 벌이는 사업주들이 외국인 노동자를 서로 고용하려고 할 때 우선적인 대상은 미등록 노동자들이다. 소위 불법체류자들은 일터 이동을 자유롭게 할 수 있으니 그 첫 대상이 되는 것이다. 그다음은 농어업에서 일하는 이주 노동자들을 제조업 쪽에서 빼간다. 합법적으로 입국한 노동자라도 빼가는 거다. 이는 제조업 이주 노동자의 노동조건과 환경이 농어업보다 상대적으로 낫기 때문에 가능하다.

미등록 노동자를 경쟁적으로 고용할 때 사업주들이 쉽게 하는 방법은 임금을 더 많이 주는 것이다. 그러다 보니 하루 일당이 19만 원까지 오르기도 하는 경우가 전국 여기저기서 생겨났다. 한편 어느 중소기업체들은 농장에서 일하는 노동자들을 설득해 저녁에 일하도록 하기도 했다. 우리 센터 멤버 가운데 채소농장에서 일하는 노동자들이 많았는데, 그들 가운데 다수가 저녁에 농장 근처 공장에서 또 일하는 진풍경이 벌어지기도 했다. 한 시간에 임금 만 원을 받고 야간노동을 두세 시간 동안 하는 노동자들이 있었다.

농어업 분야와 중소기업체에 외국인 노동자의 일손이 모자라자, 정부는 이주 노동자의 출국을 미루어 주는 정책을 펼치기도 했다. 5년이나 10년 가까운 기간 동안 노동을 해, 취업비자가 만기가 되어 고국으로 돌아가야 할 노동자들에게 취업 기간을 연장해 주는 행정을 핀 것이다.

그런가 하면 강원도나 전라도 같은 지역의 지자체들은 계절 근로자들을 해외에서 급히 데려오는 사업을 벌이기도 했다. 이는 5개월 정도 단기간 체류하며 농업 분야서 일할 수 있는 이주노동제도인데 실패하는 경우가 많았다. 허술한 행정 능력을 가진 지자체가 이 제도를 추진하다 보니 허점이 많이 드러난 것이다. 브로커가 개입해 물의를 일으킨 경우만 아니라 이탈자가 속출하는 사건이 마구 터졌다. 어느 지자체에서는 계절근로자 가운데 절반 이상이 이탈하는 사건도 발생했다.

수시로 경기 북부 지역 채소농장들을 둘러보는 게 일이었다. 제조업에서 일하는 이주 노동자들은 문제를 갖고 우리 센터를 찾아오지만, 농업 이주 노동자들은 주로 농장으로 찾아가서 만났다. 농장은 여름에 보통 저녁 6시 정도까지 일을 하므로 저녁에 찾아가서 만나기도 했다. 낮 최

188

고기온이 35가 넘는 폭염이 기승을 부린 어느 날, 채소농장들을 둘러보러 또 나섰다. 이주 노동자들을 만나는 게 목적이었다. 이미 아는 노동자들은 아는 대로, 낯선 이주 노동자는 낯선 대로 만나 이야기를 나누었다. 한국말이나 영어로 안 되면 번역기를 사용해서라도 소통했다.

하루는 포천시 가산면에 있는 한 채소농장에 들렀다. 마침 캄보디아인 여성 노동자들이 비닐하우스 안에서 하던 일을 막 끝내고 기숙사를 향하여 걸어오고 있었다. 낯이 익은 얼굴들이었다. 코로나 방역을 위한 마스크를 두어 번 주면서 사귄 노동자들이었다. 그녀들은 한국말을 제법 했다. 찜질방 같은 기숙사에 들어가 이야기를 나누다 보니 농장주가 짓고 있는 기숙사에 관한 이야기가 나왔다. 알고 보니 농장 한쪽에 농장주가 소유한 대지가 있어, 거기에다 농장주가 이주 노동자들을 위한 기숙사를 짓는 것이었다. 그녀들과 작별 인사를 하고 그 현장을 가 보았다. 대지 한 모서리에 건축허가증을 붙여놓고 집 지을 터를 닦아놓은 모습을 확인할 수 있었다. 농장주 열 명 가운데 한두 명만이 자기 땅을 갖고 농사를 짓기에 이런 경우는 드물겠지만 좋은 현상이라 생각했다. 하지만 대부분의 농장주는 토지를 빌려서 농사를 짓는다. 그렇기 때문에 그들이 앞으로 일반적으로 선택할 수 있는 것은 농장 인근에 있는 원룸이나 빌라나 아파트를 임대해 기숙사로 제공하는 것이다.

다음날 그 가산면에 있는 부동산에 문의했다. 부동산 직원은 말했다. 농장주나 공장 사장들의 문의 전화가 잦은 편이라고 했다. 기숙사로 제공할 원룸이나 빌라 등에 대한 문의가 늘었다는 얘기였다. 그러면서 그 직원은 기숙사로 사용할 원룸이나 빌라나 아파트가 별로 없다는 말을 덧붙였다. 공급이 부족한 것이다. 둘이 기거할 수 있는 원룸 한 달 임대료는 30~35만 원쯤 했다.

이주 노동자들이 일하는 비닐하우스 안의 온도가 섭씨 40도가 넘는 푹푹 찌는 어느 날, 농장을 둘러보는 도중에 처음 보는 얼굴을 만났다. 키가 크고 속눈썹이 긴 남성 노동자였다. 곱슬머리가 인상적이었다. 그는 작은 채소농장에서 혼자 일을 했다. 무더위 때문에 아침 일찍 일을 시작하고 오후 3시쯤 일을 마감한다고 했다. 출퇴근하는 농장주는 퇴근하고 없었다.

나는 농장 한 귀퉁이에 있는 그의 기숙사에 들어갔다. 그 기숙사는 불법 시설물이었다. 회색 비닐을 뒤집어쓴 낡은 샌드위치 패널시설물, 벼가 자라는 논 옆에 있는 기숙사는 실외에 낡은 간이화장실이 있었다. 그의 방에서 그 변소까지 거리는 70m쯤 되었다. 친근감을 품고 맞이해준 그가 커피를 타 주었다. 한국말을 웬만큼 하는 그에게 언제 한국에 왔느냐고 물었더니 한 달 전에 입국했다고 했다. 한 달 전이면 6월이었다. 커피를 마시며 이야기를 나누다 보니 그는 재입국 취업을 한 노동자였다. 4년 10개월 동안 일을 하고 제 나라 캄보디아로 돌아갔다가 다시 온 경우였다. 고용주의 동의를 받으면 그처럼 재입국 취업을 할 수 있다. 그런데 그의 재입국 날짜가 6월이라는 게 눈길을 끌었다. 나는 그의 외국인등록증을 보고 싶었다. 그 증에는 그의 현주소가 기록되어 있기 때문이다. 그가 보여준 증을 보니 현주소가 인근에 있는 빌라로 되어 있었다. 빌라를 기숙사로 제공한다는 자료를 노동부에 제출하고 고용알선을 받은 뒤, 움막 같은 불법 기숙사에 노동자가 기거하도록 한 농장주의 불법을 상상했다. 그런 추정을 하면서 귀가한 나는 사실 확인을 위한 기회를 노리고 있었다.

그런데 때마침 그 기회가 생겼다. 〈시사 기획 창〉이라는 프로를 만드는 KBS TV 기자가 마침 우리 센터를 찾아왔다. 인터뷰를 마친 기자는 농업 이주 노동자들이 일하는 농장으로 달려가 직접 취재했다. 고 속헹 씨가 사망한 농장도 방문한 그 여성 기자는 앞에서 말한 캄보디아인 노동자의 기숙사도 들렀다. 취재진과 함께 노동자의 등록증에 적혀있는 빌라를 찾아갔다. 그리고 그 문제의 빌라에 사는 사람을 직접 만나 확인했다. 그 빌라는 농장주의 집이었다. 주거시설에 대한 노동부의 새 정책을 교묘히 피해서 이주 노동자를 고용한 불법 행위가 드러난 것이다. 농장주는 불법을 꾸미고 고용노동부는 그것을 눈감아주는(혹은 단속하지 않거나 방치하는) 사례를 처음 확인했고 마음은 씁쓸했다.

씁쓸한 마음과 함께 정부에게 권고하고 싶은 생각이 뇌 속을 채웠다. 기숙사를 마련하는 사업주들에게 정부가 정책적이거나 재정적인 지원을 할 필요가 있다는 생각이다. 이주 노동자들을 위한 공공임대주택도 보급할 필요가 있다는 생각도 했다. 〈시사 기획 창〉은 긴 취재 기간을 거친 뒤 「불법을 삽니다」라는 제목으로 한 시간 가까운 방송을 내보냈다. 이주노동 문제를 다각도로 심도 있게 다룬 좋은 방송이었다.

한편 '이주 노동자 기숙사 대책위'는 속헹의 유가족과 지속해서 접촉을 시도했다. 최소한도 유가족이 산재보험 보상이라도 받을 수 있도록 돕고 싶었기 때문이다. 대책위는 캄보디아에 있는 속헹의 언니나 큰아버지와는 전화 접촉을 할 수 있었다. 그러나 그들이 한국의 법이나 물정을 잘 알지 못할 뿐 아니라 주한 캄보디아 대사관의 소극적인 태도 때문에 어려움을 겪었다. 대사관은 산재보험 보상을 받을 수 있다는 가능성조차 인식하지 못하는 실정이었다. 이주 노동자 사건을 대충 덮어버리는 습성을 갖고 있는 대사관인지라 그 가능성은 아예 상상도 안 했다.

그러나 속헹 씨의 사망사건은 산재로 인정받고 그 보상까지 받을 가능성이 있었다. 5명 이상의 노동자가 고용된 농어업 사업장에서 산재가 발생하면, 그 노동자는 산재를 신청할 수 있기 때문에 대책위는 산재보험 보상을 신청하고자 했다. 물론 농업 이주 노동자가 노동 현장에서 속헹

191

씨처럼 사망한 경우 이제까지 산재를 신청한 사례가 거의 없다. 더구나 산재 승인을 받은 사례는 아예 없는 것으로 알려져 있었다. 그러나 대책위는 집요하게 유가족과 접촉해 산재를 설명하고 산재를 신청했다.

이를 위해서 한국에서 노동하고 캄보디아로 돌아간 캄보디아인 노동자들의 수고가 많았다. 그들은 대책위 법조팀의 지휘 아래 직접 속행 씨 유가족을 만나 산재를 신청하기 위한 작업을 했다. 안산에서 활동하는 최정규 변호사를 비롯한 여러 변호사가 수고했다. 대책위의 끈질긴 노력 끝에 결국 속행 사건은 산재 승인을 받았다. 2022년 5월, 그러니까 사고 난 지 1년 반 만에 근로복지공단(노동부)은 속행 씨 사망사건에 대해 산재 승인을 했다. 승인한 사유에서 중요한 점은 그녀의 죽음과 그녀의 노동환경과의 연관성을 인정한 점이다. 특히 주거환경과의 인과성을 인정한 점은 매우 중요한 점이다. 속행 씨가 산재로 동사했음을 국가가 인정한 것이다. 그녀의 언니와 어머니 등 유가족은 산재 승인 사실을 전달받은 뒤 대책위에 감사의 인사를 했다.

_ 앙헹의 무릎 연골 파열

포천시의 인구는 15만여 명이다. 그 가운데 이주노동을 하는 사람이 대략 2만 명이 넘는 것으로 추정된다. 포천시 가산면에는 작은 공장만이 아니라 채소농장들이 많다. 농장 옆에 공장, 공장 옆에 농장 이런 식으로 줄지어 있다. 농장과 농장 사이에는 논이 조금씩 있어 계절의 흐름을 쉽게 감지할 수 있게 한다. 논에서 자라는 벼들이 그렇다. 벼가 익어 고개를 점점 숙이는 계절 어느 날 오후 가산면의 한 농장을 방문했다.

그곳은 캄보디아인 노동자 7명이 일하는 곳이다. 앙헹 씨 하나 빼놓고 나머지는 모두 20대와 30대다. 그들은 나와 자주 얼굴을 본 사이다. 그날도 그들은 여느 때와 마찬가지로 비닐하우스 안에서 쪼그려 앉아 상추 수확을 한창 하고 있었다. 농장을 찾아간 까닭은 앙헹을 만나기 위해서였다. 그녀의 나이는 49세다. 취업비자로 한국에 들어와 일한 지는 9년되었다. 그러니까 그녀가 한국에 처음 입국한 때 그녀의 나이는 마흔 살로 한국에 취업비자로 올 수 있는 마지노선인 나이였다.

이주 노동자들이 일하는 비닐하우스 여기저기 살펴보았지만, 앙헹은 보이지 않았다. 동료 노동자들에게 물어보니 기숙사에 있다고 말했다. 그녀는 농장 한쪽에 있는 숙소 방에서 쉬고 있었다. 왼쪽 무릎이 아파 일을 할 수 없다고 했다. 그녀가 몇 달 전부터 무릎이 아프다고 말했기 때문에, 나는 그녀에게 큰 병원에 가서 정밀검사를 받고 정확한 진단을 받아야 한다고 누차 말한 적이 있었다. 이제 일을 못 할 지경까지 되었기에 그녀에게 큰 병원에 함께 가자는 제안에 다시 힘주었다. 그녀는 마지못해 수긍하는 말을 했다. 이튿날 그녀를 데리고 의정부에 있는 병원으로 갔다. 그녀는 농장주의 눈치를 많이 보았다. 농장주는 일하지 않는 날은 월급에서 제외하고 임금을 지급한다.

찾아간 병원은 허리와 관절을 전문으로 치료하는 중형병원이었다. 의사의 지시에 따라 MRI 사진을 찍은 뒤 의사를 만났다. 진단 결과는 무릎 연골 파열이었다. 내가 의사에게 그녀의 노동환경에 대해 자세히 설명하자 의사는 그녀가 장기간 한 작업 즉 쪼그려 앉아서 한 노동과 무릎 연골 파열은 연관성이 많다는 소견을 내놨다.

앙헹은 9년 동안 비닐하우스 안에서 쪼그려 앉아서 일했다. 한 달에 쉬는 날은 이틀뿐이다. 하루 보통 11시간씩 9년 동안 쪼그려 앉아서 매일 반복적으로 일한 것이다. 마흔 살부터 9년 동안 그런 작업을 했으니, 강철로 만든 기계라도 망가졌을 만하다고 생각했다.

의사는 수술이 꼭 필요하다고 말했다. 국민건강보험이 적용되어도 3백여만 원이 들어가는 수술 후에는 3개월 정도의 요양이 필요하다는 말도 덧붙였다. 앙헹은 3개월 동안 요양을 해야 한다는 점에 대해 염려했다. 절대군주 노릇을 하는 농장주 밑에서 일을 해온 사람으로서 기숙사에서 석 달 동안 요양을 한다는 게 절대 편치않은 일이기 때문이다. 더구나 무릎 수술을 한 뒤 한쪽 다리를 잘 쓰지 못하는 처지가 되면, 요리를 어떻게 하며 식사를 어떻게 해야 할지 그녀는 엄두가 나질 않았다.

게다가 그녀는 그동안 번 돈은 대부분 캄보디아 고향에 보냈기 때문에 가지고 있는 돈이 없었다. 고향으로 송금한 돈도 병든 어머니와 형제들이 모두 써버려서 저축한 돈도 그녀에게는 없었다. 이런저런 생각 끝에 그녀는 수술받고 요양하기가 어렵겠다고 판단하고 그냥 귀향해 민간요법으로 치료하기로 했다.

그녀는 한국에 오기 전에 산재를 당한 남편과 사별하고 자녀는 없었다. 그녀는 40세 늦은 나이에 한국어 시험을 통과하여 합법적으로 취업

194

✝ 무릎 연골이 파열된 채 캄보디아로 돌아간 양헹 씨. 그녀는 9년 동안 채소농장
  에서 쪼그려 앉아 일했다.

비자를 받아 온 사람이었다.

앙헹의 비자는 2022년 1월에 끝나는 것이라서 그녀는 그때까지 석 달 동안 일을 더 하고 싶어 했다. 그녀는 무릎 통증이 아주 심할 때는 쉬더라도 일을 하고 싶어 했다. 비닐하우스 안에서 주로 쪼그려 앉아 일하는 그녀는 아픈 다리를 끌고 억척을 보이기도 했다. 가능하면 그녀를 돕고 싶어 여러 궁리를 한 끝에 새로운 제안을 했다. 산재를 신청하자고 한 것이다. 5인 이상의 근로자가 근무하는 농어업 사업장에서 일하는 노동자는 산재보험 보상을 신청할 수 있기 때문이다. 나는 그녀에게 산재에 관해 설명해 주었다. 그녀가 9년 동안 쪼그려 앉아 일한 것과 무릎 연골 파열은 연관성이 깊다고 의사가 진단했기 때문에 산재로 인정받을 가능성이 크다고 보고, 적극적으로 제안했다.

그녀는 다행히 산재보상을 신청할 수 있는 조건을 갖고 있었다. 만약 5인 이하 사업장이라면 아무리 큰 사고를 당하고 질병을 얻었다 하더라도 아예 산재를 신청조차 할 수 없다. 산재법이 그렇다.

일 년 전에는 한 네팔인 노동자가 강원도의 어느 과수원에서 트랙터를 운전하다가 척추가 부러지는 사고를 당했다. 비탈진 밭에서 트랙터가 전복되는 바람에 큰 사고를 당한 것이다. 그런데 그 사업장은 고용된 노동자가 5명이 안 되어 산재를 신청할 수 없었다. 그 상황에서 사업주가 치료를 돕고 보상비를 주지 않는다면 노동자는 참으로 비참해진다. 불행하게도 그 농장의 사업주는 그 노동자를 외면했다. 그 노동자는 말로 다 할 수 없는 고통을 당했다.

앙헹은 산재보상을 신청하기로 했다. 나는 그녀를 도와 의정부 근로복지공단에서 산재보상을 신청했다. 그러자 그 공단의 담당자는 농장주에게 즉시 연락을 했다. 공단은 농장주에게 밀린 산재 보험료 8백만 원을 즉시 청구했다. 밀린 보험료라는 것은 5인 이상의 사업장임에도 불구하고 이제까지 농장주가 산재보험에 가입도 하지 않고 있었기 때문이다. 의무적으로 가입해야 하는 보험에 가입하지 않았기에, 공단은 이제라도 가입시키고 이제까지 내지 않은 보험료를 한꺼번에 납부하도록 명령을 내린 것이다.

공단의 명령을 받은 사장은 노발대발했다. 일반적으로 채소농장에서 일하는 이주 노동자들은 농장주를 사장이라 부른다. 호랑이라는 별명을 가진 그는 앙헹에게 폭언과 협박을 마구 퍼부었다. 그는 앙헹이 산재를 신청한 것부터 문제 삼았다. 왜 산재를 신청해 자기에게 경제적인 부담과 손해를 끼치느냐는 식이었다. 국회가 만들고 정부가 집행하는 법과 제도가 사업주를 절대군주처럼 만들어 주니 이런 짓이 가능한 것이다.

농장주의 협박은 당장 강제로 출국시켜 버리겠다는 것이었다. 비닐하우스가 100개 정도인 농장을 가진 농장주의 협박은 강요에까지 이르렀다. 농장주는 산재보상 신청한 것을 취소하도록 앙헹을 압박했다. 앙헹은 매우 위축되고 겁을 잔뜩 먹었다. 자신이 무슨 큰 잘못을 저지른 것인 양 의기소침해지기도 했다. 고용주는 부인과 함께 여러 동료 노동자 앞에서 앙헹을 나무라며 비난하기도 했다. 그러자 더욱 기가 죽은 그녀는 속으로 모든 것을 포기하고 귀향하기로 마음을 먹었다.

간장을 넣고 조린 콩처럼 바짝 졸인 마음이 된 앙헹을 더욱 괴롭힌 게 있었다. 그것은 다름 아니라 동료 노동자들의 비난이었다. 같은 나라 캄보디아에서 온 노동자들이 하는 힐난을 그녀는 견딜 수 없었다. 지난 몇 년 동안 한 기숙사에서 함께 지내온 동생뻘 되는 노동자들은 모두 농장주 편을 들었다. 그들은 왜 산재를 신청해 농장주에게 피해를 주느냐고 했다. 한국의 법이나 한국 물정을 잘 모르는 데다가 고용주를 절대군주처럼 여기는 의식이 겹쳐 결국 그런 비난까지 동료 노동자에게 하는 것으로 생각했다.

집단 따돌림까지 당한 앙헹은 결국 재빨리 출국하기로 마음을 먹고 비행기 표를 끊어버렸다. 그녀는 무슨 위험한 일을 당할지도 모른다는 생각도 했다. 타국에서 혈혈단신으로 지내는데 호랑이 같은 폭군이 폭언과 협박을 하며 압박하니 그럴 만도 했다. 그녀는 나의 조언도 마다하고 12월에 출국 날짜를 잡았다.

한 해 매출이 10억 정도 된다는 농장을 가진 그 농장주 부부는 앙헹이 출국하기 전에 거행할 음모를 하나 꾸몄다. 산재 신청을 취소시키는 수작이었다. 그 부부는 앙헹을 만나 돈 2백만 원과 함께 흰 종이 두 장을 내밀었다. 그리고 사인을 하라고 하며 돈은 치료비라고 말했다. 아무래도 한국어로 하는 의사소통이 서툰 앙헹은 그 부부가 요구하는 사인을 돈을 받고 해주는 영수증 사인이라고 생각했다. 흰 종이에는 아무 내용도 없었다. 앙헹은 돈을 영수했다는 의미에서 사인했다. 농장주는 앙헹이 사인한 종이를 이용해 산재 신청을 취소하는 서류를 만들어 근로복지공단에 제출했다. 담당 공무원은 노동자에게 전화로 확인하는 절차도 없이 일을 처리했다.

그 공단은 노동자가 무슨 민원서류를 내면 자세히 캐묻고 사실 확인도 아주 까다롭게 일일이 한다. 그 노동자가 이주 노동자인 경우 더욱 까다로워지는 것 같다. 그러나 고용주가 어느 민원서류를 제출하면 기본적인 확인도 없이 재빨리 일을 처리하는 행태를 여러 번 경험했다. 이런 습성은 비단 그 공단만이 아니다. 고용노동부나 출입국관리소 같은 공공기관도 마찬가지이다. 이런 습성은 민간병원에서도 볼 수 있다. 물론 다 그렇지는 않을 것이다.

자주 가는 산재 지정 병원은 원무과 과장과 직원들이 외국인 노동자들에게 반말을 아주 자연스럽게 한다. 고국에 아내와 자녀들을 두고 온 30대, 40대 노동자들에게도 그리하는 경우가 흔하다. 우리 사회에는 우리보다 가난한 나라에서 오거나 피부색이 더 거무스름한 사람을 차별하고 무시하는 경향이 은근히 심하다. 우리보다 더 부유한 나라에서 온 백인을 대하는 태도와 동남아에서 온 노동자들을 대하는 태도는 큰 차이가 있다. 일반적으로 그렇다.

앙헹이 출국을 3일 앞두고 있던 날 권동희 노무사에게 부탁했다. 흰 종이에 사인을 받아 간 농장주의 행위가 의심스러웠기 때문이었다. 나는 그 종이를 갖고 농장주가 수작을 부렸을 것 같다고 생각했고 앙헹을 설득했다. 출국하기 전에 산재 업무를 노무사에게 위임하라고 부탁했다. 위임하면 출국하더라도 산재를 승인받기 위한 작업은 계속할 수 있기 때문이었다. 권 노무사는 기쁜 마음으로 무료 봉사해 주겠다는 약속을 했다. 노무사를 만난 앙헹은 이를 위임했고 노무사는 의정부 근로복지공단에 위임받은 사실을 알리고 산재를 받기 위한 작업에 들어갔다. 그런데 놀라운 사실을 공단 직원이 노무사에게 알려줬다. 그것은 다름 아니라 농장주가 앙헹이 신청한 산재를 취소했다는 것이다. 농장주는 앙헹의 사인을 받은 흰 종이를 이용해 산재 취소 서류를 만들어 이미 제출했던 것이다. 이는 명백한 범죄행위다.

오직 이윤과 착취의 극대화를 위해 사업주가 벌이는 악행은 끝이 없다. 큰 사업장이든 작은 사업장이든 생산수단을 가진 사업주들의 악행은 그 사업장이 크거나 작거나 상관없이 여기저기서 난무한다. 삼성전자에서 백혈병이나 뇌종양 같은 직업성 질환을 얻은 노동자들이 산재 인정을 받기까지 10여 년이 걸린 사례를 보면, 사업주의 악행은 사업자의 규모와 상관없이 저질러지는 것이다. 중요한 문제는 국가가 어느 성격을 갖고 어떻게 처신하느냐인데 코리아라는 국가는 일방적으로 자본가 편에 서니 정글만도 못한 사회가 된 것이다. 이 사회는 갈수록 1 대 99 사회로 질주하고 있다. 수령주의 왕국 북한 못지않게 비인간화된 사회로 달려가고 있다. 예수께서 추구한 새로운 사회(하나님 나라)와는 반대로 나아가는 것이다.

앙헹은 2021년 12월 중순 한쪽 다리를 절며 출국했다. 코리안 드림을 품고 한국에 왔다가 장애인이 되어 귀향했다. 9년 동안 장시간 고강도 노동을 하여 얻은 장애를 갖고 떠난 그녀가 찾아간 고향은 캄보디아의 한 시골이다. 수도 프놈펜에서 버스로 5시간 정도 들어가야 하는 곳이었다. 인터넷 와이파이가 제대로 작동하지 않을 뿐 아니라 전기 사정도 좋지 않아 전화로 소통하기가 어려웠다. 그래도 틈틈이 소통하며 우리 센터와 권 노무사는 산재 승인을 받기 위한 증거 자료를 모았다.

이전에 찍은 사진들 가운데 필요한 것들을 찾아냈다. 비닐하우스 안에서 쪼그려 앉아 일하는 앙헹의 모습을 담은 사진들을 모아 공단에 제출했고 동료 노동자 5명 이상이 함께 일하는 모습을 찍은 사진도 제출했다. 또한, 직업환경의학과 전문의가 작성한 자료도 제출했다. 앙헹이 9년 동안 쪼그려 앉아 한 작업과 무릎 연골 파열의 연관성을 입증하기 위한 자료를 최대한 많이 만들어 공단에 제출했다.

직업성 질환에 대한 공단의 심사는 까다롭고 길다. 속헹의 질환이나 암 같은 질병은 노동자의 노동환경과 질환과의 연관성을 입증하는 데 여러 가지 절차가 필요하다. 그러다 보니 시간도 오래 걸린다. 때로는 1년이나 2년이 걸리기도 한다. 앙헹의 경우도 시간이 오래 걸릴 줄 알고 있었으나 의외로 두 달 만에 빨리 결과가 나왔다. 공단은 그녀의 질환을 산재로 인정했다. 이런 사례는 산재로 승인받는 경우가 드물다. 그러나 우리는

200

승인을 받아냈다. 공단(고용노동부)은 앙헹이 한 노동과 그녀가 앓는 무릎 질환과 연관이 있음을 인정한 것이다.

우리 센터는 캄보디아에 있는 그녀가 한국에 들어와 치료받기를 바랐다. 산재보험으로 치료와 요양을 받을 수 있도록 여러 가지 방안을 마련하고 그녀에게 요청했다. 비행기 삯도 모금해서 대주기로 했다. 한국에서 노동하면서 얻은 질환을 한국에서 치료받도록 돕고자 했다. 그러나 그녀는 감히 엄두를 내지 못했다. 다시 입국해 몇 달 동안 치료받는 일에 대한 두려움과 한국 사회에 대한 불신이 있어서 그런지 머뭇거렸다.

결국 그녀는 농업 이주 노동자가 얻은 직업성 질환을 산재로 인정받은 기록을 남기는 정도에서 머물고 말았다. 우리 센터와 권 노무사는 귀중한 선례를 남긴 것으로 만족했다.

_ 특수거울 사건　201

앙헹이 급히 서둘러 출국한 직후 포천에서는 기이한 성범죄 사건이 터졌다. 2021년 말이었다. 고 속헹 씨가 동사한 지 1년이 지난 때였다. 이 사건은 언론이 크게 보도했다. 방송사의 요청에 따라 나는 CBS 라디오 시사프로에 출연해 이 사건에 관해 설명하기도 했다.

사건은 한 사출 공장에서 일어났다. 그 사업장은 플라스틱 원료를 이용해 플라스틱 제품을 만드는 곳이었는데 이런 사업체의 작업장은 온도가 좀 높다. 플라스틱 원료를 고온으로 녹이는 과정이 있기 때문이다. 그래서 그런지 이 공장 건물 2층에는 여성 노동자들의 샤워실과 필리핀인 이주여성 노동자들의 기숙사가 있었다.

취업비자로 입국한 20대 필리핀 출신 여성 노동자 J가 일을 마치고 저녁에 그 샤워실에서 샤워했다. 그녀는 샤워하면서 벽에 있는 거울을 보고 있었다. 그런데 이상한 현상이 일어났다. 거울 너머에서 섬광처럼 번쩍하는 현상이 생긴 것이다. 마치 카메라 플래시가 터지는 듯한 현상에 깜짝 놀란 그녀는 밖으로 나와 경찰서에 신고했다.

즉시 출동한 경찰은 현장을 조사했다. 그 결과는 놀라웠다. 그 거울은 그 공장의 사장이 설치한 특수거울이었다. 샤워실 안에서는 일반적인 거울로 보이지만 샤워실 밖에서는 그 거울을 통해 샤워실 안을 훤히 들여다볼 수 있었다. 그런데 그 특수거울이 설치된 벽은 그 사장의 사무실 벽이기도 했다. 그러니까 사장실과 샤워실은 붙어 있던 것이다. 사장은 오래전에 그 특수거울을 설치해 놓고 사장실에 앉아 샤워하는 이주여성 노동자들의 모습을 사진기로 촬영하면서 봐온 것이다. 나이 50대인 사장은 경찰 조사에서 이 모든 사실을 자백하며 진술했다.

이 사건이 터진 다음 날에는 더 기이한 사건이 일어났다. 새벽에 그 문제의 공장 건물이 전소되었다. 원인 모를 화재로 작지 않은 공장 건물이 모두 불타버렸다. 현장에 가 보니 검게 그을린 앙상한 골조만 남아있었다.

우리 센터는 이 사건의 피해자인 필리핀인 노동자를 도우면서 이주여성 노동자들이 당하는 성폭력 문제를 여론화하고 싶었다. 그 노동자를 위해 변호사를 선임하고 통역으로 돕는 등 여러 가지 지원을 하고자 피해자를 접촉했다. 그러나 안타깝게도 그 노동자는 사회에 노출되는 것을 극도로 꺼렸다.

누차 이야기했듯이, 고용주와 이주 노동자 사이는 철저한 주종관계이다. 이 관계는 국회가 제정하고 정부가 집행하며 사법부가 뒷받침하는 법과 제도가 만든 것이다. 이 철저한 갑을관계가 이주 노동자의 모든 인권, 기본권, 노동권 침해의 근본 원인이다. 130만 이주 노동자들 가운데 여성 노동자들이 당하는 성폭력은 대개 위계에 의한 폭력으로 보인다. 다시 말해 법과 제도가 만든 권력관계 아래서 고용주와 그 관계자들이 이주여성 노동자들에게 가하는 성폭력이 가장 많다는 말이다.

얼마 전에는 캄보디아 출신 여성 노동자 하나가 채소농장 농장주를 고소했다. 그녀는 움막 같은 불법 시설물 기숙사에 기거했는데, 고용주는 그 노동자를 6개월 동안 성추행하고 성폭행했다. 한국말이나 한국법이나 한국 물정 모르는 그 노동자는 일방적으로 성폭력을 당해 임신까지 하게 되었다. 고용주는 그녀를 병원으로 데리고 가 낙태까지 시켰다. 그 여성 노동자는 성폭력 사건을 공개했다가 잘못하면 강제 출국당할까 봐, 입에 풀칠도 하지 힘든 고향의 부모 형제들을 생각하며 수모를 참다가 임신까지 하는 일이 생긴 것이다.

그런데 이런 사건이 일어나도록 환경과 조건을 조성하는 큰 요인이 있다는 사실을 다시 강조하지 않을 수 없다. 그것은 바로 그 철저한 갑을관계이다. 또한, 그 관계를 만드는 법과 제도이다. 물론 그 법과 제도가 부추기는 폭력적인 마음과 의식도 심각한 문제이다. 아울러 사업체가 이주여성 노동자들에게 제공하는 열악한 주거시설도 고용주에 의한 성폭력을 조장하는 환경적 요인이다. 잠금장치도 제대로 설치되지 않은 짐승 우리 같은 주거시설도 성폭력을 일으키는 요인이다.

_ 와이프에게 말 안 했어요

방글라데시에서 한국으로 온 지 4년 된 바부. 그는 고향에 아내와 어린 두 남매를 두고 온 노동자다. 키가 크고 눈썹이 짙은 그가 두고 온 아내는 방글라데시의 수도 다카에서 버스로 4시간 정도 가야 나오는 도시에서 중학교 영어 교사로 학생들을 가르쳤다.

하지만 돈을 벌기 위해 취업비자로 한국에 들어온 그는 경기도 안성시 외곽에 있는 가구공장에서 일했다. 그는 저녁 7시부터 그다음 날 아침 8시까지 일하는 밤샘 노동을 많이 했다.

그는 우리 센터의 도움을 받아 체불임금을 받은 친구의 소개로 찾아왔다. 그도 체불임금이 있었고 그가 받지 못한 임금은 3천5백만 원이었다.

체불임금 문제를 갖고 이야기를 나누다 보니 그가 일 년 전에 죽을 뻔한 경험을 듣게 되었다. 하루는 밤 10시까지 일을 하고 나서 기숙사에서 잠을 잤다. 숙소는 공장 건물 앞마당에 놓여있는 낡은 컨테이너였다. 그는 잠결에 개 짖는 소리를 듣고 눈을 떴다. 이상한 느낌으로 일어나 밖을 내다보니 뭔가 타는듯한 냄새가 났다. 밖으로 뛰쳐나가 보니 공장 건물이 타고 있었다. 화염이 이미 컨테이너 숙소로도 옮겨붙고 있었다.

"목사님, 5분만 늦었어도 나는 죽었어요."

한국말을 제법 하는 그가 그 긴박한 순간을 떠올리며 말했다. 소방차는 그 후 십여 분 뒤에나 도착했다고 한다.

그는 그 기숙사에서 지내며 매달 기숙사비로 20만 원씩 납부했다. 사측이 징수한 거다. 고용주가 징수하는 것은 고용노동부가 준 지침을 따르는 일이기도 하다. 고용노동부는 불법 시설물을 이주 노동자의 기숙사로 인정하고 외국인 노동자들을 농어업만이 아니라 제조업 사업장에도 마구 고용 알선해 왔다. 그러면서 월급의 몇 퍼센트를 기숙사비로 받으라는 지침을 준 것이다.

공장의 화재로 죽을 뻔한 바부는 일터를 당장 옮기고 싶었다. 그건 당연한 거다. 불이 나 건물이 다 타 버렸기 때문에 일을 할 수 없을 뿐 아니라 화재로 인해 너무 놀라서 단 하루도 그 공장에 머무르고 싶지 않았다. 그러나 그는 일터를 옮길 자유가 없었다. 고용허가제가 그의 발목을 잡았다. 합법적으로 들어온 이주 노동자(E9 비자를 가진 사람)는 사업장을 변경하려면 고용주의 동의를 받아야 한다는 법이 있기 때문에 그는 스스로 일터를 옮길 수 없었다. 그는 사장에게 누차 사인을 요구했다. 그러나 사장은 요구할 때마다 완강히 거절했다. 그는 숨이 막힐 지경이었다.

그는 공장 건물을 새로 짓는 5개월 동안 아무 일도 하지 못하고 지냈다. 사측은 새로 구한 낡은 컨테이너를 공장 마당에 또 놓았다. 바부는 거기서 지내며 5개월 동안 월급 한 푼 받지 못하고 세월을 보냈다. 이주 노동자들을 가리켜 현대판 노예라고 하는 까닭이 다 있다. 그는 고용노동부를 찾아갔다. 일터 이동을 위해서 진정을 했지만 아무 소용이 없었다. 담당 공무원은 사장의 사인을 받아 오면 처리해 주겠다는 똑같은 말만 반복했다.

우리 센터는 체불임금을 받기 위해 바부를 도와 고용노동부에 진정서를 냈다. 그리고 절차를 밟은 뒤 체불임금을 모두 받아냈다. 그 절차를 밟는 과정에는 사측과 옥신각신하며 다툰 날들이 있었다. 우리 센터 같은 단체의 도움을 받아야 비로소 이주 노동자들은 체불임금을 받을 가능성을 조금 갖게 되는 게 서글픈 현실이다.

사업주가 떼어먹은 임금을 포기하는 이주 노동자들이 많다. 아니 대부분이다. 이 나라에서 한 해에 사업주들이 떼어먹는 이주 노동자 임금

205

이 천억 정도다. 만약 이주 노동자들이 사업주들에게 이 정도 금전적 피해를 준다면, 국가는 많은 언론이 호들갑을 떠는 가운데 이주 노동자 수천 명을 강력하게 처벌할 것이다.

마음씨 착한 바부는 체불임금을 다 받은 뒤 일터를 옮기지 않고 그 공장에서 일을 다시 시작했다. 그러던 어느 날 초저녁 그가 내게 전화했다. 다급한 전화였다. 공장장에게 폭행 당했다고 했다. 공장에서 일하고 있는데 공장장이 제대로 일을 못 한다고 시비를 걸며 일방적으로 구타했다고 말했다. 맞기만 하다 쓰러진 그에게 달려든 공장장은 또 쇠 연장으로 머리를 가격하려고 위협했다는 말도 했다. 그는 타박상을 입은 팔과 다리를 사진으로 찍어 내게 보냈다. 그러면서 경찰서에 신고했으니 도와 달라는 말을 덧붙였다. 그는 그날 공장을 나왔다. 친구 집에서 지내며 경찰 조사를 받았다. 나는 담당 경찰과 통화를 했다. 바부가 말한 사건의 과정을 그대로 전달했다. 그리고 우리 센터의 자원봉사자를 조사받는 날 경찰서로 보내 바부를 돕도록 했다.

206

"목사님, 저는 공장장한테 돈은 하나도 받지 않을 겁니다. 나는 공장장이 처벌받기만 바랍니다."

이는 바부가 처음부터 내게 여러 차례 한 말이다. 그는 이런 말도 덧붙였다.

"목사님, 나는 앞으로 다른 외국인 노동자들이 이런 일 당하지 않기를 바랍니다. 다른 외국인 노동자들이 이런 일 당하지 않게 하도록 나는 공장장이 꼭 처벌받기를 바랍니다. 나는 앞으로 공장장하고 협상 같은 건 안 할 거예요."

여러 차례 조사가 진행된 뒤 경찰의 조사 결과가 나왔다. 공장장은 특수폭행죄로 기소될 지경이 되었다. 이는 실형이 나올 가능성이 큰 범죄다. 사장은 여러 차례 바부를 불러 공장장 대신 사과하고 용서를 빌었으나 공장장 본인은 아무 반응이 없었다. 사장은 누차 협상을 요청했다. 그러나 바부는 돈을 받고 하는 협상을 완강하게 거부했다. 그는 공장장의 처벌을 원한다는 말을 거듭했다. 이는 경찰서에서 조사받을 때도 분명히 밝힌 것이었다. 특수폭행죄 사건이 재판으로 넘어가는 날이 가까이 다가오자 사장은 더욱 몸이 달아 바부에게 사정했다. 하지만 바부는 조금도 마음의 변화가 없었다. 피해자가 처벌을 원치 않는다는 서류를 제출할 수 있는 마지막 날이 하루 앞으로 다가온 날, 공장장이 바부에게 직접 사과했다. 잘못을 말하며 용서를 빌었다. 그러자 바부는 그를 아무 조건 없이 용서했다.

바부의 이야기를 페이스북에 올렸더니 그것을 본 한 종합일간지 기자가 기사를 썼다. 바부를 만나 인터뷰를 한 뒤 기사를 내보냈다. 기사가 나가자 여러 한국 사람이 기자에게 전화를 걸었다. 그들은 바부에게 감사의 말을 전해 달라며 적지 않은 후원금을 보냈다.

"바부, 와이프에게 말했어요? 공장장이 때린 거 말했어요?"

내가 묻자, 그는 담담하게 대답했다.

"아니요. 와이프에게 말 안 했어요. 얘기하면 걱정 많이 해요. 아버지 어머니도 있어요. 그래서 말 안 했어요."

_ 돈 벌어서 약혼녀에게 보내 준 아하르

1986년생 아하르(가명). 방글라데시에서 온 노동자다. 그는 2011년에 취업비자를 갖고 처음으로 한국 땅을 밟았다. 그는 대학에서 4년 동안 화학을 공부했고 한국에 오기 전에는 학원에서 수학과 영어를 가르쳤다.

그는 코리안 드림을 갖고 한국에 올 때 약혼녀를 두고 왔다. 결혼하고 나서 오려고 했으나 집안의 반대로 그러지 못했다. 당시 20세였던 여자 친구와 결혼을 굳게 약속하고 한국에 왔다. 그러니까 약혼이라는 게 공식적인 건 아니었고 둘이 함께만 굳게 결혼을 약속한 거다.

아하르가 입국해서 처음 일한 공장들은 작은 사업장이었다. 이주 노동자들은 내국인이 기피하는 사업장에만 취업할 수 있다. 주로 3D 업종에서 장시간 고강도 노동을 했지만, 그는 사랑하는 사람을 생각하며 견디었다. 한국의 노동은 방글라데시에서 하는 노동과 사뭇 다르다. 사철 더운 나라에서 하는 노동은 일반적으로 그 강도가 그리 세지 않다. 그러나 한국에서 이주 노동자들이 하는 노동은 그 강도가 무척 세다. 주 6일, 하루 12시간씩 노동하는 게 많다. 밤샘 노동도 흔하다. 날씨도 여름과 겨울의 기온 차가 50도 이상 벌어지는 데서 하는 살인적인 노동은 아하르에게 아주 낯선 것이었지만, 그는 미래의 행복한 가정을 꿈꾸며 열심히 일했다. 처음 입국해서 그가 일한 기간은 4년 10개월이었다. 법적으로 허용된 기간이었다. 그동안 네 차례 정도 휴가를 받아 제 나라에 다녀왔다. 그렇게 자주 다녀온 이유는 약혼녀를 보고 싶었기 때문이다.

그의 월급은 보통 250만 원 정도였다. 아주 검소한 생활을 하며 돈을 아꼈다. 한국에서 한 달에 쓴 돈은 50만 원 이내였다고 한다. 나머지 금액 가운데 대부분은 그 약혼녀에게 송금했다.

그는 2016년에 출국했다. 아하르는 2018년에 다시 취업비자를 받아 한국에 들어왔다. 이번에도 그는 결혼하지 못하고 입국했다. 방글라데시에서는 아직도 집안의 반대가 심하면 결혼하기가 어렵다고 한다. 재입국한 그는 수입의 상당 부분을 떼어 이전과 마찬가지로 그 약혼녀에게 송금했다. 아하르는 2021년 초부터 안성시의 한 공업사에서 일했다. 농기계를 만드는 곳이다. 중국에도 생산공장을 갖고 있는 회사. 농기계 완성품을 국내에서 만들어 주로 수출하는 사업체였다.

아하르는 그 공장에서 주 6일 하루 13~14시간씩 일했다. 그가 신나 냄새가 진동하는 작업장에서 매일 한 일은 그라인딩 작업이었다. 쇳가루가 무척 많이 날리는 작업을 날마다 했다. 매일 장시간 발암물질인 신나 냄새를 맡으며 쇳가루를 흡입했다. 그는 이 위험한 작업을 하기 시작하면서부터 사측에 방진 마스크를 요구했다. 그러나 사측은 면 마스크만 제공할 뿐이었다. 그도 하루에 하나만 제공했다. 회사 관리직원들은 방진 마스크를 사용하려면 스스로 구입하라고 말했다.

그 공장에서 일한 지 8개월 만에 아하르에게 이상 증상이 생겼다. 심한 기침과 함께 호흡곤란 증상이 생겼다. 동네 작은 병원들을 거쳐 서울에 있는 삼성병원까지 가게 된 그에게 주어진 진단은 '간질성 폐질환'이었다. 긴급하게 수술을 받았지만, 그것은 난치성 질환이라서 큰 고통을 당하고 있다.

졸지에 난치성 폐질환을 얻은 그는 2022년 1월 산재보험 보상을 신청했다. 그런데 이 산재를 신청하자 사측이 발악했다. 이사, 공장장, 부장 등이 나서서 산재보상 신청을 취소하도록 압박했다. 산재 다발 공장인 그 회사는 누구라도 산재보험 보상을 신청하지 못하도록 압박을 가해왔다. 고용주와 철저한 갑을관계 아래 있는 이주 노동자들은 사측의 압력을 받으면 그 신청을 감히 하지 못한다. 그러나 사측의 압박에도 불구하고 아하르는 산재보상 신청을 취소하지 않았다.

그는 혼자서 괴물 같은 사측과 싸우기가 버거웠고 결국, 우리 센터를 찾아와 도움을 청했다. 그가 얻은 폐질환 같은 직업성 질환을 산재로 인정받고 보상을 받는 일은 쉽지 않은 일이기에 우리의 도움을 청한 것이다. 삼성전자에서 백혈병이나 뇌종양 같은 직업성 질환을 얻은 내국인 노동자들이 산재 인정받기까지 걸린 시간이 10여 년이다. 그것도 노동자와 유가족 그리고 여러 시민노동단체가 연대해 숱한 고통을 겪으며 싸움을 한 뒤에야 산재 인정을 간신히 받았다. 그러니 외국인 노동자가 혈혈단신으로 직업성 질환을 산재로 인정받는 일은 결코 쉬운 일이 아니다.

아하르가 우리 센터를 찾아왔을 때는 그가 산재 신청을 한 뒤 7개월이 지나서였다. 근로복지공단에 알아보니 아하르의 산재 심사가 진행된 게 거의 없었다. 담당자는 노동자가 제출해야 할 기본적인 자료에 대한 정보도 아하르에게 알려주지 않고 있었다. 그러면서 그 담당자는 아하르에게 산재 신청을 취소하고 적당히 사측과 협상하라는 조언이나 하고 있었다. 이런 작태를 보면서 아하르와 나는 그 담당 공무원과 사측의 유착을 의심했다.

아하르는 발병 이후 심한 생활고를 겪고 있다. 발병 이후 그는 노동하지 못했다. 그 결과 수입이 끊어졌다. 그런 데다가 치료비는 자기가 부담해야 했다. 사측은 전혀 돕지 않았다. 오히려 산재보상을 신청한 것 때문에 몹시 미워하며 구박했다. 그는 생활비와 치료비를 스스로 부담하다 보니 빚을 지게 되었다. 빚이 늘어나 고통당하는 모습을 옆에서 지켜보던 내가 하루는 물었다.

"아하르, 그동안 저축한 돈 없어요?"

"네."

그는 맥없이 대답했다.

다시 물었다.

"아하르, 방글라데시에 있는 그 여자에게 보낸 돈 많잖아요. 그 돈을 지금 쓰면 안 되나요?"

한국말을 잘하는 그가 내게 긴 사연을 풀어놓기 시작했다. 그녀는 이 세상에 없었다. 그녀는 일 년 전부터 다른 남자를 만나 사귀었다. 새로운 남자는 유부남이었다. 불륜 관계를 맺은 그녀는 그 새 남자에 의해 살해 당했다. 아하르는 죽은 여자의 주검 사진을 보여주었다.

_ 다시 입국하는 이주 노동자들이 늘어났지만

2022년이 되면서 코로나 사태가 좀 진정되는 기미가 보였다. 그러자 정부는 외국인 노동자들의 입국을 조금씩 늘려나갔다. 봄이 되면서 농어촌 일손이 더욱 필요하기 때문에 정부도 그런 정책을 펼 수밖에 없었다. 새로 입국하는 노동자들을 고용하여 일을 시키려면 사업주는 합법적인 주거시설을 제공해야 했다. 농어업 사업주든 제조업 사업주든 외국인 노동자를 고용하려면 그렇게 해야 했다. 일부 사업주들은 사업장 인근에 있는 원룸이나 빌라나 아파트를 임대해 기숙사로 제공했다. 물론 대부분은 월세를 노동자가 부담하도록 했다.

어느 농장의 사장은 19평짜리 아파트를 얻어 이주 노동자 기숙사로 제공했다. 그 작은 아파트에 노동자 9명을 기거시키면서 일 인당 25만 원씩 기숙사비를 징수했다. 그 아파트 월세는 50만 원(보증금 5백만 원)이었다. 그 사장은 자기 차로 노동자들을 출퇴근시키는 일을 하기는 했다.

2월 말에는 파주시에 있는 한 식품공장에서 일한 인도인 남자 노동자가 사망하는 사건이 일어났다. 그 노동자는 공장 마당에 있는 낡은 컨테이너에서 잠을 자다가 화재로 목숨을 잃었다. 나는 전소된 컨테이너가 있는 그 현장을 직접 가 보았다. 그 노동자는 자정이 조금 넘은 시간에 일어난 불로 사망했다. 옆에 있는 공장에서 일한 한 직원의 증언에 의하면 그 노동자는 컨테이너 안에서 살려달라는 소리를 치며 필사적인 탈출을 시도하다 목숨을 잃고 말았다. 캄캄한 공간에서 출입구를 찾지 못하고 아우성을 칠 때 그 직원은 그를 구출하려고 창문을 부수었다. 컨테이너 출입문이 열리지 않자 창문을 부수었으나 쇠창살이 촘촘히 붙어 있어 구출하지 못했다며 몹시 안타까워했다. 이는 기존의 불법 시설물 기숙사가 여전히 노동자의 목숨을 앗아갈 수 있다는 사실을 알려주는 사건이었다. 이는 새로 근로계약을 맺는 노동자에게 제공하는 기숙사는 합법적인 건축물이어야 한다는 법이 있으나 제대로 적용되지 않고 있다는 사실을 다시 알려주는 사건이었다.

한편 지자체가 이주 노동자를 위한 주거시설을 작으나마 마련하는 곳이 나오기도 했다. 예를 들어 철원군청이 그랬다. 철원군은 군의 예산을 들여 기숙사 건물을 마련하고 있었다. 20여 명이 입주할 수 있는 건물을 마련하고 있었다. 그것이 완성되면 숙소로 임대할 계획이다. 강원도는 도의 예산을 들여 앞으로 4년간 이주 노동자를 위한 기숙사 400동을 보급할 예정이다. 한 해에 100동씩 조립식 주택을 짓도록 할 계획이다. 한 동에 두 명이 기거할 수 있는 규모이다. 이는 강원도에 많은 계절근로자를 위한 기숙사이며 우선 자기 대지를 갖고 있는 농장주들에게 적용되는 사업이다. 도는 두 명의 노동자가 기거할 수 있는 조립식 주택을 농장주가 자기 대지(택지)에 설치할 경우 그 주택 가격의 절반을 보조해 준다. 그 조립식 주택 설치비는 2천만 원이다.

농림축산식품부도 이주 노동자 기숙사를 마련하는 사업주들을 돕는 사업을 했다. 이 부서도 사업주가 조립식 주택(6평)을 자기가 소유한 대지에 설치할 경우 그 주택비의 절반인 750만 원을 지원하는 사업을 시작했다. 전라남도의 경우 동부지역에서 이 농림축산식품부의 지원을 받아 조립식 주택을 기숙사로 마련한 경우가 28곳이었다. 아주 적은 수치이다.

사실 조립식 주택 가격의 절반인 750만 원은 적은 지원이다. 그리고 주택이라는 게 조립식 주택만 덩그러니 땅에 갖다 놓는다고 해서 사람이 살 수 있는 게 아니다. 그것을 주택지 위에 놓으려면 터를 닦고 콘크리트로 기초를 놓아야 한다. 전기도 끌어오고 수도시설도 해야 한다. 이렇게

213

하다 보면 건축비가 더 많이 든다. 그런데 달랑 750만 원만 지원하니 현실성이 약하다. 중앙정부든 지방정부든 정부가 이주 노동자의 주거시설 마련을 위해 재정적이거나 정책적인 지원을 하는 일은 바람직하다. 아직은 미미하지만, 앞으로 더욱 확대해서 지원하기를 바란다.

이주 노동자들을 고용해서 농업을 경영하는 사업장들은 대다수가 땅을 임대해서 경영한다. 그러므로 정부의 지원은 이 상당수 사업장을 대상으로 한 게 나와야 한다. 경기도에서 이주 노동자들을 고용해 농업을 경영하는 사업장은 90% 이상이 땅을 임대해 농사를 짓는다. 이 사업장의 사업주들은 농장에 기숙사를 짓고 싶어도 지을 수 없다. 그 임대한 땅이 농지이기 때문이다. 정부에서 지원하는 조립식 주택을 설치하고 싶어도 할 수 없다. 이들이 당장 선택할 수 있는 것은 농장 인근에 있는 아파트나 빌라나 원룸이나 주택을 임대하는 것이다. 하지만 그 임대할 수 있는 것도 수량이 충분한 게 아니기 때문에 사업주들의 어려움이 있다.

이 상황에서 적지 않은 고용주들이 편법 혹은 불법으로 외국인 노동자를 고용하는 사례가 속출했다. 고용주들은 편법과 불법으로 노동부에 고용을 신청하고, 고용노동부는 사업주들의 불법을 눈감아 주거나 관리 감독을 하지 않는 사례가 줄줄이 나오고 있다. 우리 센터가 있는 포천 지역만 해도 불법 고용 사례가 속출했다. 정부의 지원이 절실하다.

이주 노동자들을 고용한 사업장을 정부가 지원해야 할 이유는 또 있다. 합법적으로 입국한 이주 노동자들은 기본적으로 내국인이 기피하는 사업장에만 취업할 수 있다. 그 때문에 이들을 고용한 사업체는 주로 3D 업종으로서 우리 사회의 기업계 먹이사슬에서 맨 끄트머리에 있는 사업체들이다. 그러므로 정부의 지원이 필요하다. 더구나 농어업 분야는 저 농수산물 가격 정책 같은 것으로 지난 수십 년 동안 억압당해 왔기에 더

214

욱 지원할 필요가 있다. 제조업 분야의 임금을 낮추기 위해서는 농수산물 가격을 낮게 만들 필요가 있다는 정책적 판단으로 지난 70년대부터 농수산물 가격을 낮추는 정책을 줄기차게 펼쳐온 게 사실이다.

하루는 포천시 가산면에 있는 채소농장들을 둘러보다 태국인 남자 노동자 건을 만났다. 그는 이미 3년 전부터 알고 지낸 노동자다. 20대인 그는 제 나라로 돌아갔다가 다시 입국해 이전에 일하던 농장에 재취업했다. 재입국 취업이기에 근로계약을 새로 맺었다.

그런데 문제가 있었다. 새로 근로계약을 맺은 신규 노동자인데 기거하는 기숙사가 불법 시설물이었다. 그가 농지법, 건축법, 근로기준법 위반 시설물에 기거하는 것은 고용노동부나 고용주에게 불법이 있다는 증거다. 나는 그의 근로계약서를 보고 싶었다. 근로계약서에는 기숙사에 대한 사항이 있어야 하기 때문이다. 그러나 고용주가 갖고 있어서 볼 수 없었다.

하지만 명백한 사실은 그가 현재 불법 시설물에 기거하고 있다는 것이다. 건은 기숙사 문제만이 아니라 여러 가지 열악한 문제 때문에 일터 이동을 간절히 원했다. 한 달에 하루도 휴일을 주지 않고 일을 강요한다든지 임금이 최저임금에 한참 못 미치는 등 여러 문제 때문에 그는 고통스러워했다. 나는 그가 고용노동부 고용지원센터에 사업장 변경을 신청하도록 도왔다. 사유는 기숙사 문제를 적어 냈다. 결국, 그는 자신이 원하는 축산업 쪽으로 이동했다.

건이 다른 농장으로 가기 전날, 그를 만나기 위해 농장으로 갔다. 일이 끝나는 시간에 맞추어 갔더니 그가 트랙터를 몰고 농장에서 빠져나오고 있었다. 트랙터에는 낯선 얼굴이 보였다. 여성 노동자 두 사람. 두 여성 노동자는 네팔 출신 노동자들이었다. 나는 처음 만난 네팔인 여성 노동자들과 인사를 나누었다. 그녀들은 한국에 오기 전에 기본적인 한국말을 익혔다.

"한국에 언제 왔어요?"

두 여성 노동자를 바라보며 물었더니 키가 작은 여성이 대답했다.

"'사 달' 됐어요."

넉 달 되었다는 말을 '사 달'이라고 해 웃었다.

둘은 모두 29세였다. 이름은 푸사와 퍼누. 퍼누는 결혼한 사람이고 푸사는 미혼이었다. 한 사람은 큰 상점에서 계산원으로 근무하다 입국했고, 다른 한 사람은 미용사였다. 퍼누는 한국에서 5년 동안 노동을 하며 돈을 벌고 싶다고 말했다. 5년이 지난 다음에는 한국에서 미용 기술을 배우고 싶다는 소망을 밝히기도 했다.

그녀들이 기거하고 있는 기숙사를 따라가 보았다. 건과 같은 농장에서 일하는 그녀들의 기숙사는 불법 시설물로 창문이 하나도 없는 가건물이었다. 검은 차광막으로 덮어놓은 샌드위치 패널 가건물. 고용노동부는 이런 불법 시설물을 기숙사로 제공하는 사업장에 고용알선을 한 것이다.

2021년 1월부터 이런 불법 시설물을 기숙사로 제공하는 사업장에는 외국인 노동자를 고용 알선하지 않겠다고 국민 앞에서 공표한 정부가 이런 짓을 버젓이 하고 있었다. 사업주의 불법을 눈감아 주거나 관리 감독을 전혀 하지 않았다. 사업주가 주범이라면 고용노동부는 종범이라 할 수 있다.

얼마 후 요긴다의 기숙사에서 바이블 스터디를 하려고 그가 기거하는 농장 기숙사로 향했다. 요긴다는 넉 달 전 네팔서 취업비자로 온 남자 노동자다.

저녁 6시가 다 된 시간에 차 하나가 간신히 다닐만한 농로에서 스레이 소카를 만났다. 싱글 맘인 그녀는 캄보디아에 어린 남매를 두고 온 39세

엄마 노동자다. 소카와 요긴다는 같은 채소농장에서 일하는 동료 노동자다. 소카는 한국에 온 지 한 달 되었고 요긴다는 넉 달 되었다. 그렇지만 두 사람은 모두 움막 같은 기숙사에 기거했다. 두 사람이 기거하는 숙소는 따로 떨어져 있으나 불법 시설물이라는 점은 똑같았다.

요긴다와 소카의 근로계약서를 살펴보았다. 근로계약서에는 기숙사에 대한 사항이 있다. 두 사람의 근로계약서에는 주택 제공이라고 표기되어 있었다. 그러니까 농장주는 주택을 기숙사로 제공한다고 서류를 만들어 고용노동부에 제출하고 고용알선을 받은 것이다. 고용주는 거짓 서류를 노동부에 제출하고, 고용노동부는 그것을 심사도 제대로 하지 않고 고용알선을 한 것이다. 고용노동부는 고용알선을 한 다음에 관리 감독도 하지 않는다. 이런 사례가 어쩌다 한두 군데 있는 게 아니라 줄줄이 속출하는 현상을 보며 착잡한 심정을 금할 수 없었다.

"소카 씨, 기숙사 돈은 한 달에 얼마예요?"

스레이 소카와 나는 서로 자기소개를 한 뒤 기숙사 입구에서 여러 이야기를 나누었다. 한국에 오기 전에 한국말을 어느 정도 배우고 온 그녀에게 물었더니 그녀는 자신의 휴대전화를 꺼내 20이라는 숫자를 썼다. 한 달에 기숙사비가 20만 원이라는 얘기였다. 걸어서 7분 정도만 가도 있는 원룸의 한 달 월세가 30만 원인데 20만 원을 받으니 참 놀라운 일이다.

이 기이한 일은 고용노동부의 지침에 따라 사업주가 징수하는 짓이다. 요긴다도 기숙사비로 한 달에 20만 원을 징수당했다. 이 농장 기숙사에는 노동자가 모두 5명이다. 짐승 우리 같은 불법 시설물을 갖고 사업주는 일종의 숙박업도 하는 것이다.

"소카 씨, 캄보디아에 있는 아이들은 누가 돌보나요?"

"엄마요."

친근감을 느끼고 있는 그녀가 엄마라는 단어를 사용하여 대답했다.

"아이들은 몇 살인가요?"

그녀는 대답 대신 손가락으로 일곱 개와 다섯 개를 표현했다.

알고 보니 아들은 일곱 살, 딸은 다섯 살이었다. 아이들 사진을 보여 달라고 했더니, 그녀는 선뜻 휴대전화를 열어 사진을 보여주었다. 아이스 크림을 먹고 있는 딸의 사진이 마음을 좀 아리게 했다.

"여기 화장실은 어디 있나요?"

번역기까지 사용하며 이런저런 이야기를 나누다 다시 묻자, 그녀는 밭에 있는 간이화장실을 손으로 가리켰다. 손으로 가리키며 그녀는 얼굴을 찡그렸다. 전등이나 잠금장치도 없는 변소였기 때문이다. 그 변소는 농로 옆에 있었다. 가까이 가 보니 악취가 코를 찔렀다.

"캄보디아는 일 년 동안 계속 덥지요?"

"네."

"여기는 겨울에 영하 20도까지 내려가요. 겨울에 조심하세요."

사철 더운 나라에서 온 그녀는 영하 20도의 한파가 얼마나 추운 것인지를 아는지 모르는지 가만히 듣기만 했다. 얼굴엔 아무 표정이 없었다.

갖고 있던 마스크 세 개를 그녀에게 건네주었다. 그 마스크는 페이스북 친구가 손으로 직접 만든 수제품이었다. 여자 페이스북 친구는 수제 마스크들을 우리 센터에 보내면서 이주여성 노동자들에게 전달해 달라고 부탁했다.

성서가 지닌 큰 관심사가 있다. 처음부터 끝까지 집중적으로 가진 관심사는 인간과 인간 사이의 관계 문제이다. 그 관계가 주종관계인가? 대등 관계인가? 수직적 관계인가? 수평적 관계인가? 불평등한 관계인가? 평등한 관계인가? 원수 관계인가? 사랑의 관계인가? 따위에 늘 주목하는 게 성서다.

이제까지 살펴보았듯이 우리 사회에서 고용주와 이주여성 노동자 사이는 극심한 주종관계이자 수직적 관계이다. 이 관계는 이주여성 노동자의 기본권과 인권과 노동권을 침해하는 근본 원인이다. 때로는 그것이 산재를 일으키는 요인이 된다. 산재를 조장하는 배경이 되기도 한다. 그것은 산재로 이주여성이 죽음에 이르도록 하기도 한다. 고 속헹 씨의 사망사건은 단적인 사례이다.

그 주종관계가 빚은 문제나 사건에 대해 우리가 어떻게 얼마나 대응하는가. 이는 매우 중요한 일이다. 왜냐하면, 그 대응에 따라 그 관계가 개선되기도 하고 악화하기도 하기 때문이다. 속헹 씨 사망사건의 경우 우리는 기숙사대책위원회를 즉시 구성해 대처했다. 그 사건에 대한 철저한 진상조사를 촉구할 뿐 아니라 정부가 근본 대책을 마련하도록 압박하는

219

운동을 벌였다. 그 결과 이주 노동자의 주거시설에 대한 정부의 정책이 개선되었다. 아직 미흡하지만, 변화가 일어나고 있는 건 사실이다. 이런 변화는 그 주종관계에 균열을 일으키고 있다. 주종관계를 강고하게 하는 법과 제도를 수정하고 바꾸는 과정인 것이다. 동시에 이것은 그 수직적 관계에 길든 사람들의 마음이나 의식에도 금이 가도록 하고 있다.

인류 역사에서 모든 해방은 자기 해방이다. 노예해방이 그렇고 여성해방이 그렇고 흑인해방이 그렇고 독립운동이 그렇다. 노동해방은 말할 것도 없다. 억압받고 착취당하는 사람들이 주체적으로 나서서 자기 해방을 이루어 나가는 것이다. 그렇게 주체적으로 자기 해방을 위해 선한 싸움을 할 때 타자들도 돕는다.

앞으로 이주 노동자들 특히 이주여성 노동자들이 모든 억압과 착취의 구조에서 벗어나기 위한 해방운동을 스스로 나서서 전개하기를 바란다. 고용주와 주종관계에 놓여있는 자신을 해방하기 위해 주체적으로 나서서 선한 싸움을 하는 날이 오기를 바란다. 그렇게 할 때 선한 양심과 생각을 지닌 내국인들이 적극적으로 도울 것이다. 이제까지 이주 노동자 인권운동이나 이주노동운동은 내국인들이 주도했다. 내국인들이 주도하고 이주 노동자들은 보조하는 수준이었다. 앞으로는 이 운동을 반대로 전개해야 한다. 이주 노동자들이 주도하고 내국인들은 보조하는 양상이 되어야 한다. 특히 이주여성 노동자들이 일을 많이 하는 농업 분야에서는 이주여성들이 나서서 농업 이주 노동자 노동조합을 만들어 활동하면 좋겠다. 먹거리 생산에서 큰 역할을 하는 이주여성들이 여성의 감성을 갖고 노조를 조직해 내국인 노동자들과 연대하여 활동하면 좋겠다.

초저출산 고령사회에 진입한 코리아 사회에 갈수록 외국인 노동자가 늘어날 전망이다. 앞으로 내국인들이 그들과 더불어 평화롭게 살기 위해서는 지금부터 부지런히 대등한 관계를 맺고 사는 훈련을 할 필요가 있다. 이 훈련을 위해 우리는 우리의 생각이나 의식도 점검할 필요가 있다. 이 책이 이주민과 선주민이 평화롭게 상생하는 미래를 위해 도움이 되기를 간절히 바란다.

221

얼어붙은 속헹 이주여성 노동자 이야기

펴낸날 2023년 11월 3일

지은이 김달성
펴낸이 주계수 | **편집책임** 이슬기 | **꾸민이** 이승훈

펴낸곳 밥북 | **출판등록** 제 2014-000085 호
주소 서울시 마포구 양화로7길 47 상훈빌딩 2층
전화 02-6925-0370 | **팩스** 02-6925-0380
홈페이지 www.bobbook.co.kr | **이메일** bobbook@hanmail.net

© 김달성, 2023.
ISBN 979-11-5858-964-6 (03810)